मंटो
की
श्रेष्ठ कहानियाँ

सआदत हसन मंटो

स्काई बुक्स इंटरनेशनल
दिल्ली–110030

ISBN : 978-93-87233-08-9

मूल्य : 495.00

प्रथम संस्करण : 2025

प्रकाशक : स्काई बुक्स इंटरनेशनल
1/1079 ई, महरौली
नई दिल्ली–110030

शब्द-संयोजक : गुप्ता कम्प्युनिकेशन
शाहदरा, दिल्ली–110032

मुद्रक : बी.के. ऑफसेट
नवीन शाहदरा, दिल्ली–110032

MANTO KI SHRESTH KAHANIYAN
by Saadat Hasan Manto

अनुक्रम

काली सलवार

देहली आने से पहले वह अम्बाला छावनी में थी, जहां कई गोरे उसके ग्राहक थे। इन गोरों से मिलने-जुलने के कारण वह अंग्रेजी के दस-पन्द्रह वाक्य सीख गई थी। इनको वह आम बातचीत में इस्तेमाल नहीं करती थी, लेकिन जब वह देहली में आई और उसका कारोबार न चला तो एक दिन उसने अपनी पड़ोसन तमंचा जान से कहा, "दिस लैफ....वैरी बैड।" अर्थात् यह जिन्दगी बहुत बुरी है, जिसमें खाने को ही नहीं मिलता।

अम्बाला छावनी में उसका धंधा बहुत अच्छी तरह चलता था। छावनी के गोरे शराब पीकर उसके पास आ जाते थे। वह तीन-चार घण्टों में ही आठ-दस गोरों को निपटाकर बीस-तीस रुपये पैदा कर लिया करती थी। ये गोरे उसके हमवतनों के मुकाबले में बहुत अच्छे थे। इस बात में कोई शक नहीं कि वे ऐसी भाषा बोलते थे, जिसका मतलब सुल्ताना की समझ में नहीं आता था, लेकिन उसकी भाषा से यह अनभिज्ञता उसके हक में बहुत अच्छी साबित होती थी।

वे उससे कुछ रियायत चाहते, तो वह सिर हिलाकर कह दिया करती थी, "साहब, हमारी समझ में तुम्हारी बात नहीं आती।" और अगर वे उससे जरूरत से ज्यादा छेड़छाड़ करते तो वह उनको अपनी जबान में गालियां देनी शुरू कर देती थी। वे हैरत में उसके मुंह की तरफ देखते, तो वह उनसे कहती, "साहब! तुम एकदम उल्लू का पट्ठा है, हरामजादा है....समझा?"

यह कहते वक्त वह अपने लहजे में सख्ती पैदा न करती बल्कि बड़े प्यार के साथ उनसे बातें करती। वे गोरे हंस देते और हंसते वक्त वे सुल्ताना को बिलकुल उल्लू के पट्ठे दिखाई देते।

यहां देहली में वह जब से आई थी, एक भी गोरा उसके घर नहीं आया

था। तीन महीने उसको हिन्दुस्तान के इस शहर में रहते हो गए थे, जहां उसने सुना था कि बड़े लाट साहब रहते हैं, जो गरमियों में शिमला चले जाते हैं, मगर सिर्फ छः आदमी उसके पास आए थे, सिर्फ छः यानी महीने में दो और इन छः ग्राहकों से उसने खुदा झूठ न बुलवाए तो साढ़े अठारह रुपये वसूल किए थे। तीन रुपये से ज्यादा पर कोई मानता ही नहीं था।

सुल्ताना ने इनमें से पांच आदमियों को अपना रेट दस रुपये बताया था, मगर ताज्जुब की बात है, इनमें से प्रत्येक ने यही कहा, "भई हम तीन रुपये से एक कौड़ी ज्यादा नहीं देंगे।"

न जाने क्या बात थी कि इनमें से हर एक ने उसे तीन रुपये के काबिल समझा। चुनांचे जब छठा आया तो उसने खुद उससे कहा, "देखो, मैं तीन रुपये एक टेम के लूंगी। इससे एक अधेला तुम कम कहो तो मैं नहीं लूंगी। अब तुम्हारी मरजी हो तो रहो, वरना जाओ।"

छठे आदमी ने यह सुनकर तकरार न की और उसके यहां ठहर गया। जब दूसरे कमरे में वह दरवाजे बन्द करके अपना कोट उतारने लगा तो सुल्ताना ने कहा, "लाइए एक रुपया दूध का।"

उसने एक रुपया तो न दिया, लेकिन नए बादशाह की चमकती हुई अठन्नी जेब में से निकालकर उसको दे दी और सुल्ताना ने भी चुपके से ले ली कि चलो, जो आया, गनीमत है।

साढ़े अठारह रुपये तीन महीनों में....बीस रुपये माहवार तो इस कोठे का किराया था, जिसको मालिक-मकान अंग्रेजी भाषा में फ्लैट कहता था। इस फ्लैट में ऐसा पाखाना था जिसमें जंजीर खींचने से सारी गन्दगी पानी के जोर से एकदम नल में नीचे गायब हो जाती थी और बड़ा शोर होता था। शुरू-शुरू में तो उस शोर ने उसे बहुत डराया था। पहले दिन जब वह शौच जाने के लिए उस पाखाने में गई तो उसकी कमर में बहुत तेज दर्द हो रहा था। फारिग होने के बाद जब वह उठने लगी तो उसने लटकी हुई जंजीर का सहारा ले लिया। उस जंजीर को देखकर उसने खयाल किया, चूंकि यह खास लोगों की रिहायश के लिए तैयार किए गए हैं, यह जंजीर इसलिए लगाई गई है कि उठते वक्त तकलीफ न हो और सहारा मिल जाया करे। मगर ज्यों ही उसने जंजीर को पकड़कर उठना चाहा, ऊपर खट-खट-सी हुई और फिर

एकदम पानी इस शोर के साथ बाहर निकला कि डर के मारे उसके मुंह से चीख निकल गई।

खुदाबख्श कमरे में अपना फोटोग्राफी का सामान दुरुस्त कर रहा था और साफ बोतलों में आइड्रोकूनीन डाल रहा था कि उसने सुल्ताना से पूछा, "क्या हुआ? यह चीख तुम्हारी थी?"

सुल्ताना का दिल धड़क रहा था। उसने कहा, "यह मुआ पाखाना है या क्या है? बीच में यह रेलगाड़ियों की तरह जंजीर क्यों लटका रखी है? मेरी कमर में दर्द था। मैंने कहा, चलो इसका सहारा ले लूंगी, पर इस मुई जंजीर को छेड़ना था कि वह धमाका हुआ कि मैं तुमसे क्या कहूं।"

खुदाबख्श बहुत हंसा था और उसने सुल्ताना को उस पाखाने की बाबत सब कुछ बता दिया था कि यह नए फैशन का है, जिसमें जंजीर हिलाने से सब गन्दगी नीचे जमीन में धंस जाती है।

खुदाबख्श और सुल्ताना का आपस में कैसे सम्बन्ध हुआ, यह एक लम्बी कहानी है। खुदाबख्श रावलपिण्डी का था। एंट्रेस पास करने के बाद उसने लॉरी चलाना सीखा। चुनांचे चार वर्ष तक वह रावलपिण्डी और कश्मीर के बीच लॉरी चलाने का काम करता था। इसके बाद कश्मीर में उसकी दोस्ती एक औरत से हो गई। उसको भगाकर वह लाहौर ले आया।

लाहौर में चूंकि उसको कोई काम न मिला, इसलिए उसने औरत को पेशे में बिठा दिया। दो-तीन वर्ष तक यह सिलसिला जारी रहा और फिर वह औरत किसी और के साथ भाग गई।

खुदाबख्श को मालूम हुआ कि वह अम्बाला में है। वह उसकी तलाश में अम्बाला आया, जहां उसको सुल्ताना मिल गई। सुल्ताना ने उसको पसन्द किया। चुनांचे दोनों का सम्बन्ध हो गया।

खुदाबख्श के आने से सुल्ताना का कारोबार एकदम चमक उठा। औरत चूंकि अन्धविश्वासी थी, इसलिए उसने समझा कि खुदाबख्श बड़ा भाग्यवान है, जिसके आने से इतनी तरक्की हो गई। चुनांचे इस विश्वास ने खुदाबख्श का महत्व उसकी नजर में और बढ़ा दिया।

खुदाबख्श मेहनती आदमी था। सारा दिन हाथ पर हाथ धरकर बैठना पसन्द नहीं करता था। चुनांचे उसने फोटोग्राफर से दोस्ती पैदा की, जो रेलवे

स्टेशन के बाहर मिंट कैमरे से फोटो खींचा करता था। उसने उससे फोटो खींचना सीख लिया। फिर सुल्ताना से साठ रुपये लेकर कैमरा भी खरीद लिया। आहिस्ता-आहिस्ता एक परदा बनवाया। दो कुर्सियां खरीदीं और फोटो धोने का सब सामान लेकर उसने अलग अपना काम शुरू कर दिया।

काम चल निकला। चुनांचे उसने थोड़े दिनों के बाद अपना अड्डा अम्बाला छावनी में कायम कर दिया। यहां वह गोरों के फोटो खींचता रहता। एक महीने के अन्दर-अन्दर उसकी छावनी के बहुत गोरों से जान-पहचान हो गई। चुनांचे वह सुल्ताना को वहीं ले गया। यहां छावनी में खुदाबख्श के जरिए कई गोरे सुल्ताना के पक्के ग्राहक बन गए और उसकी आमदनी पहले से दुगुनी हो गई।

सुल्ताना ने कानों के लिए बुन्दे खरीदे। साढ़े पांच तोले की आठ कंगनियां भी बनवा लीं। दस-पन्द्रह अच्छी-अच्छी साड़ियां भी जमा कर लीं। घर में फर्नीचर वगैरह भी आ गया। कुल मिलाकर अम्बाला छावनी में वह बड़ी खुशहाल थी। मगर एकाएक न जाने खुदाबख्श के दिल में क्या समाई कि उसने देहली जाने की ठान ली। सुल्ताना इनकार कैसे करती, जबकि खुदाबख्श को अपने लिए बहुत मुबारक समझती थी। उसने खुशी-खुशी देहली जाना कबूल कर लिया।

सुल्ताना ने सोचा कि इतने बड़े शहर में, जहां लाट साहब रहते हैं, उसका धंधा और भी अच्छा चलेगा। अपनी सहेलियों से वह देहली की तारीफें सुन चुकी थी। फिर वहां हजरत निजामुद्दीन औलिया की दरगाह भी थी, जिसमें उसे बेहद श्रद्धा थी। चुनांचे जल्दी-जल्दी घर का भारी सामान बेच-बचाकर वह खुदाबख्श के साथ देहली आ गई। यहां पहुंचकर खुदाबख्श ने बीस रुपये माहवार पर एक छोटा-सा फ्लैट ले लिया, जिसमें वे दोनों रहने लगे।

एक ही किस्म के नए मकानों की लम्बी-सी कतार सड़क के साथ-साथ चली गई थी। म्युनिसिपल कमेटी ने शहर का एक भाग खास वेश्याओं के लिए नियत कर दिया था, ताकि वे शहर में जगह-जगह अड्डे न बनाएं। नीचे दुकानें थीं और ऊपर दो मंजिला रिहाइशी फ्लैट।

चूंकि सब इमारतें एक ही डिजाइन की थीं, इसलिए शुरू-शुरू में

सुल्ताना को अपना फ्लैट तलाश करने में बहुत कठिनाई होती थी, पर जब नीचे लांड्री वाले ने अपना बोर्ड घर की पेशानी पर लगा दिया तो उसको एक पक्की निशानी मिल गई। "यहां मैले कपड़ों की धुलाई की जाती है।" यह बोर्ड पढ़ते ही वह अपना फ्लैट तलाश कर लिया करती थी।

इस तरह उसने बहुत-सी निशानियां कायम कर ली थीं। मसलन बड़े-बड़े अक्षरों में जहां 'कोयले की दुकान' लिखा था, वहां उसकी सहेली हीराबाई रहती थी, जो कभी रेडियोघर में गाने जाया करती थी। जहां 'यात्रियों के खाने का आला इन्तजाम है' लिखा था, वहां उसकी दूसरी सहेली मुख्तार रहती थी। निवाड़ के कारखाने के ऊपर अनवरी रहती थी, जो उस कारखाने के सेठ के पास नौकर थी। चूंकि सेठ साहब को रात के वक्त अपने कारखाने की देखभाल करनी होती थी, इसलिए वह अनवरी के पास ही रहते थे।

दुकान खोलते ही ग्राहक थोड़े ही आते हैं। चुनांचे जब एक महीने तक सुल्ताना बेकार रही, तो उसने यही सोचा अपने दिल को तसल्ली दी, पर जब दो महीने गुजर गए और कोई आदमी उसके कोठे पर नहीं आया तो उसे बहुत चिन्ता हुई। उसने खुदाबख्श से कहा, "खुदाबख्श, आज हमें यहां आए हुए दो महीने पूरे हो गए हैं, पर किसी ने आज तक इधर का रुख नहीं किया। मानती हूं, आजकल बाजार बहुत मंदा है, पर इतना मंदा भी तो नहीं कि दो महीने तक कोई शक्ल देखने ही न आए।"

खुदाबख्श को भी यह बात बहुत अरसे से खटक रही थी, लेकिन वह खामोश था। जब सुल्ताना ने खुद यह मामला छेड़ा तो उसने कहा, "मैं कई दिनों से इसके बारे में सोच रहा हूं। एक बात समझ में आती है, वह यह कि जंग की वजह से लोग-बाग दूसरे धंधों में पड़कर इधर का रास्ता भूल गए हैं या फिर यह हो सकता है कि....।"

वह इसके आगे कुछ कहने ही वाला था कि सीढ़ियों पर किसी के चढ़ने की आवाज आई। खुदाबख्श और सुल्ताना दोनों ने इस आवाज की तरफ ध्यान दिया।

थोड़ी देर के बाद दरवाजे पर दस्तक हुई। खुदाबख्श ने लपककर दरवाजा खोला। एक आदमी अन्दर दाखिल हुआ। यह पहला ग्राहक था,

जिससे तीन रुपये में सौदा तय हुआ। इसके बाद पांच और आए, यानी तीन महीने में छः, जिनसे सुल्ताना ने सिर्फ साढ़े अठारह रुपये वसूल किए।

बीस रुपये माहवार तो फ्लैट के किराए में चले जाते थे। पानी का टैक्स और बिजली का बिल अलग था। इसके अलावा घर के दूसरे खर्चे भी थे, खाना-पीना, कपड़े-लत्ते, दवा-दारू और आमदनी कुछ भी नहीं थी। साढ़े अठारह रुपये तीन महीनों में आए तो उसे आमदनी तो नहीं कह सकते।

सुल्ताना परेशान हो गई। साढ़े पांच तोले की आठ कंगनियां, जो उसने अम्बाले में बनवाई थीं, आहिस्ता-आहिस्ता बिक गईं। आखिरी कंगनी की जब बारी आई तो उसने खुदाबख्श से कहा, "तुम मेरी सुनो और चलो अम्बाले में। यहां क्या धरा है? भई होगा यहां लाट साहब, पर हमें तो यह शहर रास नहीं आया। तुम्हारा काम भी वहां खूब चलता था। चलो, वहीं चलते हैं। जो नुकसान हुआ, उसको अपना सिर-सदका समझो। इस कंगनी को बेचकर आओ। मैं असबाब वगैरा बांधकर तैयार रखती हूं। आज रात की गाड़ी से यहां से चल देंगे।"

खुदाबख्श ने कंगनी सुल्ताना के हाथ से ली और कहा, "नहीं जानेमन, अब अम्बाला नहीं जाएंगे। यहीं दिल्ली में रहकर कमाएंगे। तुम्हारी चूड़ियां सबकी सब यहीं वापस आएंगी। अल्लाह पर भरोसा रखो। वह बड़ा कारसाज है। यहां भी वह कोई न कोई सबब बना ही देगा।"

सुल्ताना चुप हो रही। चुनांचे आखिरी कंगनी भी हाथ से उतर गई। सूने हाथ देखकर उसको बहुत दुख होता था, पर क्या करती? पेट भी तो आखिर किसी हीले से भरना था। जब पांच महीने गुजर गए और आमदनी खर्च के मुकाबले चौथाई से भी कुछ कम रही तो सुल्ताना की परेशानी और ज्यादा बढ़ गई। खुदाबख्श भी अब सारा दिन घर से गायब रहने लगा था। सुल्ताना को इसका भी दुख था।

इसमें कोई शक नहीं कि पड़ोस में उसकी दो-तीन मिलनेवालियां मौजूद थीं, जिनके साथ वह अपना वक्त काट सकती थी। हर रोज उनके यहां जाना और घण्टों बैठे रहना उसको बहुत बुरा लगता था। चुनांचे आहिस्ता-आहिस्ता उसने इन सहेलियों से मिलना-जुलना बिलकुल छोड़ दिया। सारा दिन वह अपने सुनसान मकान में बैठी रहती। कभी छालियां

काटती रहती, कभी अपने पुराने फटे हुए कपड़ों को सीती रहती और कभी बाहर बालकनी में आकर जंगले के साथ खड़ी हो जाती और सामने रेलवे शेड में खड़े और चलते इंजनों की तरफ घण्टों बेमतलब देखती रहती।

सड़क की दूसरी तरफ मालगोदाम था जो इस कोने से उस कोने तक फैला हुआ था। दाएं हाथ को लोहे की छत के नीचे बड़ी-बड़ी गांठें पड़ी रहती थीं और हर किस्म के माल-असबाब के ढेर लगे रहते थे। बाएं हाथ को खुला मैदान था, जिसमें रेल की असंख्य पटरियां बिछी थीं। जब धूप में लोहे की ये पटरियां चमकतीं तो सुल्ताना अपने हाथों की तरफ देखती, जिन पर नीली-नीली रगें बिलकुल उन पटरियों की तरह उभरी रहती थीं। इस लम्बे और खुले मैदान में हर वक्त इंजन और गाड़ियां चलती रहती थीं। कभी इधर, कभी उधर। इन इंजनों और गाड़ियों की छक-छक और फक-फक गूंजती रहती थी।

सुबह-सवेरे उठकर जब वह बालकनी में आती तो एक अजीब दृश्य नजर आता। धुंधले में इंजनों के मुंह से गाढ़ा-गाढ़ा धुआं निकलता था और गन्दले आसमान की ओर भारी आदमियों की तरह उठता दिखाई देता था। भाप के बड़े-बड़े बादल भी एक शोर के साथ पटरियों से उठते थे और आंख झपकने की देर में हवा के अन्दर घुल-मिल जाते थे। फिर कभी-कभी जब गाड़ी के किसी डिब्बे को, जिसे इंजन ने धक्का देकर छोड़ दिया हो, अकेले पटरियों पर चलता देखती तो उसे अपना खयाल आता। वह सोचती कि उसे भी किसी ने जिन्दगी की पटरी पर धक्का देकर छोड़ दिया है और वह खुद-ब-खुद जा रही है। दूसरे लोग कांटे बदल रहे हैं और वह चली जा रही है, न जाने कहां। फिर एक दिन ऐसा आएगा, जब इस धक्के का जोर आहिस्ता-आहिस्ता खत्म हो जाएगा और वह वहीं रुक जाएगी। किसी ऐसे मुकाम पर जो उसका देखा-भाला न होगा।

यूं तो वह बेमतलब घण्टों रेल की इन टेढ़ी-मेढ़ी पटरियों और ठहरे और चलते हुए इंजनों की तरफ देखती रहती थी, पर तरह-तरह के खयाल उसके दिमाग में आते रहते थे। अम्बाला छावनी में जब वह रहती थी तो स्टेशन के पास ही उसका मकान था। मगर वहां उसने कभी इन चीजों को ऐसी नजरों से नहीं देखा था। अब तो कभी-कभी उसके दिमाग में यह भी

खयाल आता कि यह जो सामने रेल की पटरियों का जाल-सा बिछा है और जगह-जगह से भाप और धुआं उठ रहा है, बहुत-सी गाड़ियां हैं, जिनको चन्द मोटे-मोटे इंजन इधर-उधर धकेलते रहते हैं। सुल्ताना को कभी-कभी ये इंजन सेठ मालूम होते थे, जो कभी-कभी अम्बाला में उसके यहां आया करते थे। फिर कभी-कभी जब वह किसी इंजन को गाड़ियों की कतार के पास से गुजरता हुआ देखती, तो उसे महसूस होता कि कोई आदमी चकले के किसी बाजार में से ऊपर कोठों की तरफ देखता जा रहा है।

सुल्ताना समझती थी कि ऐसी बातें सोचना दिमाग की खराबी का कारण है। चुनांचे जब इस किस्म के खयाल उसको आने लगे तो उसने बालकनी में जाना छोड़ दिया।

खुदाबख्श से उसने अनेक बार कहा, "देखो, मेरे हाल पर रहम करो। यहां घर में रहा करो। मैं सारा दिन यहां बीमारों की तरह पड़ी रहती हूं।"

उसने हर बार सुल्ताना से यह कहकर उसकी तसल्ली कर दी, "जानेमन, मैं बाहर कुछ कमाने की फिक्र कर रहा हूं। अल्लाह ने चाहा तो चन्द दिनों में ही बेड़ा पार हो जाएगा।"

पूरे पांच महीने हो गए थे, मगर अभी तक न सुल्ताना का बेड़ा पार हुआ था, न खुदाबख्श का। मुहर्रम का महीना सिर पर आ रहा था, मगर सुल्ताना के पास काले कपड़े बनवाने के लिए कुछ भी नहीं था। मुख्तार ने लेडी हिमल्टन की एक नए ढंग की कमीज बनवाई थी, जिसकी आस्तीनें काली जार्जेट की थीं। इसके साथ मैच करने के लिए उसके पास काली साटन की सलवार थी, जो काजल की तरह चमकती थी। अनवरी ने रेशमी जार्जेट की एक बड़ी उम्दा साड़ी खरीदी थी। उसने सुल्ताना से कहा था, वह इसी साड़ी के नीचे सफेद बोसकी का पेटीकोट पहनेगी क्योंकि यह नया फैशन है। इस साड़ी के साथ पहनने के लिए अनवरी काले मखमल का एक जूता लाई थी, जो बड़ा नाजुक था। सुल्ताना ने जब ये तमाम चीजें देखीं तो उसको इस एहसास ने बहुत दुख दिया कि वह मुहर्रम मनाने के लिए ऐसा लिबास खरीदने की हैसियत नहीं रखती।

अनवरी और मुख्तार के पास यह लिबास देखकर जब वह घर आई, तो उसका दिल बहुत गमगीन था। उसे ऐसा मालूम होता था कि फोड़ा-सा

उसके अन्दर पैदा हो गया है। घर बिलकुल खाली था। खुदाबख्श वैसे ही हमेशा की तरह बाहर था। देर तक वह दरी पर गावतकिया सिर के नीचे रखकर लेटी रही, पर जब उसकी गरदन ऊंचाई के कारण अकड़-सी गई तो उठकर बाहर बालकनी में चली गई ताकि गमगीन खयालात को अपने दिमाग से निकाल दे।

सामने पटरियों के डिब्बे खड़े थे, पर इंजन कोई भी न था। शाम का वक्त था। छिड़काव हो चुका था। इसलिए गर्दगुबार दब गया था। बाजार में ऐसे आदमी चलने शुरू हो गए थे, जो ताक-झांक करने के बाद चुपचाप घरों का रुख करते हैं।

ऐसे ही एक आदमी ने गरदन ऊंची करके सुल्ताना की तरफ देखा। सुल्ताना मुस्करा दी और उसको भूल गई, क्योंकि अब सामने पटरियों पर एक इंजन प्रकट हो गया था। सुल्ताना ने गौर से उसकी तरफ देखना शुरू किया और आहिस्ता-आहिस्ता यह खयाल उसके दिमाग में आया कि इंजन ने भी काला लिबास पहन रखा है। यह अजीबोगरीब खयाल दिमाग में से निकालने की खातिर जब उसने सड़क की ओर देखा तो उसे वही आदमी बैलगाड़ी के पास खड़ा नजर आया, जिसने उसकी तरफ ललचाई नजरों से देखा था। सुल्ताना ने उसे हाथ से इशारा किया। उस आदमी ने इधर-उधर देखकर एक लतीफ इशारे से पूछा, "किधर से आऊं?" सुल्ताना ने उसे रास्ता बता दिया। वह आदमी थोड़ी देर खड़ा रहा, मगर फिर बड़ी फुरती से ऊपर चला आया।

सुल्ताना ने उसे दरी पर बैठाया। जब वह बैठ गया, तो उसने बातचीत शुरू करने के लिए कहा, "आप ऊपर आते डर रहे थे?"

वह आदमी यह सुनकर मुस्कराया, "तुम्हें कैसे मालूम हुआ? डरने की बात ही क्या थी?"

सुल्ताना ने कहा, "यह मैंने इसलिए कहा कि आप देर तक वहीं खड़े रहे और फिर कुछ सोचकर इधर आए।"

वह फिर मुस्कराया, "तुम्हें गलतफहमी हुई है। मैं तुम्हारे ऊपर वाले फ्लैट की तरफ देख रहा था। वहां कोई औरती खड़ी एक मर्द को ठेंगा दिखा रही थी। मुझे यह मंजर पसन्द आया, फिर बालकनी में सब्ज बल्ब रोशन

हुआ तो मैं कुछ देर के लिए ठहर गया। सब्ज रोशनी मुझे पसन्द है। आंखों को बहुत अच्छी लगती है।"

सीढ़ियां चढ़कर ऊपर आए आदमी ने कमरे का जायजा लेना शुरू कर दिया। फिर वह उठ खड़ा हुआ। सुल्तान ने पूछा, "आप जा रहे हैं?"

आदमी ने जवाब दिया, "नहीं, मैं तुम्हारे इस मकान को देखना चाहता हूं। चलो, मुझे तमाम कमरे दिखाओ।" सुल्ताना ने उसको तीनों कमरे एक-एक करके दिखा दिए। उस आदमी ने बिलकुल खामोशी से उन कमरों का मुआयना किया। जब वे फिर उसी कमरे में आ गए जहां पहले बैठे थे, तो उस आदमी ने कहा, "मेरा नाम शंकर है।"

सुल्ताना ने पहली बार गौर से शंकर की तरफ देखा। वह औसत कद, मामूली शक्ल-सूरत का आदमी था, मगर उसकी आंखें असामान्य रूप से साफ-शफ्फाक थीं। कभी-कभी उनमें एक अजीब किस्म की चमक भी पैदा होती थी। गठीला और कसरती बदन था। कनपटियों पर उसके बाल सफेद हो रहे थे। खाकस्तरी रंग की गरम पतलून पहने था। सफेद कमीज थी, जिसका कॉलर गरदन पर से ऊपर को उठा हुआ था। शंकर कुछ इस तरह दरी पर बैठा था जिससे ऐसा मालूम होता था गोया शंकर के बजाय सुल्ताना ग्राहक है। इस एहसास ने सुल्ताना को थोड़ा परेशान कर दिया। चुनांचे उसने शंकर से कहा, "फरमाइए?"

यह सुनकर शंकर बैठे से लेट गया, "मैं क्या फरमाऊं, कुछ तुम ही फरमाओ। तुम ही ने तो मुझे बुलाया है।"

जब सुल्ताना कुछ न बोली तो वह उठ बैठा, "मैं समझा। लो, अब मुझसे सुनो। जो कुछ तुमने समझा, गलत है। मैं उन लोगों में से नहीं हूं जो कुछ देकर जाते हैं। डॉक्टरों की तरह मेरी भी फीस है। जब मुझे बुलाया जाए तो फीस तो देनी ही पड़ती है।"

यह सुनकर सुल्ताना चकरा गई, मगर इसके बावजूद उसे बेअख्तियार हंसी आ गई, "आप काम क्या करते हैं?"

शंकर ने जवाब दिया, "यही जो तुम करती हो।"

"क्या?"

"तुम क्या करती हो?"

"मैं....मैं....कुछ नहीं करती।"

"मैं भी कुछ नहीं करता।"

सुल्ताना ने भन्नाकर कहा, "यह तो कोई बात न हुई। आप कुछ न कुछ तो जरूर करते होंगे।"

शंकर ने बड़े इत्मीनान से जवाब दिया, "तुम भी कुछ न कुछ जरूर करती होगी।"

"झक मारती हूं।"

"मैं भी झक मारता हूं।"

"तो आओ दोनों झक मारें।"

"मैं हाजिर हूं, मगर झक मारने के दाम मैं कभी नहीं दिया करता।"

"होश की दवा करो, यह लंगरखाना नहीं है।"

"और मैं भी वालंटियर नहीं हूं।"

सुल्ताना ने सवाल किया, "ये वालंटियर कौन होते हैं?"

शंकर ने जवाब दिया, "उल्लू के पट्ठे।"

"मैं भी उल्लू की पट्ठी नहीं।"

"मगर वह आदमी खुदाबख्श, जो तुम्हारे साथ रहता है, जरूर उल्लू का पट्ठा है।"

"क्यों?"

"इसलिए कि वह कई दिनों से एक ऐसे खुदरसीदा फकीर के पास अपनी किस्मत खुलवाने की खातिर जा रहा है, जिसकी किस्मत जंग लगे ताले की तरह बन्द है।" यह कहकर शंकर हंसा।

सुल्ताना ने कहा, "तुम हिन्दू हो, इसलिए हमारे इन बुजुर्गों का मजाक उड़ाते हो।"

शंकर मुस्कराया, "ऐसी जगहों पर हिन्दू-मुस्लिम सवाल नहीं पैदा हुआ करते। पण्डित, मालवीय और मिस्टर जिन्ना अगर यहां आएं तो वे भी शरीफ आदमी बन जाएं।"

"जाने तुम क्या ऊटपटांग बातें करते हो। बोलो, रहोगे?"

"इसी शर्त पर, जो पहले बता चुका हूं।"

सुल्ताना उठ खड़ी हुई, "तो जाओ, रास्ता पकड़ो।"

शंकर आराम से उठा। पतलून की जेबों में उसने अपने दोनों हाथ ठूंसे और जाते हुए कहा, "मैं कभी-कभार इस बाजार से गुजरा करता हूं। जब भी तुम्हें जरूरत हो, बुला लेना। मैं बहुत काम का आदमी हूं।"

शंकर चला गया और सुल्ताना काले लिबास को भूलकर देर तक उसके विषय में सोचती रही। इस आदमी की बातों ने उसके दुख को बहुत हल्का कर दिया था। अगर यह अम्बाला में आया होता, जहां कि वह खुशहाल थी, तो उसने किसी और रंग में इस आदमी को देखा होता और बहुत सम्भव है कि उसे धक्के देकर बाहर निकाल दिया होता, मगर यहां चूंकि वह बहुत उदास रहती थी, इसलिए शंकर की बातें उसे पसन्द आईं।

शाम को जब खुदाबख्श आया तो सुल्ताना ने उससे पूछा, "तुम आज सारा दिन किधर गायब रहे?"

खुदाबख्श थककर चूर-चूर हो रहा था, कहने लगा, "पुराने किले के पास से आ रहा हूं। वहां एक बुजुर्ग कुछ दिनों से ठहरे हुए हैं। उन्हीं के पास हर रोज जाता हूं कि हमारे दिन फिर जाएं।"

सुल्ताना ने दरयाफ्त किया, "फिर उन्होंने तुमसे क्या कहा?"

"नहीं, अभी वह मेहरबान नहीं हुए, पर सुल्ताना, मैं जो उनकी खिदमत कर रहा हूं, वह अकारथ कभी नहीं जाएगी। अल्लाह का फजल अगर शामिल हाल रहा तो जरूर वारे-न्यारे हो जाएंगे।"

सुल्ताना के दिमाग में मुहर्रम मनाने का खयाल समाया हुआ था। खुदाबख्श से रोनी आवाज में कहने लगी, "सारा-सारा दिन बाहर गायब रहते हो, मुहर्रम सिर पर आ गया है। कुछ तुमने इसकी भी फिक्र की कि मुझे काले कपड़े चाहिए। घर में फूटी कौड़ी भी नहीं। कंगनियां थीं, सो वे एक-एक करके बिक गईं। अब तुम ही बताओ, क्या होगा? यूं फकीरों के पीछे कब तक मारे-मारे फिरा करोगे? मुझे तो ऐसा दिखाई देता है कि यहां देहली में खुदा ने भी हमसे मुंह मोड़ लिया है। मेरी सुनो तो अपना काम शुरू कर दो। कुछ तो सहारा हो ही जाएगा।"

खुदाबख्श दरी पर लेट गया और कहने लगा, "पर यह काम शुरू करने के लिए भी तो थोड़ा-बहुत सरमाया चाहिए। खुदा के लिए अब ऐसी दुखभरी बातें न करो। अब मुझसे बरदाश्त नहीं होता। मैंने सचमुच अम्बाला

छोड़कर भारी गलती की है।"

"पर जो करता है, अल्ला ही करता है, और हमारी बेहतरी के लिए ही करता है। क्या पता कुछ देर और तकलीफ बरदाश्त करने के बाद हम.... ।"

सुल्ताना ने बात काटकर कहा, "तुम खुदा के लिए कुछ करो। चोरी करो या डाका मारो, पर मुझे एक सलवार का कपड़ा जरूर ला दो। मेरे पास सफेद बोसकी की कमीज पड़ी है। उसको मैं काला करवा लूंगी। सफेद नीनोन का एक दुपट्टा भी मेरे पास मौजूद है, वही जो तुमने मुझे दीवाली पर लाकर दिया था। यह भी कमीज के साथ ही काला रंगवा लिया जाएगा। सिर्फ सलवार की कसर है, सो वह तुम किसी न किसी तरह पैदा कर दो। देखो, तुम्हें मेरी जान की कसम, किसी न किसी तरह जरूर ला दो। मेरा मरा मुंह देखो, अगर न लाओ।"

खुदाबख्श उठ बैठा, "अब तुम ख्वाहमख्वाह जोर दिए चली जा रही हो। मैं कहां से लाऊंगा? अफीम खाने के लिए तो मेरे पास पैसे नहीं हैं।"

"कुछ भी करो, मगर मुझे साढ़े चार गज काली साटन ला दो।"

"दुआ करो कि अल्ला आज रात ही दो-तीन आदमी भेज दे।"

"लेकिन तुम कुछ नहीं करोगे? तुम अगर चाहो तो जरूर इतने पैसे पैदा कर सकते हो। जंग से पहले यह साटन बारह-चौदह आने गज मिल जाती थी। अब सवा रुपये गज के हिसाब से मिलती है। साढ़े चार गज पर कितने रुपये खर्च हो जाएंगे?"

"अब तुम कहती हो तो मैं कोशिश करूंगा।" यह कहकर खुदाबख्श उठा, "लो, अब इन बातों को भूल जाओ, मैं होटल से खाना ले आऊं।"

होटल से खाना आया। दोनों ने मिलकर उसे निपटाया और सो गए।

सुबह हुई। खुदाबख्श पुराने किले वाले फकीर के पास चला गया और सुल्ताना अकेली रह गई। कुछ देर लेटी रही, कुछ देर सोती रही। इधर-उधर कमरों में टहलती रही। दोपहर का खाना खाने के बाद उसने अपना सफेद नीनोन का दुपट्टा और सफेद बोसकी की कमीज निकाली और नीचे लांड्री वाले को रंगने के लिए दे आई। कपड़े धोने के अलावा वहां रंगने का भी काम होता था।

यह काम करने के बाद उसने वापस आकर फिल्मों की किताबें पढ़ीं,

जिनमें उसकी देखी हुई फिल्मों की कहानी और गीत छपे हुए थे। ये किताबें पढ़ते-पढ़ते वह सो गई। जब उठी तो चार बज चुके थे, क्योंकि धूप आंगन से मोरी के पास पहुंच चुकी थी। नहा-धोकर फारिग हुई तो गरम चादर ओढ़कर बालकनी में आ खड़ी हुई।

तकरीबन एक घण्टा सुल्ताना बालकानी में खड़ी रही। अब शाम हो गई थी। बत्तियां रोशन हो रही थीं। नीचे सड़क पर रौनक के आसार नजर आने लगे थे। सर्दी में थोड़ी-सी शिद्दत हो गई थी, मगर सुल्ताना को यह नागवार मालूम न हुई। वह सड़क पर आते-जाते तांगों और मोटरों की तरफ एक अरसे से देख रही थी। अचानक उसे शंकर नजर आया। मकान के नीचे पहुंचकर उसने गरदन ऊंची की और सुल्ताना की तरफ देखकर मुस्करा दिया। सुल्ताना ने गैर-इरादी तौर पर हाथ का इशारा किया और उसे ऊपर बुला लिया।

जब शंकर ऊपर आ गया तो सुल्ताना बहुत परेशान हुई कि उससे क्या कहे। दरअसल उसने ऐसे ही बिना सोचे-समझे उसे इशारा कर दिया था।

शंकर बड़े सहज ढंग से ऊपर चला आया, जैसे उसका अपना ही घर हो। चुनांचे बड़ी अनौपचारिकता से पहले दिन की तरह वह गावतकिया सिर के नीचे रखकर लेट गया। जब सुल्ताना ने देर तक उससे कोई बात न की तो उसने कहा, "तुम मुझे सौ दफा बुला सकती हो और सौ दफा ही कह सकती हो कि चले जाओ, मैं ऐसी बातों पर कभी नाराज नहीं हुआ करता।"

सुल्ताना अन्यमनस्क हो गई। कहने लगी, "नहीं, बैठो। तुम्हें जाने को कौन कहता है?"

शंकर मुस्करा दिया, "तो मेरी शर्तें तुम्हें मंजूर हैं?"

"कैसी शर्तें?" सुल्ताना ने हंसकर कहा, "क्या निकाह कर रहे हो मुझसे?"

"निकाह और शादी कैसी? न तुम उम्रभर किसी से निकाह करोगी, न मैं। ये रस्में हम लोगों के लिए नहीं। कोई काम की बात करो।"

"बोलो, क्या बात करूं?"

"तुम औरत हो, कोई ऐसी बात शुरू करो, जिससे दो घड़ी दिल बहल जाए। दुनिया में दुकानदारी ही सब कुछ नहीं, कुछ और भी है।"

सुल्ताना मन ही मन शंकर को कबूल करते हुए बोली, "साफ-साफ कहो, तुम मुझसे क्या चाहते हो?"

"जो दूसरे चाहते हैं?" शंकर उठ बैठा।

"तुममें और दूसरों में फिर फर्क क्या रहा?"

"तुममें और मुझमें कोई फर्क नहीं। उनमें और मुझमें जमीन-आसमान का फर्क है। ऐसी बहुत-सी बातें होती हैं, जो पूछनी नहीं चाहिए।"

सुल्ताना ने थोड़ी देर तक शंकर की इस बात को समझने की कोशिश की। फिर कहा, "मैं समझ गई हूं।"

"तो कहो क्या इरादा है?"

"तुम जीते, मैं हारी। मैं कहती हूं, कभी किसी ने ऐसा कबूल न किया होगा।"

"तुम गलत कहती हो। इस मुहल्ले में तुम्हें ऐसी औरतें भी मिल जाएंगी, जो कभी यकीन नहीं करेंगी कि कोई औरत वैसी जिल्लत कबूल कर सकती है, जो तुम बगैर किसी एहसास के कबूल करती रही हो। लेकिन उनके यकीन न करने के बावजूद तुम हजारों की तादाद में मौजूद हो। तुम्हारा नाम सुल्ताना है न?"

"सुल्ताना ही है।"

शंकर उठ खड़ा हुआ और हंसने लगा, "मेरा नाम शंकर है। यह नाम भी अजब ऊटपटांग होते हैं। चलो, अन्दर चलें।"

शंकर और सुल्ताना दरी वाले कमरे में वापस आए तो दोनों हंस रहे थे। न जाने किस बात पर।

जब शंकर जाने लगा तो सुल्ताना ने कहा, "शंकर, मेरी एक बात मानोगे?"

"पहले बात बताओ।"

सुल्ताना कुछ झेंप-सी गई, "तुम कहोगे कि मैं दाम वसूल रही हूं, मगर।"

"हां, कहो, रुक क्यों गई?"

सुल्ताना ने हिम्मत बटोरकर कहा, "बात यह है कि मुहर्रम आ रहा है और मेरे पास इतने पैसे नहीं कि काली सलवार बनवा सकूं। यहां के सारे

बखेड़े तो तुम मुझसे सुन ही चुके हो। कमीज और दुपट्टा मेरे पास मौजूद है, जो मैंने आज रंगवाने के लिए दे दिया है।"

शंकर बोला, "तुम चाहती हो कि मैं तुम्हें कुछ रुपये दे दूं, जिससे तुम यह काली सलवार बनवा सको?"

सुल्ताना बोली, "नहीं, मेरा मतलब यह है कि अगर हो सके तो तुम मुझे एक काली सलवार बनवा दो।"

शंकर मुस्कराया, "मेरी जेब में तो इत्तफाक ही से कुछ होता है। बहरहाल मैं कोशिश करूंगा। मुहर्रम की पहली तारीख को तुम्हें यह सलवार मिल जाएगी। अब खुश हो गई?"

सुल्ताना के बुंदों की तरफ देखकर शंकर ने पूछा, "क्या ये बुंदे तुम मुझे दे सकती हो?"

सुल्ताना ने हंसकर कहा, "तुम इनका क्या करोगे? चांदी के मामूली बुंदे हैं। ज्यादा से ज्यादा पांच रुपये के होंगे।"

शंकर बोला, "मैंने तुमसे बुंदे मांगे हैं। कीमत नहीं पूछी। बोलो, देती हो?"

"ले लो।" यह कहकर सुल्ताना ने बुंदे उतारकर शंकर को दे दिए। उसे बाद में अफसोस हुआ, मगर शंकर जा चुका था।

सुल्ताना को कतई यकीन नहीं था कि शंकर अपना वायदा पूरा करेगा, मगर आठ रोज के बाद मुहर्रम की पहली तारीख को सुबह नौ बजे दरवाजे पर दस्तक हुई। सुल्ताना ने दरवाजा खोला तो शंकर खड़ा था। अखबार में लिपटी हुई चीज उसने सुल्ताना को दी और कहा, "साटन की काली सलवार है। देख लेना, शायद लम्बी हो, अब मैं चलता हूं।"

शंकर सलवार देकर चला गया और कोई बात उसने सुल्ताना से नहीं की। उसकी पतलून में सलवटें पड़ी हुई थीं। बाल बिखरे हुए थे। ऐसा महसूस होता था कि अभी-अभी सोकर उठा है और सीधा इधर ही चला आया है।

सुल्ताना ने कागज खोला। साटन की काली सलवार थी। वैसी ही, जैसी वह अनवरी के पास देखकर आई थी।

सुल्ताना बहुत खुश हुई। बुंदों और इस सौदे का जो अफसोस उसे

हुआ था, इस सलवार ने और शंकर के वायदा निभाने ने उसे दूर कर दिया।

दोपहर को वह नीचे लांड्री वाले से अपनी रंगी हुई कमीज और दुपट्टा लेकर आई। तीनों काले कपड़े जब उसने पहन लिए तो दरवाजे पर दस्तक हुई। सुल्ताना ने दरवाजा खोला तो अनवरी अन्दर दाखिल हुई।

उसने सुल्ताना के तीनों कपड़ों की तरफ देखा और कहा, "कमीज और दुपट्टा तो रंगा हुआ मालूम होता है, पर यह सलवार कब बनवाई?"

"आज ही दर्जी लाया है।" अनवरी के कानों पर नजर पड़ते ही उसने पूछा, "ये बुंदे कहां से लिए?"

अनवरी बोली, "आज ही मंगवाए हैं।"

इसके बाद उनमें कोई बात नहीं हुई।

टोबा टेकसिंह

बंटवारे के दो-तीन साल बाद पाकिस्तान और हिन्दुस्तान की सरकारों को खयाल आया कि साधारण कैदियों की तरह पागलों का भी तबादला होना चाहिए। यानी जो मुसलमान पागल हिन्दुस्तान के पागलखानों में हैं, उन्हें पाकिस्तान पहुंचा दिया जाए और जो हिन्दू पाकिस्तान के पागलखानों में हैं, उन्हें हिन्दुस्तान के हवाले कर दिया जाए।

मालूम नहीं यह बात ठीक थी या नहीं। बहरहाल बुद्धिमानों के फैसले के अनुसार इधर-उधर ऊंचे स्तर की कान्फ्रेंस हुई और आखिर एक दिन पागलों के तबादले के लिए नियत हो गया। अच्छी तरह छानबीन की गई। वे मुसलमान पागल, जिनके अभिभावक हिन्दुस्तान में थे, वही रहने दिए गए थे और जो बाकी थे, उन्हें सीमा पर रवाना कर दिया गया था। यहां पाकिस्तान से करीब-करीब सभी हिन्दू और सिख जा चुके थे, इसलिए किसी को रखने-रखाने का सवाल ही न पैदा हुआ। जितने हिन्दू-सिख पागल थे, सबके सब पुलिस के संरक्षण में सीमा पर पहुंचा दिए गए। उधर की मालूम नहीं, लेकिन इधर लाहौर के पागलखाने में जब इस तबादले की खबर पहुंची तो बड़ी दिलचस्प और कौतुकपूर्ण बातें होने लगीं। एक मुसलमान पागल, जो बारह बरस से रोजाना बाकयदगी के साथ जमींदार पढ़ता था, के दोस्त ने उससे पूछा, "मौलवी साहब, यह पाकिस्तान क्या होता है?"

इस पर तो उसने बड़े सोच-विचारकर जवाब दिया, "हिन्दुस्तान में एक जगह है, जहां उस्तरे बनते हैं।"

यह जवाब सुनकर उसका मित्र सन्तुष्ट हो गया।

इसी तरह एक सिख पागल ने एक-दूसरे सिख पागल से पूछा, "सरदार जी, हमें हिन्दुस्तान क्यों भेजा जा रहा है? हमें तो वहां की बोली भी नहीं आती।"

दूसरा मुस्करा दिया, "मुझे तो हिन्दुस्तान की बोली आती है। हिन्दुस्तानी बड़े शैतानी आकड़-आकड़ फिरते हैं।"

एक मुसलमान पागल ने नहाते-नहाते 'पाकिस्तान जिन्दाबाद' का नारा इतनी जोर से बुलन्द किया कि फर्श पर फिसलकर गिरा और अचेत हो गया। कुछ पागल ऐसे भी थे, जो पागल नहीं थे। इनमें अधिकतर ऐसे कातिल थे, जिनके रिश्तेदारों ने अफसरों को दे दिलाकर पागलखाने भिजवा दिया था कि वे फांसी के फन्दे से बच जाएं।

ये कुछ-कुछ समझते थे कि हिन्दुस्तान का क्यों विभाजन हुआ है और वह पाकिस्तान क्या है, लेकिन सभी घटनाओं से ये भी बेखबर थे। अखबारों से कुछ पता नहीं चलता था और पहरेदार सिपाही अनपढ़ जाहिल थे। उनकी बातचीत से भी वे कोई नतीजा नहीं निकाल सकते थे। उनको सिर्फ इतना मालूम था कि एक आदमी मुहम्मद अली जिन्ना है, जिसको कायदे-आजम कहते हैं। उसने मुसलमानों के लिए एक अलग मुल्क बनाया है, जिसका नाम पाकिस्तान है। यह कहां है? इसकी स्थिति क्या है? इसके विषय में वे कुछ नहीं जानते थे। यही कारण है कि पागलखाने में वे सब पागल, जिनका दिमाग पूरी तरह से खराब नहीं था, इस ऊहापोह में थे कि वे पाकिस्तान में हैं या हिन्दुस्तान में। अगर हिन्दुस्तान में हैं तो पाकिस्तान कहां है और अगर वे पाकिस्तान में हैं तो यह कैसे हो सकता है कि कुछ अरसा पहले यहां रहते हुए भी हिन्दुस्तान में थे। एक पागल तो पाकिस्तान और हिन्दुस्तान तथा हिन्दुस्तान और पाकिस्तान के चक्कर में ऐसा पड़ा कि ज्यादा पागल हो गया। झाड़ू देते-देते एक दिन दरख्त पर चढ़ गया और एक टहनी पर बैठकर दो घण्टे लगातार भाषण देता रहा, जो पाकिस्तान और हिन्दुस्तान के नाजुक मामले पर था। सिपाहियों ने उसे नीचे उतरने के लिए कहा तो वह और ऊपर चढ़ गया। डराया-धमकाया गया तो उसने कहा, "मैं न हिन्दुस्तान में रहना चाहता हूं, न पाकिस्तान में, मैं इस पेड़ पर ही रहूंगा।"

बड़ी मुश्किल के बाद जब उसका दौरा ठण्डा पड़ गया, तो वह नीचे उतरा और अपने हिन्दू-सिख दोस्तों से गले मिल-मिलकर रोने लगा। इस खयाल से उसका दिल भर आया कि वे उसे छोड़कर हिन्दुस्तान चले जाएंगे।

एक एम.एस.सी. पास रेडियो इंजीनियर, जो मुसलमान था और दूसरे

पागलों से बिलकुल अलग-थलग बाग की एक खास रौ पर सारा दिन खामोश टहलता रहता था, में यह तब्दीली प्रकट हुई कि उसने अपने तमाम कपड़े उतारकर दफेदार के हवाले कर दिए और नंग-धड़ंग सारे बाग में चलना शुरू कर दिया।

चनयूट एक मोटे मुसलमान पागल ने, जो मुस्लिम लीग का एक सक्रिय कार्यकर्ता रह चुका था और दिन में पन्द्रह-सोलह बार नहाया करता था, एकदम नई आदत छोड़ दी। उसका नाम मुहम्मद अली जिन्ना है। उसकी देखा-देखी एक सिख पागल मास्टर तारासिंह बन गया। करीब था कि उस जंगल में खून-खराबा हो जाए, मगर दोनों को खतरनाक पागल करार देकर अलग-अलग बन्द कर दिया गया।

लाहौर का एक नौजवान हिन्दू वकील था, जो मुहब्बत में पड़कर पागल हो गया था। जब उसने सुना कि अमृतसर हिन्दुस्तान में चला गया है तो उसे बहुत दुख हुआ। उसी शहर की एक हिन्दू लड़की से उसे प्रेम हो गया था। यद्यपि उसने उस वकील को ठुकरा दिया था, मगर दीवानगी की हालत में भी वह उसको भूला नहीं था। चुनांचे वह उन तमाम मुस्लिम लीडरों को गालियां देता था, जिन्होंने मिल-मिलाकर हिन्दुस्तान के दो टुकड़े कर दिए थे। उसकी प्रेमिका हिन्दुस्तानी बन गई थी और वह पाकिस्तानी।

जब तबादले की बात शुरू हुई तो वकील को पागलों ने समझाया कि वह दिल छोटा न करे। उसको हिन्दुस्तान भेज दिया जाएगा—उस हिन्दुस्तान में, जहां उसकी प्रेमिका रहती है, मगर वह लाहौर छोड़ना चाहता था। इस खयाल से कि अमृतसर में उसकी प्रैक्टिस नहीं चलेगी। यूरोपियन वार्ड में दो एंग्लो-इण्डियन पागल थे। उनको जब मालूम हुआ कि हिन्दुस्तान को आजाद करके अंग्रेज चले गए हैं तो उनको बड़ा दुख हुआ। वे छिप-छिपकर घण्टों इस समस्या पर बातचीत करते रहते कि पागलखाने में उनकी हैसियत किस तरह की होगी—यूरोपियन वार्ड रहेगा या जाएगा। ब्रेकफास्ट मिला करेगा या नहीं। कहीं उन्हें डबलरोटी के बजाय ब्लडी इण्डियन चपाती तो जहर मार नहीं करनी पड़ेगी?

एक सिख था, जिसको पागलखाने में दाखिल हुए पन्द्रह वर्ष हो चुके थे। हर समय उसकी जबान से अजीब-गरीब शब्द सुनने में आते थे, “ओपड़

दी गड़गड़ दी एनेक्स दी बेध्याना दी मुंग दी दाल ऑफ दी लालटेन।" अलबत्ता कभी-कभी किसी दीवार के साथ टेक लगा लेता था। हर समय खड़े रहने से उसके पांव सूज गए थे। पिण्डलियां भी फैल गई थीं, मगर इस शारीरिक तकलीफ के बावजूद लेटकर आराम नहीं करता था। हिन्दुस्तान-पाकिस्तान और पागलों के तबादले के विषय में जब कभी पागलों में चर्चा होती थी तो वह ध्यान से सुनता था। कोई उससे पूछता कि उसका क्या खयाल है तो वह बड़ी गम्भीरता से जवाब देता, "ओपड़ दी गड़ाड दी एनेक्स दी बेध्याना दी मुंग दी दाल ऑफ दी पाकिस्तान गवर्नमेण्ट।"

लेकिन बाद में "ऑफ दी पाकिस्तान गवर्नमेण्ट" की तरह "ऑफ दी टोबा टेकसिंह" ने ले ली। उसने दूसरे पागलों से पूछना शुरू किया कि टोबा टेकसिंह कहां है, कहां का रहने वाला है? लेकिन किसी को भी मालूम नहीं था कि वह पाकिस्तान में है या हिन्दुस्तान में। जो बताने की कोशिश करते थे, खुद इस उलझन में फंस जाते थे कि स्यालकोट पहले हिन्दुस्तान में होता था, पर अब सुना है कि पाकिस्तान में है। क्या पता है कि लाहौर, जो अब पाकिस्तान में है, कल हिन्दुस्तान में चला जाएगा या सारा हिन्दुस्तान ही पाकिस्तान बन जाए और यह भी कौन सीने पर हाथ रखकर कह सकता था कि हिन्दुस्तान और पाकिस्तान दोनों किसी दिन सिर से गायब न हो जाएंगे।

एक सिख पागल के केश छिदरे होकर बहुत थोड़े ही रह गए थे। चूंकि वह बहुत कम नहाता था, दाढ़ी और बाल आपस में जम गए थे, जिसके कारण उसकी शक्ल बड़ी भयानक हो गई थी। लेकिन वह आदमी किसी का नुकसान नहीं करता था। पन्द्रह वर्षों में उसने किसी से झगड़ा-फसाद नहीं किया था। पागलखाने के जो पुराने नौकर थे, वे उसके बारे में इतना जानते थे कि टोबा टेकसिंह में उसकी कई जमीनें थीं। अच्छा खाता-पीता जमींदार था कि अचानक ही दिमाग उलट गया। उसके रिश्तेदार लोहे की मोटी-मोटी जंजीरों में उसे बांधकर लाए और पागलखाने में दाखिल करा गए।

महीने में एक बार मुलाकात के लिए ये लोग आते थे और उसकी राजी-खुशी मालूम करके चले जाते थे। एक मुद्दत तक यह क्रम चलता रहा, लेकिन जब पाकिस्तान-हिन्दुस्तान की गड़बड़ शुरू हो गई तो उनका आना बन्द हो गया।

उसका नाम बिशनसिंह था, मगर अब उसे टोबा टेकसिंह कहते थे। उसे बिलकुल यह मालूम न था कि दिन कौन-सा है, महीना कौन-सा है या कितने साल बीत चुके हैं? लेकिन हर महीने जब उसके स्वजन और सम्बन्धी उससे मिलने आते तो उसे अपने आप पता चला जाता था। चुनांचे वह एक दफेदार से कहता कि उसकी मुलाकात आ रही है। उस दिन वह अच्छी तरह नहाता, बदन पर खूब साबुन घिसता और सिर में तेल लगाकर वह कंघी करता। अपने कपड़े, जो वह कभी इस्तेमाल नहीं करता था, निकलवाकर पहनता और यूं सज-बनकर मिलने वालों के पास जाता। वे उससे कुछ पूछते तो वह चुप रहता या कभी-कभी "ओपड़ दी गड़गड़ दी एनेक्स दी बेध्याना दी मुंग की दाल ऑफ दी लालटेन" कह देता।

उसकी एक लड़की थी, जो हर महीने में एक अंगुल बढ़ती-बढ़ती पन्द्रह वर्ष में जवान हो गई थी। बिशनसिंह उसे पहचानता ही न था। जब वह बच्ची थी, तब भी अपने बाप को देखकर रोती थी। जवान हुई तब भी उसकी आंखों से आंसू बहते थे।

पाकिस्तान और हिन्दुस्तान का किस्सा शुरू हुआ तो उसने दूसरे पागलों से पूछना शुरू किया कि टोबा टेकसिंह कहां है? जब सन्तोषजनक उत्तर न मिला तो उसकी कुरेद दिन-ब-दिन बढ़ती गई। अब मुलाकात को भी नहीं आती। पहले तो उसे अपने आप पता चल जाता था कि मिलने वाले आ रहे हैं, पर अब जैसे उसके दिल की आवाज भी बन्द हो गई थी, जो उसे उनके आने की खबर दिया करती थी।

उसकी बड़ी इच्छा थी कि वे लोग आएं, जो उससे सहानुभूति प्रकट करते थे और उसके लिए फल-मिठाइयां और कपड़े लाते थे। यदि वह उनसे पूछता कि टोबा टेकसिंह कहां है तो वे निश्चित बता देते कि पाकिस्तान में है या हिन्दुस्तान में, क्योंकि उसका विचार था कि टोबा टेकसिंह ही से आते हैं, जहां उसकी जमीन है।

पागलखाने में एक पागल ऐसा भी था जो अपने को खुदा कहता था। उससे ज़ब एक दिन बिशनसिंह ने पूछा कि टोबा टेकसिंह पाकिस्तान में है या हिन्दुस्तान में, तो उसने अपनी आदत के मुताबिक कहकहा लगाया और कहा, "वह न पाकिस्तान में है और न हिन्दुस्तान में, इसलिए कि हमने अभी

तक हुक्म नहीं दिया।"

बिशनसिंह ने खुदा से कई बार मिन्नत-खुशामद से कहा कि वह उसे हुक्म दे दे ताकि झंझट खत्म हो, मगर वह बहुत व्यस्त था, क्योंकि उसे और भी अनगिनत हुक्म देने थे। एक दिन तंग आकर वह उस पर बरस पड़ा, "ओपड़ दी गड़गड़ दी एनेक्स दी मुंग दी दाल ऑफ वाहे गुरुजी दा खालसा एण्ड वाहे गुरुजी दी फतह–जो बोले सो निहाल–सत्त श्री अकाल।"

उसका शायद यह मतलब था कि तुम मुसलमानों के खुदा हो–सिखों के खुदा होते तो जरूर मेरी सुनते।

तबादले के कुछ दिनों पहले टोबा टेकसिंह का एक मुसलमान, जो उसका दोस्त था, मुलाकात के लिए आया। पहले वह कभी नहीं आया था। जब बिशनसिंह ने उसे देखा तो एक तरफ हटा और वापस जाने लगा। मगर सिपाहियों ने उसे रोका, "यह तुमसे मिलने आया है–तुम्हारा दोस्त फजलुद्दीन है।"

बिशनसिंह ने फजलुद्दीन को एक नजर देखा और कुछ बड़बड़ाने लगा। फजलुद्दीन ने आगे बढ़कर उसके कन्धे पर हाथ रखा, "मैं बहुत दिनों से सोच रहा था कि तुमसे मिलूं, लेकिन फुरसत ही न मिली। तुम्हारे सब आदमी राजी-खुशी हिन्दुस्तान चले गए थे। मुझसे जितनी मदद हो सकी, मैंने की। तुम्हारी बेटी रूप कौर....।"

वह कुछ कहते-कहते रुक गया। बिशनसिंह कुछ याद करने लगा, "बेटी रूप कौर?"

फजलुद्दीन ने कुछ रुककर कहा, "हां....वह....भी ठीक-ठाक है....उनके साथ ही चली गई थी।"

बिशनसिंह चुप रहा। फजलुद्दीन ने कहना शुरू किया, "उन्होंने मुझसे कहा था कि तुम्हारी राजी-खुशी पूछता रहूं। अब मैंने सुना है कि तुम हिन्दुस्तान जा रहे हो। भाई बलबीरसिंह और भाई बधवासिंह से मेरा सलाम कहना....और बहन अमृत कौर से भी। भाई बलबीरसिंह से कहना कि फजलुद्दीन राजी-खुशी है। दो भूरी भैंसें, जो वे छोड़ गए थे, उनमें से एक ने कट्टा दिया है, दूसरे के कट्टी हुई थी, पर वह छः दिन की होकर मर गई.... और....और मेरे लायक जो खिदमत हो, कहना। हर वक्त तैयार हूं....और

यह तुम्हारे लिए थोड़े से भरूण्डे लाया हूं।"

बिशनसिंह ने भरूण्डों की पोटली लेकर पास खड़े सिपाही के हवाले कर दी और फजलुद्दीन से पूछा, "टोबा टेकसिंह कहां है?"

"टोबा टेकसिंह!" उसने तनिक आश्चर्य से कहा, "कहां है? वहीं है जहां था।"

बिशनसिंह ने पूछा, "पाकिस्तान में या हिन्दुस्तान में?"

"हिन्दुस्तान में, नहीं-नहीं पाकिस्तान में।" फजलुद्दीन बौखला-सा गया।

बिशनसिंह बड़बड़ाता हुआ चला गया, "ओपड़ दी गड़गड़ दी एनेक्स दी बेध्याना दी मुंग दी दाल ऑफ दी पाकिस्तान एण्ड हिन्दुस्तान ऑफ दी दुर फिट्टे मुंह।" तबादले की तैयारियां पूरी हो चुकी थीं। इधर से उधर और उधर से इधर आने वाले पागलों की सूचियां पहुंच गई थीं और तबादले की तारीख भी निश्चित हो चुकी थी। सख्त सर्दियां थीं। लाहौर के पागलखाने से हिन्दू-सिख पागलों से भरी लारियां पुलिस के दस्ते के साथ रवाना हुईं। सम्बन्धित अफसर भी उनके साथ थे। वाघा के बॉर्डर पर दोनों ओर के सुपरिण्टेण्डेण्ट एक-दूसरे से मिले और प्रारम्भिक कार्यवाही खत्म होने के बाद तबादला शुरू हो गया, जो रातभर जारी रहा।

पागलों को लारियों से निकालना और उनको दूसरे अफसरों के हवाले करना बड़ा कठिन काम था। कुछ तो बाहर निकलते ही नहीं थे, जो निकलने को तैयार होते, उनको सम्भालना होता, क्योंकि इधर-उधर भाग उठते थे। जो नंगे थे, उनको कपड़े पहनाए जाते थे तो वे फाड़कर अपने शरीर से अलग कर देते। कोई गालियां बक रहा है। कान पड़ी आवाज सुनाई नहीं देती थी। पागल स्त्रियों का शोरगुल अलग था और सर्दी इतने कड़ाके की थी कि दांत से दांत बज रहे थे।

अधिकतर पागल इस तबादले को नहीं चाहते थे। इसलिए कि उनकी समझ में नहीं आता था कि उन्हें अपनी जगह से उखाड़कर कहां फेंका जा रहा है? थोड़े से वे, जो सोच-समझ सकते थे, 'पाकिस्तान जिन्दाबाद' के नारे लगा रहे थे। दो-तीन बार झगड़ा होते-होते बचा, क्योंकि कुछ हिन्दुओं और सिखों को ये नारे सुनकर तैश आ गया था।

जब बिशनसिंह की बारी आई और जब उसको दूसरी ओर भेजने के

सम्बन्ध में अधिकार लिखत-पढ़त करने लगे तो उसने पूछा, "टोबा टेकसिंह कहां है? पाकिस्तान में या हिन्दुस्तान में?"

सम्बन्धित अधिकारी हंसा और बोला, "पाकिस्तान में।"

यह सुनकर बिशनसिंह उछलकर एक तरफ हटा और दौड़कर अपने शेष साथियों के पास पहुंच गया। पाकिस्तानी सिपाहियों ने उसे पकड़ लिया और दूसरी तरफ ले जाने लगे, किन्तु उसने चलने से इनकार कर दिया, "टोबा टेकसिंह कहां है?" और जोर-जोर से चिल्लाने लगा, "ओपड़ दी गड़गड़ दी एनेक्स दी बेध्याना दी मुंग दी दाल ऑफ टोबा टेकसिंह एण्ड पाकिस्तान।"

उसे बहुत समझाया गया, "देखो, टोबा टेकसिंह अब हिन्दुस्तान में चला गया है। यदि नहीं गया है तो उसे तुरन्त ही भेज दिया जाएगा।" किन्तु वह न माना। जब जबरदस्ती दूसरी ओर ले जाने की कोशिशें की गईं तो वह बीच में एक स्थान पर इस प्रकार अपनी सूजी हुई टांगों पर खड़ा हो गया, जैसे अब कोई ताकत उसे वहां से नहीं हटा सकेगी। क्योंकि आदमी बेजरर था, इसीलिए उसके साथ जबरदस्ती नहीं की गई। उसको वहीं खड़ा रहने दिया गया और शेष काम होता रहा।

सूरज निकलने से पहले स्तब्ध खड़े हुए बिशनसिंह के गले से एक गगनभेदी चीख निकली। इधर-उधर से कई अफसर दौड़े आए और देखा कि वह आदमी, जो पन्द्रह वर्ष तक दिन-रात अपनी टांगों पर खड़ा रहा था, औंधे मुंह लेटा था। इधर कांटेदार तारों के पीछे हिन्दुस्तान था, उधर वैसे ही कांटेदार तारों के पीछे पाकिस्तान। बीच में जमीन के उस टुकड़े पर जिसका कोई नाम नहीं था, टोबा टेकसिंह पड़ा था।

साढ़े तीन आने

"मैंने कत्ल क्यों किया। एक इन्सान के खून में अपने हाथ क्यों रंगे, यह एक लम्बी दास्तान है। जब तक इसके तमाम अच्छे-बुरे हालात से आपको आगाह न करूंगा, आपको कुछ पता न चलेगा। मगर इस वक्त आप लोगों की गुफ्तगू का विषय जुर्म और सजा है, इन्सान और जेल है। चूंकि मैं जेल में रह चुका हूं, इसलिए मेरी राय गलत नहीं हो सकती। मुझे मण्टो साहब से पूरा इत्तफाक है कि जेल अपराधी की गलती ठीक नहीं कर सकती। मगर यह हकीकत इतनी बार दोहराई जा चुकी है कि इस पर जोर देने से आदमी को यूं महसूस होता है जैसे वह किसी महफिल में हजार बार सुनाया हुआ लतीफा बयान कर रहा है—और यह हकीकत लतीफा नहीं कि इस हकीकत को जानते-पहचानते हुए भी हजारों जेलखाने मौजूद हैं। हथकड़ियां हैं और इन्सानियत को नंगा करने वाली बेड़ियां—मैं कानून का यह जेवर पहन चुका हूं।"

यह कहकर रिजवी ने मेरी तरफ देखा और मुस्कराया। उसके मोटे-मोटे हब्शियों जैसे होंठ अजीब अन्दाज में फड़के। उसकी छोटी-छोटी नशीली आंखें, जो कातिल की आंखें लगती थीं, चमकीं। हम सब चौंक पड़े, जब उसने एकाएक हमारी गुफ्तगू में हिस्सा लेना शुरू कर दिया था। वह हमारे करीब कुरसी पर बैठा क्रीम मिली हुई कॉफी पी रहा था। जब उसने अपना परिचय कराया तो हमें वे तमाम घटनाएं याद आ गईं जो कत्ल की वारदात से जुड़ी थीं। वायदा माफ गवाह बनकर उसने बड़ी सफाई से अपनी और अपने दोस्तों की गरदन फांसी के फंदे से बचाई थी।

वह उसी दिन रिहा होकर आया था। बड़े सुन्दर और सभ्य ढंग से वह मुझसे बोला, "माफ कीजिएगा मण्टो साहब....आप लोगों की गुफ्तगू से मुझे दिलचस्पी है। मैं अदीब तो नहीं, लेकिन आपकी गुफ्तगू का जो विषय है

उस पर अपनी टूटी-फूटी जबान में कुछ न कुछ जरूर कह सकता हूं।" फिर उसने कहा, "मेरा नाम सिद्दीक रिजवी है।—लुण्डा बाजार में जो कत्ल हुआ था, मैं उससे जुड़ा था।"

मैंने उस कत्ल के बारे में सिर्फ सरसरी तौर पर पढ़ा था। लेकिन जब रिजवी ने अपना परिचय कराया तो मेरे दिमाग में खबरों की तमाम सुर्खियां उभर आईं।

हमारी गुफ्तगू का विषय यह था कि क्या जेल अपराधी को ठीक कर सकती है? मैं खुद महसूस कर रहा था, हम एक बासी रोटी खा रहे हैं। रिजवी ने जब यह कहा, "यह हकीकत इतनी बार दोहराई जा चुकी है कि इस पर जोर देने से आदमी को यूं महसूस होता है कि जैसे वह किसी महफिल में हजार बार सुनाया हुआ लतीफा बयान कर रहा है" तो मुझे बड़ी तसल्ली हुई। मैंने यह समझा जैसे रिजवी ने मेरे खयालात को अपने शब्दों में कह दिया है।

क्रीम मिली हुई कॉफी खत्म करके रिजवी ने अपनी छोटी-छोटी नशीली आंखों से मुझे देखा और बड़ी गम्भीरता से कहा, "मण्टो साहब, आदमी जुर्म क्यों करता है—जुर्म क्या है, सजा क्या है—मैंने इस विषय पर बहुत गौर किया है। मैं समझता हूं कि हर जुर्म के पीछे एक हिस्ट्री होती है। जिन्दगी की घटनाओं का एक बहुत बड़ा टुकड़ा होता है, बहुत उलझा हुआ, टेढ़ा-मेढ़ा— मैं मनोविज्ञान का माहिर नहीं। लेकिन इतना जरूर जानता हूं कि इन्सान से खुद जुर्म नहीं किया जाता, हालात से होता है।"

नसीर ने कहा, "आपने बिलकुल ठीक कहा है।"

रिजवी ने एक और कॉफी का ऑर्डर दिया और नसीर से कहा, "मुझे मालूम नहीं जनाब, लेकिन मैंने जो कुछ अर्ज किया है, अपने अनुभव के आधार पर अर्ज किया है, वरना यह विषय बहुत पुराना है। मेरा खयाल है कि विक्टर ह्यूगो फ्रांस का एक मशहूर नॉवेलिस्ट था—शायद किसी और मुल्क का हो—आप तो खैर जानते ही होंगे—जुर्म और सजा पर उसने काफी लिखा है। मुझे उसकी एक रचना के कुछ वाक्य याद हैं।" यह कहकर मुझसे बोला, "मण्टो साहब, शायद आप ही का तर्जुमा था—वह सीढ़ी उतार दो जो इन्सान को जुर्म और गलत रास्ते की तरफ ले जाती है। लेकिन मैं सोचता

हूं कि वह सीढ़ी कौन-सी है? उसके कितने जीने हैं?"

"कुछ भी हो, यह सीढ़ी जरूर है। इसके जीने भी हैं, लेकिन जहां तक मैं समझता हूं, अनगिनत हैं। इनको गिनना ही सबसे बड़ी बात है। मण्टो साहब, हुकूमतें जनगणना करती हैं। हुकूमतें आंकड़े इकट्ठे करती हैं। हुकूमतें हर किस्म की गणना करती हैं—इस सीढ़ी के जीनों की गणना क्यों नहीं करतीं? क्या यह उनका फर्ज नहीं? मैंने कत्ल किया, लेकिन इस सीढ़ी के कितने जीने तय करके किया। हुकूमत ने मुझे वायदा माफ गवाह बना लिया, इसलिए कि कत्ल का सबूत उसके पास नहीं था। लेकिन सवाल यह है कि मैं अपने गुनाह की माफी किससे मांगूं। वे हालात जिन्होंने मुझे कत्ल करने पर मजबूर किया था, अब मेरे नजदीक नहीं हैं। उनमें और मुझमें एक साल का फासला है। मैं इस फैसले से माफी मांगूं या उन हालात से जो बहुत दूर खड़े मुझे मुंह चिढ़ा रहे हैं।"

हम सब रिजवी की बातें बड़े गौर से सुन रहे थे। वह देखने में पढ़ा-लिखा नहीं लगता था। लेकिन उसकी गुफ्तगू से साबित हुआ कि वह पढ़ा-लिखा है और बात करने का सलीका जानता है। मैंने उससे कुछ कहा होता, लेकिन मैं चाहता था कि वह बातें करता जाए और मैं सुनता जाऊं। इसलिए मैं उसकी गुफ्तगू में बाधक न बना।

उसके लिए नई कॉफी आ गई थी। उसे बनाकर उसने चन्द घूंट पिए और कहना शुरू किया, "खुदा मालूम मैं क्या बकवास करता रहा हूं, लेकिन मेरे दिमाग में हर वक्त एक आदमी का खयाल रहा है—उस आदमी का, उस भंगी का, जो हमारे साथ जेल में था। उसको साढ़े तीन आने चोरी करने पर एक साल की सजा हुई थी।"

नसीर ने हैरत से पूछा, "सिर्फ साढ़े तीन आने चोरी करने पर?"

रिजवी ने ठण्डा-सा जवाब दिया, "जी हां। सिर्फ साढ़े तीन आने की चोरी पर—जो उसको नसीब न हुए, क्योंकि वह पकड़ा गया। यह रकम खजाने में महफूज है और फग्गू भंगी गैरमहफूज है क्योंकि हो सकता है, वह फिर पकड़ा जाए, क्योंकि हो सकता है उसका पेट फिर उसे मजबूर करे, क्योंकि हो सकता है कि उसको तनख्वाह देने वालों को अपनी तनख्वाह न मिले—यह हो सकता है। यह सिलसिला मण्टो साहब, अजीबो-गरीब है। सच

पूछिए तो दुनिया में सब कुछ हो सकता है—रिजवी से कत्ल भी हो सकता है।"

यह कहकर वह थोड़ी देर के लिए खामोश हो गया। नसीर ने उससे कहा, "आप फग्गू भंगी की बात कर रहे थे?"

रिजवी ने अपनी छिदरी मूंछों पर से कॉफी रूमाल के साथ पोंछी, "जी हां। फग्गू भंगी चोर होने के बावजूद, यानी वह कानून की नजरों में चोर था, हमारी नजरों में पूरा ईमानदार था। खुदा की कसम, मैंने आज तक उस जैसा ईमानदार आदमी नहीं देखा। साढ़े तीन आने उसने जरूर चुराए थे। उसने साफ-साफ अदालत में कह दिया था कि यह चोरी मैंने जरूर की है। मैं अपने हक में कोई गवाही पेश नहीं करना चाहता—मैं दो दिन का भूखा था। मजबूरन मुझे करीम दर्जी की जेब में हाथ डालना पड़ा। उससे मुझे पांच रुपये लेने थे, दो महीनों की तनख्वाह। हुजूर, उसका भी कोई कसूर न था, इसलिए कि उसके कई ग्राहकों ने उसकी सिलाई के पैसे मारे हुए थे। हुजूर, मैं पहले भी चोरियां कर चुका हूं। एक दफा मैंने दस रुपये एक मेम साहब के बटुए से निकाल लिए थे। मुझे एक महीने की सजा हुई थी। फिर मैंने डिप्टी साहब के घर से चांदी का एक खिलौना चुराया था। इसलिए कि मेरे बच्चे को निमोनिया था और डॉक्टर बहुत फीस मांगता था। हुजूर, मैं आपसे झूठ नहीं कहता, मैं चोर हूं। कुछ हालात ही ऐसे थे कि मुझे चोरियां करनी पड़ीं—और हालात ही ऐसे थे कि मैं पकड़ा गया। मुझसे भी बड़े-बड़े चोर मौजूद हैं, लेकिन वे अभी तक पकड़े नहीं गए। हुजूर, अब मेरा बच्चा भी नहीं है, बीवी भी नहीं है। लेकिन हुजूर, अफसोस है कि मेरा पेट है। यह भर जाए तो सारा झंझट ही खत्म हो जाए। हुजूर, मुझे माफ कर दो। लेकिन हुजूर ने उसको माफ नहीं किया और पक्का चोर समझकर उसको एक साल कैद बामशक्कत की सजा दे दी।"

रिजवी बड़े बेतकल्लुफ अन्दाज में बोल रहा था। उसमें कोई बनावट नहीं थी। ऐसा लगता था कि शब्द खुद-बखुद उसकी जबान पर आते और बहते चले जा रहे थे। मैं बिलकुल खामोश था। सिगरेट पर सिगरेट पी रहा था और उसकी बातें सुन रहा था। नसीर फिर उससे बोला, "आप फग्गू की ईमानदारी की बात कर रहे थे?"

"जी, हां।" रिजवी ने जेब से बीड़ी निकालकर सुलगाई, "मैं नहीं जानता, कानून की निगाहों में ईमानदारी क्या चीज है। लेकिन मैं इतना जानता हूं कि मैंने बड़ी ईमानदारी से कत्ल किया था और मेरा खयाल था कि फग्गू भंगी ने भी बड़ी ईमानदारी से साढ़े तीन आने चुराए थे। मेरी समझ में नहीं आता कि लोग ईमानदारी की सिर्फ अच्छी बातों से क्यों तुलना करते हैं और सच पूछिए तो अब मैं यह सोचने लगा हूं कि अच्छाई और बुराई है क्या? एक चीज आपके लिए अच्छी हो सकती है, मेरे लिए बुरी। एक सोसायटी में एक चीज अच्छी समझी जाती है और दूसरी बुरी। हमारे मुसलमानों में बगलों के बाल बढ़ाना गुनाह समझा जाता है लेकिन सिख उससे अलग हैं। अगर यह बाल बढ़ाना वाकई गुनाह है तो खुदा उनको सजा क्यों नहीं देता। अगर कोई खुदा है तो मेरी दरख्वास्त है कि खुदा के लिए ये इन्सानों के कानून तुम तोड़ दो। उनकी बनाई हुई जेलें ढा दो और आसमानों पर अपनी जेलें खुद बनाओ। खुद अपनी अदालत में उनको सजा दो, क्योंकि और कुछ नहीं तो कम से कम खुदा तो हो।"

रिजवी की इस तकरीर ने मुझे बहुत प्रभावित किया। उसकी सादगी ही असल में इस प्रभाव का कारण थी। वह बातें करता था तो यूं लगता था जैसे हमसे नहीं, बल्कि अपने दिल ही दिल में गुफ्तगू कर रहा है।

उसकी बीड़ी बुझ गई थी। शायद इसमें तम्बाकू की गांठ अटकी हुई थी, इसलिए कि उसने पांच-छह बार उसको सुलगाने की कोशिश की। जब न सुलगी तो फेंक दी और मुझसे बोला, "मण्टो साहब, फग्गू मुझे अपनी तमाम जिन्दगी याद रहेगा। आपको बताऊंगा तो आप जरूर कहेंगे कि भावुकता है, लेकिन खुदा की कसम, भावुकता का इसमें कोई दखल नहीं, वह मेरा दोस्त नहीं था—नहीं, वह मेरा दोस्त था, क्योंकि उसने हर बार खुद को ऐसा साबित किया?"

रिजवी ने जेब में से दूसरी बीड़ी निकाली, मगर वह टूटी हुई थी। मैंने उसे सिगरेट पेश किया तो उसने कबूल कर लिया, "शुक्रिया, मण्टो साहब! माफ कीजिएगा। मैंने इतनी बकवास की है, हालांकि मुझे नहीं करनी चाहिए थी। इसलिए कि माशा अल्लाह आप....।"

मैंने आपकी बात काटी, "रिजवी साहब, मैं इस वक्त मण्टो नहीं हूं,

सिर्फ सआदत हसन हूं। आप अपनी गुफ्तगू जारी रखिए। मैं बड़ी दिलचस्पी से सुन रहा हूं।"

रिजवी मुस्कराया। उसकी छोटी-छोटी नशीली आंखों में चमक पैदा हुई, "आपकी बड़ी मेहरबानी है।" वह नसीर से बोला, "मैं क्या कह रहा था?"

मैंने उससे कहा, "आप फग्गू की ईमानदारी के बारे में कुछ कहना चाहते थे।"

"जी, हां।" यह कहकर उसने मेरा पेश किया हुआ सिगरेट सुलगाया, "मण्टो साहब, कानून की नजरों में वह आदी चोर था। बीड़ियों के लिए उसने एक बार आठ आने चुराए थे। बड़ी मुश्किलों से दीवार फांदकर जब उसने भागने की कोशिश की थी तो उसके टखने की हड्डी टूट गई थी। करीब-करीब एक साल तक वह उसका इलाज कराता रहा। मगर जब मेरे जैसे कसूर वाला मेरा दोस्त जर्जी बीस बीड़ियां उसकी मार्फत भेजता तो वे सबकी सब पुलिस की नजरें बचाकर मेरे हवाले कर देता। वायदा माफ गवाहों की बड़ी कड़ी निगरानी होती है, लेकिन जर्जी ने फग्गू को अपना दोस्त और हमराज बना लिया था। वह भंगी था, लेकिन उसका स्वभाव बहुत खुशबूदार था। शुरू-शुरू में जब वह जर्जी की बीड़ियां लेकर मेरे पास आया तो मैंने सोचा, इस हरामजादे चोर ने जरूर इनमें से कुछ गायब कर ली होंगी। मगर बाद में मुझे मालूम हुआ, वह कतई तौर पर ईमानदार था। बीड़ी के लिए उसने आठ आने चुराते हुए अपने टखने की हड्डी तुड़वा ली थी, मगर यहां जेल में, जहां उसको तम्बाकू कहीं से भी नहीं मिल सकता था, वह जर्जी की दी हुई बीड़ियां सारी की सारी मेरे हवाले कर देता था, जैसे वे अमानत हों। फिर वह कुछ देर हिचकिचाने के बाद मुझसे कहता, बाबूजी, एक बीड़ी तो दीजिए और मैं उसको सिर्फ एक बीड़ी देता। इन्सान भी कितना कमीना है।"

रिजवी ने कुछ इस अन्दाज में अपना सिर झटका जैसे उसे खुद से नफरत है, "जैसा मैं अर्ज कर चुका हूं, मुझ पर बहुत कड़ी पाबन्दियां लगी थीं। वायदा माफ गवाहों के साथ ऐसा ही होता है। जबकि जर्जी मेरे मुकाबले में बहुत आजाद था। उसको रिश्वत दे दिलाकर बहुत-सी सुविधाएं मिली हुई थीं। कपड़े मिल जाते थे। साबुन मिल जाता था। बीड़ियां मिल

जाती थीं। जेल के अन्दर रिश्वत देने के लिए रुपये भी मिल जाते थे। फग्गू भंगी की सजा खत्म होने में सिर्फ कुछ दिन बाकी रह गए थे जब उसने आखिरी बार जर्जी की दी हुई बीस बीड़ियां मुझे लाकर दीं, मैंने उसका शुक्रिया अदा किया। वह जेल से निकलने पर खुश नहीं था। मैंने जब उसको मुबारकबाद दी तो उसने कहा, "बाबूजी, मैं फिर यहां आ जाऊंगा। भूखे इन्सान को चोरी करनी ही पड़ती है। बिलकुल ऐसे ही जैसे एक भूखे इन्सान को खाना खाना ही पड़ता है। बाबूजी, आप बड़े अच्छे हैं। मुझे इतनी बीड़ियां देते रहे। खुदा करे आपके सारे दोस्त बरी हो जाएं। जर्जी बाबू आपको बहुत चाहते हैं।"

नसीर ने यह सुनकर लगभग अपने आपसे कहा, "और उसको सिर्फ साढ़े तीन आने चुराने के जुर्म में सजा मिली थी।"

रिजवी ने गरम कॉफी का एक घूंट पीकर ठण्डे अन्दाज में कहा, "जी हां, सिर्फ साढ़े तीन आने चुराने के जुर्म में–और वे भी खजाने में जमा हैं। खुदा मालूम उनसे किस पेट की आग बुझेगी।" रिजवी ने कॉफी का एक और घूंट पिया और मुझसे बोला, "हां, मण्टो साहब, उसकी रिहाई में सिर्फ एक दिन रह गया था। मुझे दस रुपयों की बहुत जरूरत थी। मैं अधिक विस्तार में नहीं जाना चाहता। ये रुपये एक सिलसिले में सन्तरी को रिश्वत के तौर पर देने थे। मैंने बड़ी मुश्किल से कागज-पेंसिल लेकर जर्जी को एक खत लिखा था और फग्गू के द्वारा उसे उस तक भिजवाया था कि वह मुझे किसी न किसी तरह दस रुपये भेज दे। फग्गू अनपढ़ था। शाम को वह मुझसे मिला। जर्जी का रुक्का उसने मुझे दिया। उसमें दस रुपये का सुर्ख पाकिस्तानी नोट कैद था। मैंने रुक्का पढ़ा। यह लिखा था, 'रिजवी प्यारे, दस रुपये भेज तो रहा हूं, मगर एक आदी चोर के हाथ। खुदा करे तुम्हें मिल जाएं क्योंकि यह कल ही जेल से रिहा होकर जा रहा है।' मैंने यह पढ़ा तो फग्गू भंगी की तरफ देखकर मुस्कराया। उसको साढ़े तीन आने चुराने के जुर्म में एक साल की सजा हुई थी। मैं सोचने लगा, अगर उसने दस रुपये चुराए होते तो साढ़े तीन आने के हर साल के हिसाब से उसको क्या सजा मिलती?"

यह कहकर रिजवी ने कॉफी का आखिरी घूंट पिया और रुखसत मांगे बगैर कॉफी हाउस से बाहर चला गया।

बस स्टैण्ड

वह बस स्टैण्ड के पास खड़ी 'ए' रूट वाली बस का इन्तजार कर रही थी। उसके पास कई मर्द खड़े थे। उनमें से एक उसे बहुत बुरी तरह घूर रहा था। उसको ऐसा महसूस हुआ कि यह शख्स बरमे से उसके दिलो-दिमाग पर छेद बना रहा है।

उसकी उम्र 20-22 वर्ष की होगी, लेकिन इस पक्की उम्र के बावजूद, वह बहुत घबरा रही थी। जाड़ों के दिन थे, पर इसके बावजूद उसने कई बार अपने माथे का पसीना पोंछा। उसकी समझ में नहीं आता था कि क्या करे। बस स्टैण्ड से चली जाए। कोई तांगा ले ले या वापस अपनी सहेली के पास चली जाए।

उसकी यह सहेली नई-नई बनी थी। एक पार्टी में उनकी मुलाकात हुई और वे दोनों एक-दूसरे को भा गईं। यह पहली बार था कि वह अपनी इस नई सहेली के बुलावे पर उसके घर आई थी।

नौकर बीमार था, मगर जब इस सहेली ने इतनी जिद की तो वह अकेली उसके पास चली गई। दो घण्टे आपस में गप लड़ाती रहीं—यह वक्त बड़े मजे में कटा। उसकी सहेली ने, जिसका नाम शाहिदा था, उससे जाते वक्त कहा, "सलमा, अब तुम्हारी शादी हो जानी चाहिए।"

सलमा शरमा गई, "कैसी बातें करती हो, शाहिदा! मुझे शादी नहीं करनी है।"

"तो क्या सारी उम्र कुंवारी रहोगी?"

"कुंवारी रहने में हर्ज क्या है?"

शाहिदा मुस्कराई, "मैं भी यही कहा करती थी, लेकिन जब शादी हो गई तो दुनिया के तमाम मजे मुझे मिल गए। यही तो उम्र है जब आदमी पूरी

तरह शादी के मजों को खुद प्राप्त कर सकता है। तुम मेरा कहा मानो—बस एक-दो महीनों के अन्दर दुल्हन बन जाओ। तुम्हारे हाथों में मेहन्दी मैं खुद लगाऊंगी।"

"छोड़ो इस छेड़खानी को।"

शाहिदा ने सलमा के गालों पर हल्की चपत लगाई, "यह छेड़खानी है? अगर यह छेड़खानी है, तो सारी उम्र छेड़खानी है। मर्द और औरत का रिश्ता भी फिजूल है। मेरी समझ में नहीं आता, एक हमेशा में चले आ रहे रिश्ते से इनकार क्यों करती हो? देखूंगी कि तुम मर्द के बगैर कैसे जिन्दा रहोगी। खुदा की कसम, पागल हो जाओगी, पागल।"

"अच्छा है, जो पागल हो जाऊं। क्या पागलों के लिए इस दुनिया में कोई जगह नहीं? इतने सारे पागल हैं, आखिर वे भी तो जैसे-तैसे जी रहे हैं।"

"जैसे-तैसे जीने में क्या मजा है प्यारी सलमा! मैं तुमसे कहती हूं कि जब से मेरी शादी हुई है, मेरी काया ही पलट गई है। मेरा खाविंद बहुत प्यार करने वाला है।"

"क्या काम करते हैं?"

"मुझसे मुहब्बत करते हैं—यही उनका काम है। वैसे अल्लाह का दिया बहुत कुछ है। मेरा हाथ उन्होंने कभी तंग होने नहीं दिया।"

सलमा ने यूं महसूस किया कि उसका दिल तंग हो गया है, "शाहिदा! मुझे तंग न करो। मुझे शादी नहीं करनी है—मुझे मरदों से नफरत है।"

"क्यों?"

"बस, है।"

"अब मैं तुमसे क्या कहूं—मरदों से मुझे भी नफरत थी। लेकिन जब मेरी शादी हुई और मुझसे मेरे खाविंद ने प्यार-मुहब्बत किया तो मैंने पहली बार जाना कि मर्द, औरत के लिए कितना जरूरी है।"

"हुआ करे—मुझे उसकी कोई जरूरत नहीं।"

शाहिदा हंसी, "सलमा, एक दिन जरूर तुम इस बात को मान जाओगी कि मर्द औरत के लिए लाजमी है। उसके बगैर वह ऐसी गाड़ी है जिसके पहिए न हों। मेरी शादी को एक वर्ष हुआ। इस एक वर्ष में मुझे जितनी

खुशियां और राहतें मेरे खाविंद ने पहुंचाई हैं, बयान नहीं कर सकती। खुदा की कसम, वह फरिश्ता है फरिश्ता, मुझ पर जान छिड़कता है।"

सलमा ने यह सुनकर यूं महसूस किया कि जैसे उसके सिर पर फरिश्तों के पंख फड़फड़ा रहे हैं। उसने सोचा कि शायद मर्द औरत के लिए लाजमी हो। लेकिन फौरन ही उसके दिमाग में यह खयाल आया कि उसकी अक्ल ने उसका साथ नहीं दिया—मर्द की जरूरत ही क्या है? क्या औरत उसके बगैर जिन्दा नहीं रह सकती।

जैसा कि शाहिदा ने उसको बताया था कि उसका शौहर बहुत प्यार करने वाला है, बहुत नेक स्वभाव का है—लेकिन इससे यह साबित तो नहीं होता कि वह शाहिदा के लिए लाजमी था।

सलमा हसीन थी। उभरा यौवन, भरे-भरे हाथ-पांव, चौड़ी पेशानी, घुटनों तक लम्बे काले बाल, सुतवां नाक और उसकी फुनगी पर एक तिल।

जब वह अपनी सहेली से इजाजत मांगकर गुसलखाने में गई तो उसने शीशे में बड़े गौर से देखा और उसे बड़ी उलझन महसूस हुई। जब उसने सोचा कि आखिर यह जिस्म, यह हुस्न, ये उभार किसके लिए हैं—खुदा की सारी कारीगरी बेकार जा रही है।

गेहूं पैदा होता है, तो आदमी उससे अपना पेट पालते हैं। उसकी जवानी भी तो किसी खेत में उगी थी। अगर उसे कोई खाएगा नहीं, तो गल-सड़ नहीं जाएगी?

वह बहुत देर तक गुसलखाने में आईने के सामने सोचती रही। उसके दिमाग में सहेली की तमाम बातें गूंज रही थीं—मर्द औरत के लिए बहुत जरूरी है—उसका खाविंद उससे बहुत प्यार करता है—वह फरिश्ता है।

सलमा ने एक लम्हे के लिए महसूस किया कि उसकी सलवार और उसका दुपट्टा फरिश्तों के पंख बन गए हैं। वह घबरा गई और जल्दी से निपटकर बाहर निकल आई।

बाहर बरामदे में मक्खियां भिनभिना रही थीं। सलमा को ऐसा लगा कि यह भी फरिश्ते हैं, जो भेष बदलकर आए हैं।

फिर जब उसकी सहेली अपनी कोठी से लगे बाग में उसे ले गई और वहां उसने कुछ तितलियां देखीं तो वे भी उसे फरिश्ते दिखाई दिए। लेकिन

उसने कई बार सोचा कि ऐसे रंगीन और ऐसे नन्हे-मुन्हे फरिश्ते कैसे हो सकते हैं।

उसे बहुत देर तक फरिश्ते ही फरिश्ते दिखाई देते रहे, जो उसके करीब आते, उसे प्यार करते, उसका मुंह चूमते, उसके सीने पर हाथ फेरते, जिससे उसको बड़ी राहत मिलती। लेकिन वह इन फरिश्तों के हाथ बड़ी तेजी से एक तरफ झटक देती और उनसे कहती, "जाओ, चले जाओ यहां से। तुम्हारा घर तो आसमान है। यहां क्या करने आए हो?"

तब वे फरिश्ते उससे कहते, "हम फरिश्ते नहीं, हजरत आदम की औलाद हैं। वही बुजुर्ग जो जन्नत से निकाले गए थे। पर हम तुम्हें फिर जन्नत में पहुंचाने का वायदा करते हैं। चलो, हमारे साथ। वहां दूध की नहरें बहती हैं और शहद की भी।"

सलमा ने यूं महसूस किया कि उसके सीने में से दूध के नन्हे-नन्हे कतरे निकलने शुरू हो गए हैं और उसके होंठ मिठास में लिपटे हुए हैं।

शाहिदा उससे बार-बार अपने खाविंद की तारीफ करती। असल में उसका मतलब यह था कि वह उसके भाई के साथ सलमा का रिश्ता कायम कर दे, मगर घर पर यह पहली मुलाकात थी। इसलिए वह खुलकर बात न कर सकी। फिर भी उसने इशारे से सलमा पर यह प्रकट कर दिया कि उसका खाविंद, जो बहुत शरीफ और मुहब्बत करने वाला आदमी है, उसका भाई उससे भी कहीं ज्यादा शरीफ और सज्जन है।

सलमा ने यह इशारा न समझा, इसलिए कि वह बहुत सीधी-सादी थी। उसने सिर्फ इतना कह दिया, "आजकल के जमाने में शरीफ आदमियों का मिलना मुश्किल है। तुम खुशकिस्मत हो तुम्हें ऐसा खानदान मिल गया, जहां हर आदमी नेक और शरीफ है।"

"अफसोस है कि इस वक्त मेरे खाविंद घर पर मौजूद नहीं, वरना मैं तुमसे उन्हें जरूर मिलाती।"

"कभी फिर सही, क्या काम करते हैं?"

"हाय, उन्हें क्या काम करने की जरूरत है। लाखों रुपये की जायदाद है। मकानों और दुकानों से किराया ही हर महीने दो हजार के करीब वसूल हो जाता है। इसके अलावा माशाअल्लाह जमीनें हैं।—वहां की आमदनी

अलग है। अनाज की कोई दिक्कत नहीं। मनो गंदुम घर में पड़ा रहता है, चावल भी। हर किस्म की तरकारी भी हर वक्त मिल सकती है। अल्लाह का बड़ा फजलो-करम है। उनका छोटा भाई जो आजकल लन्दन में है, खेती के बारे में जाने क्या सीख रहा है। एक महीने तक वापस आ रहा है। वह अपने बड़े भाई के मुकाबले में ज्यादा खूबसूरत है। तुम उसे देखोगी तो.... ।"

सलमा ने घबराए हुए लहजे में कहा, "हां-हां, जब वह आएंगे तो उनसे मिलने का इत्तफाक हो जाएगा।"

शाहिदा ने कहा, "बड़ा शरीफ लड़का है–बिलकुल अपने बड़े भाई की मानिंद।"

"जी, हां। जरूर होगा। आखिर शरीफ खानदान से ताल्लुक रखता है।"

"वह बस आने ही वाला है। तुम मुझे अपनी एक तस्वीर दे दो।"

"क्या करोगी?"

"बस, शहद लगाकर चाटा करूंगी।"

यह कहकर शाहिदा ने सलमा का मुंह चूम लिया और फिर अपने खाविंद की तारीफें शुरू कर दीं। सलमा तंग आ गई। उसने थोड़ी देर के बाद कोई बहाना बनाकर रुखसत चाही और बस स्टैण्ड पर पहुंच गई, जहां उसे 'ए' रूट की बस पकड़नी थी।

वह जब वहां पहुंची तो एक मर्द ने उसे बहुत बुरी निगाहों से घूरना शुरू कर दिया। वह परेशान हो गई। जाड़ों के दिन थे। गगर उसने कई बार अपने पेशानी से पसीना पोंछा।

स्टैण्ड पर एक बस आई। उसने उसका नम्बर न देखा और जब कुछ मुसाफिर उतरे तो वह फौरन उसमें सवार हो गई। वह आदमी भी उस बस में दाखिल हो गया। उसकी परेशानी और ज्यादा बढ़ गई।

इत्तफाक ऐसा हुआ कि बस के इंजन में कोई खराबी पैदा हो गई, जिसके कारण उसे रुकना पड़ा। सब मुसाफिरों से कह दिया गया कि वे उतर जाएं क्योंकि काफी देर तक यह बस नहीं चल सकेगी।

सलमा नीचे उतरी तो वह आदमी भी, जो उसे बहुत बुरी तरह घूर रहा था, उसके साथ बाहर निकला। सड़क पर एक कार जा रही थी, उसने उसके ड्राइवर को आवाज दी, "इमामदीन?"

इमामदीन ने मोटर एकदम रोक ली। उसे आदमी ने सलमा का हाथ पकड़ा और उससे कहा, “चलिए, यह मेरी अपनी कार है। आप जहां भी जाना चाहती हैं, मैं आपको छोड़ जाऊंगा।”

सलमा इनकार न कर सकी। मोटर में बैठ गई। उसको मॉडल टाउन जाना था। मगर वह उसे कहीं और ले गया और....।

सलमा ने महसूस किया कि मर्द वाकई औरत के लिए जरूरी होता है। उसने अपनी जिन्दगी का बेहतरीन दिन गुजारा। यद्यपि उसने पहले बहुत हील-हुज्जत और विरोध किया, मगर उस आदमी ने उसे राजी कर ही लिया।

तीन-चार घण्टों के बाद जब सलमा ने उस शख्स का बटुआ खोलकर यूं ही देखा तो उसमें एक तरफ शाहिदा का फोटो था। उसने हिचकिचाहट के साथ पूछा, “यह-यह औरत कौन है?”

उस शख्स ने जवाब दिया, “मेरी बीवी!”

सलमा के हलक से चीख निकलते-निकलते रह गई, “आपकी बीवी?”

शाहिदा का खाविंद मुस्कराया, “क्या मरदों की बीवियां नहीं होतीं?”

धुआं

जब वह स्कूल की तरफ रवाना हुआ तो उसने रास्ते में एक कसाई देखा, जिसके सिर पर एक बहुत बड़ा टोकरा था। उस टोकरे में दो ताजा जिबह किए हुए बकरे थे। खाल उतरी हुई थी और उनके नंगे गोश्त से धुआं निकल रहा था। टोकरे में जगह-जगह पर गोश्त, जिसको देखकर मसऊद के ठण्डे गालों पर गरमी की लहरें-सी दौड़ जाती थीं, फड़क रहा था, जैसे कभी-कभी उसकी आंखें फड़का करती थीं।

उस वक्त सवा नौ बजे होंगे, मगर झुके हुए मटियाले बादलों की वजह से ऐसा मालूम होता था कि बहुत सेवरा है। सर्दी में तेजी नहीं थी, लेकिन राह चलते आदमियों के मुंह से गरम-गरम समावर की टूटियों की तरह गाढ़ा सफेद धुआं निकल रहा था। हर चीज बोझिल दिखाई देती थी, जैसी बादलों के वजन के नीचे दबी हुई है। मौसम कुछ ऐसी ही कैफियत लिए हुआ था, जो रबड़ के जूते पहनकर चलने से पैदा होती थी। इसके बावजूद बाजार में लोगों का आना-जाना जारी था और दुकानों में जिन्दगी के आसार पैदा हो चुके थे। आवाजें मन्द थीं, जैसे सरगोशियां हो रही हों। हौले-हौले लोग कदम उठा रहे थे कि ज्यादा ऊंची आवाज पैदा न हो।

मसऊद बस्ता बगल में दबाए स्कूल जा रहा था। आज उसकी चाल भी सुस्त थी। जब उसने बे-खाल के ताजा जिबह किए हुए बकरों के गोश्त से सफेद-सफेद धुआं उठता देखा तो उसे राहत महसूस हुई। इस धुएं ने उसके ठण्डे-ठण्डे गालों पर गरम-गरम लकीरों का एक जाल-सा बुन दिया। इस गरमी ने उसे राहत पहुंचाई और वह सोचने लगा कि सर्दियों में ठण्डे-सर्द हाथों पर बेंत खाने के बाद अगर यह धुआं मिल जाया करे तो कितना अच्छा हो।

माहौल में उजलापन नहीं था। रोशनी थी, मगर धुंधली। कुहरे की एक पतली-सी तह हर चीज पर चढ़ी हुई थी, जिससे माहौल में गदलापन पैदा हो गया था। यह गदलापन आंखों को अच्छा मालूम होता था। इसलिए कि नजर आने वाली चीजों की नोक-पलक कुछ मद्धिम पड़ गई थी।

मसऊद जब स्कूल पहुंचा तो उसे अपने साथियों से यह मालूम करके कतई तौर पर खुशी नहीं हुई कि स्कूल सकत्तर साहब की मौत की वजह से बन्द कर दिया गया है। सब लड़के खुश थे, जिसका सबूत यह था कि वे अपने बस्ते एक जगह पर रखकर स्कूल के सेहन में ऊटपटांग खेलों में मस्त थे। कुछ छुट्टी का पता मालूम करते ही घर चले गए थे। कुछ आ रहे थे, कुछ नोटिस बोर्ड के सामने जमा थे और बार-बार एक ही इबारत पढ़ रहे थे।

मसऊद ने जब सुना कि सकत्तर साहब मर गए हैं तो उसे बिलकुल अफसोस नहीं हुआ। उसका दिल जज्बात से बिलकुल खाली था। अलबत्ता उसने यह जरूर सोचा कि पिछले बरस जब उसके दादाजान की मौत इन ही दिनों में हुई थी तो उनका जनाजा ले जाने में बड़ी दिक्कत हुई थी। इसलिए कि बारिश शुरू हो गई थी। वह भी जनाजे के साथ गया था और कब्रिस्तान में चिकनी कीचड़ के कारण ऐसा फिसला था कि खुदी हुई कब्र में गिरते-गिरते बचा था। ये सब बातें उसको अच्छी तरह याद थीं। सर्दी की तेजी; उसके कीचड़ से लथपथ कपड़े, सुर्खीमायल नीले हाथ, जिनको दबाने से सफेद-सफेद धब्बे पड़ जाते थे। नाक, जो कि बर्फ की डली मालूम होती थी, और फिर आकर हाथ-पांव धोने और कपड़े बदलने की कार्रवाई—यह सब उसको अच्छी तरह याद था। चुनांचे जब उसने सकत्तर साहब की मौत की खबर सुनी तो उसे बीती हुई बातें याद आ गईं और उसने सोचा, जब सकत्तर साहब का जनाजा उठेगा तो बारिश शुरू हो जाएगी और कब्रिस्तान में इतनी कीचड़ हो जाएगी कि कई लोग फिसलेंगे और उनको ऐसी चोटें आएंगी कि बिलबिला उठेंगे।

मसऊद ने यह खबर सुनकर सीधे अपने कमरे का रुख किया। कमरे में पहुंचकर उसने अपनी डेस्क का ताला खोला। दो-तीन किताबें, जो उसे दूसरे रोज फिर लानी थीं, उसमें रखीं और बाकी बस्ता उठाकर घर की ओर चल पड़ा।

रास्ते में फिर उसने वही दो ताजा जिबह किए हुए बकरे देखे। उनमें से एक को अब कसाई ने लटका दिया था। दूसरा तख्ते पर पड़ा था। जब मसऊद दुकान के पास से गुजरा तो उसके दिल में ख्वाहिश पैदा हुई कि गोश्त को, जिसमें धुआं उठ रहा था, छूकर देखे। चुनांचे आगे बढ़कर उसने उंगली से बकरे के उस हिस्से को छूकर देखा, जो अभी तक कड़क रहा था। गोश्त गरम था। मसऊद की ठण्डी उंगली को यह हरारत बहुत भली मालूम हुई। कसाई दुकान के अन्दर छुरियां तेज करने में लगा था। चुनांचे मसऊद ने एक बार फिर गोश्त को छूकर देखा और वहां से चल पड़ा।

घर पहुंचकर जब उसने अपनी मां को सकत्तर साहब की मौत की खबर सुनाई तो उसे मालूम हुआ कि उसके अब्बाजी उन्हीं के जनाजे के साथ गए हैं। अब घर में सिर्फ दो आदमी थे, मां और बड़ी बहन। मां बावर्चीखाने में बैठी सालन पका रहा थी और बड़ी बहन कलसूम पास ही एक कांगड़ी लिए दरबारी की सरगम याद कर रही थी।

चूंकि गली के दूसरे लड़के गवर्नमेंट स्कूल में पढ़ते थे, जिन पर इस्लामिया स्कूल के सकत्तर की मौत का कुछ असर नहीं पड़ा था, इसलिए मसऊद ने खुद को बिलकुल बेकार महसूस किया। स्कूल का कोई काम भी नहीं था। छठी जमात में जो कुछ पढ़ाया जाता है, वह घर में अपने अब्बाजी से पढ़ चुका था। खेलने के लिए भी उसके पास कोई चीज न थी। एक मैला-कुचैला ताश ताक में पड़ा था, मगर उससे मसऊद को कोई दिलचस्पी नहीं थी। लूडो और इसी किस्म के दूसरे खेल, जो उसकी बड़ी बहन अपनी सहेलियों के साथ हर रोज खेलती थी, उसकी समझ से बालातर थे कि मसऊद ने कभी उनको समझने की कोशिश ही नहीं की थी। उसको फितरतन ऐसे खेलों से कोई लगाव न था।

बस्ता अपनी जगह पर रखने और कोट उतारने के बाद वह बावर्चीखाने में अपनी मां के पास बैठ गया और दरबारी सरगम सुनता रहा, जिसमें कई दफा सा रे गा मा आता था। उसकी मां पालक काट रही थी। पालक काटने के बाद उसने हरे-हरे पत्तों का गीला-गीला ढेर उठाकर हंडिया में डाल दिया। थोड़ी देर के बाद जब पालक को आंच लगी तो उसमें से सफेद-सफेद धुआं उठने लगा। उस धुएं को देखकर मसऊद को बकरे का गोश्त याद आ गया।

चुनांचे अपनी मां से कहा, "अम्मीजान, आज मैंने कसाई की दुकान पर दो बकरे देखे। खाल उतरी हुई थी और उनमें से धुआं निकल रहा था, बिलकुल ऐसे ही, जैसे कि सुबह-सवेरे मेरे मुंह से निकला करता है।"

"अच्छा....।" यह कहकर उसकी मां चूल्हे में लकड़ियों के कोयले झाड़ने लगी।

"हां, मैंने गोश्त को अपनी उंगली से छूकर देखा तो वह गरम था।"

"अच्छा....।" यह कहकर उसकी मां ने वह बरतन उठाया, जिसमें उसने पालक का साग धोया था और बावर्चीखाने से बाहर चली गई।

"और वह गोश्त कई जगह से फड़कता भी था।"

"अच्छा!" मसऊद की बड़ी बहन ने दरबारी सरगम याद करना छोड़ दी और उसकी तरफ मुतवज्जह हुई, "कैसे फड़कता था?"

"यूं....यूं।" मसऊद ने उंगलियों से फड़कन पैदा करके अपनी बहन को दिखाई।

"तो फिर क्या हुआ?"

यह सवाल कलसूम ने अपने सरगम-भरे दिमाग से कुछ इस तौर पर निकाला कि मसऊद कुछ समय के लिए बिलकुल हैरानकुन हो गया, "फिर क्या होना था। मैंने तो ऐसे ही आपसे बात की थी कि कसाई की दुकान पर गोश्त फड़क रहा था। मैंने उंगली से छूकर भी देखा था। गरम था।"

"गरम था....अच्छा मसऊद, यह बताओ, तुम मेरा एक काम करोगे?"

"बताइए।"

"आओ, मेरे साथ आओ।"

"नहीं, पहले आप बताइए काम क्या है?"

"तुम आओ तो सही मेरे साथ।"

"जी नहीं। पहले आप काम बताइए।"

"देखो, मेरी कमर में बड़ा दर्द हो रहा है। मैं पलंग पर लेटती हूं। तुम जरा पांव से दबा देना—अच्छे भाई जो हुए—अल्लाह की कसम, बड़ा दर्द हो रहा है।" यह कहकर मसऊद की बहन ने अपनी कमर में मुक्कियां मारना शुरू कीं।

"यह आपकी कमर को क्या हो जाता है? जब देखो दर्द हो रहा है और

फिर आप दबवाती भी मुझसे हैं। क्यों नहीं अपने सहेलियों से कहें।" मसऊद उठ खड़ा हुआ।

"चलिए, लेकिन मैं आपको कहे देता हूं कि दस मिनट से ज्यादा मैं बिलकुल नहीं दबाऊंगा।"

"शाबास-शाबास!" उसकी बहन उठ खड़ी हुई और सरगमों की कॉपी सामने ताक में रखकर उस कमरे की तरफ रवाना हुई जहां वह और मसऊद दोनों सोते थे।

सेहन में पहुंचकर उसने अपनी दुखती हुई कमर सीधी की और ऊपर आसमान की तरफ देखा। मटियाले बादल झुके हुए थे।

"मसऊद, आज जरूर बारिश होगी....।" यह कहकर उसने मसऊद की तरफ देखा, मगर वह अन्दर चारपाई पर लेटा था।

जब कलसूम पलंग पर औंधे मुंह लेट गई, तो मसऊद ने उठकर घड़ी में वक्त देखा, "देखो बाजी, ग्यारह बजने से दस मिनट बाकी हैं। मैं पूरे ग्यारह बजे आपकी कमर दबाना छोड़ दूंगा।"

"बहुत अच्छा, लेकिन अब तुम खुदा के लिए ज्यादा नखरे न बघाओ। इधर मेरे पलंग पर आकर जल्दी कमर दबाओ, वरना याद रखो, बड़े जोर से कान उमेठूंगी।" कलसूम ने मसऊद को डांट पिलाई। मसऊद ने अपनी बड़ी बहन के हुक्म की तामील की और दीवार का सहारा लेकर पांव से उसकी कमर दबाना शुरू कर दी। मसऊद के वजन के नीचे कलसूम की चौड़ी-चकली कमर में थोड़ा-सा झुकाव पैदा हो गया। जब उसने पैरों से दबाना शुरू किया, ठीक उसी तरह जिस तरह मजदूर मिट्टी गूंधते हैं, तो कलसूम ने मजे लेने की खातिर हौले-हौले हाय-हाय करना शुरू किया।

कलसूम के कूल्हों पर गोश्त ज्यादा था। जब मसऊद का पांव उस हिस्से पर पड़ा तो उसे ऐसा महसूस हुआ कि वह बकरे के गोश्त को दबा रहा है, जो उसने कसाई की दुकान में अपनी उंगली से छूकर देखा था। इस एहसास ने चन्द लमहों के लिए उसके दिलो-दिमाग में ऐसे खयालात पैदा किए, जिनका न कोई सिर था न पैर। वह उनका मतलब समझ न सका और समझता भी कैसे, जबकि कोई खयाल मुकम्मल नहीं था।

एक-दो बार मसऊद ने यह भी महसूस किया कि उसके पैरों के नीचे

गोश्त के लोथड़ों में हरकत पैदा हुई है। उसी किस्म की हरकत, जो उसने बकरे के गरम-गरम गोश्त में देखी थी। उसने बड़ी बेदिली से कमर दबाना शुरू की थी, मगर अब उसे इस काम में लज्जत महसूस होने लगी। उसके वजन के नीचे कलसूम हौले-हौले कराह रही थी। यह भिंची-भिंची आवाज, जो कि मसऊद के पैरों की हरकत का साथ दे रही थी, इस गुमनाम-सी लज्जत में बढ़ रही थी।

टाइमपीस में ग्यारह बज गए, मगर मसऊद अपनी बहन कलसूम की कमर दबाता रहा। जब कमर अच्छी तरह दबाई जा चुकी तो कलसूम सीधी लेट गई और कहने लगी, "शाबास, मसऊद, शाबास! लो अब लगे हाथ टांगें भी दबा दो बिलकुल इसी तरह—शाबास, मेरे भाई।"

मसऊद ने दीवार का सहारा लेकर कलसूम की रानों पर जब अपना पूरा वजन डाला तो उसके वजन के नीचे मछलियां-सी तड़प गईं। बेअख्तियार वह हंस पड़ी और दुहरी हो गई। मसऊद गिरते-गिरते बचा, लेकिन उसके तलुओं में मछलियां की वह तड़प जम सी गई। उसके दिल में ख्वाहिश पैदा हुई कि वह फिर उसी तरह दीवार का सहारा लेकर अपनी बहन की रानें दबाए। चुनांचे उसने कहा, "यह आपने हंसना क्यों शुरू कर दिया? सीधी लेट जाइए, मैं आपकी टांगें दबा दूं।"

कलसूम सीधी लेट गई। रानों की मछलियां इधर-उधर होने के कारण जो गुदगुदी पैदा हुई थी, उसका असर अभी तक उसके जिस्म पर बाकी था। "ना भाई—मेरे गुदगुदी पैदा होती है। तुम ऊटपटांग से दबाते हो।"

मसऊद ने खयाल किया कि शायद उसने गलत तरीका इस्तेमाल किया है, नहीं अबकी दफा मैं पूरा बोझ आप पर नहीं डालूंगा। आप इत्मीनान रखिए। अब ऐसी अच्छी तरह दबाऊंगा कि आपको कोई तकलीफ न होगी।

दीवार का सहारा लेकर मसऊद ने अपने जिस्म को तौला और इस अन्दाज से आहिस्ता-आहिस्ता कलसूम की रानों पर पैर जमाये कि उसका आधा बोझ कहीं गायब हो गया। हौले-हौले बड़ी होशियारी से उसने अपने पैर चलाने शुरू किए। कलसूम की रानों में अकड़ी हुई मछलियां उसके पैरों के नीचे दब-दबकर इधर-उधर फिसलने लगीं। मसऊद ने एक बार स्कूल में

तने हुए रस्से पर इसी तरह बाजीगर को चलते हुए देखा था। उसने सोचा कि बाजीगर के पैरों के नीचे तना हुआ रस्सा इसी तरह फिसलता होगा।

इसके पहले कई बार उसने अपनी बहन कलसूम की टांगें दबाई थीं, मगर वह लज्जत, जो कि उसे अब हो रही है, पहले कभी महसूस नहीं हुई थी। बकरे के गरम-गरम गोश्त का उसे बार-बार खयाल आता था। एक-दो मर्तबा उसने सोचा, कलसूम को अगर ज़िबह कर दिया जाए तो खाल उतर जाने पर क्या उसके गोश्त में से भी धुआं निकलेगा? लेकिन ऐसी बेहूदा बातें सोचने पर उसने अपने-आपको मुजरिम महसूस किया और दिमाग को इस तरह साफ कर दिया, जैसे वह सलेट को स्पंज से साफ किया करता था।

"बस, बस!" कलसूम थक गई, "बस, बस।"

मसऊद को एकदम शरारत सूझी। वह पलंग पर से नीचे उतरने लगा तो उसने कलसूम की दोनों बगलों में गुदगुदी करना शुरू कर दी। हंसी के मारे वह लोट-पोट हो गई। उसमें इतनी ताकत नहीं थी कि वह मसऊद के हाथों को झटक दे। लेकिन जब उसने इरादा करके उसको लात जमानी चाही तो मसऊद उछलकर जोर से बाहर हो गया और स्लीपर पहनकर कमरे से बाहर निकल गया।

जब वह सेहन में दाखिल हुआ तो उसने देखा कि हल्की-हल्की बूंदाबांदी हो रही है। बादल और भी झुक आए थे। पानी के नन्हे-नन्हे कतरे आवाज पैदा किए बगैर सेहन की ईंटों में आहिस्ता-आहिस्ता जज्ब हो रहे थे। मसऊद का जिस्म एक दिल को छूने वाली राहत महसूस कर रहा था। जब हवा का ठण्डा-ठण्डा झोंका उसके गालों के साथ मस हुआ और दो-तीन नन्ही-नन्ही बूंदें उसके नाक पर पड़ीं तो एक झुरझुरी-सी उसके बदन में लहरा उठी। सामने कोठे की दीवार पर एक कबूतर और एक कबूतरी पास-पास पर फैलाए बैठे थे। ऐसा मालूम होता था कि दोनों आग पकी हंडियों की तरह गरम हों। गुलदाऊदी और नाजबू के हरे-हरे पत्ते, ऊपर लाल-लाल गमलों में नहा रहे थे। वातावरण में नींदें घुली हुई थीं। ऐसी नींदें, जिनमें बेदारी ज्यादा होती है और इन्सान के इर्द-गिर्द नरम ख्वाब यूं लिपट जाते हैं, जैसे ऊनी कपड़े।

मसूद ऐसी बातें सोचने लगा जिनका मतलब उसकी समझ में नहीं

आता था। वह उन बातों को छूकर देख सकता था, मगर उनका मतलब उसकी गिरफ्त से बाहर था। फिर भी एक गुमनाम-सा मजा इस सारे सोच-विचार में उसे आ रहा था।

बारिश में कुछ देर खड़े रहने की वजह से जब मसऊद के हाथ बिलकुल सुन्न हो गए और दबाने से उन पर सफेद धब्बे पड़ने लगे, तो उसने मुट्ठियां कस लीं और उनको मुंह की भाप से गरम करना शुरू किया। हाथों को इस अमल से कुछ गरमी पहुंची, मगर वे पसीज गए। चुनांचे आग तापने के लिए वह बावर्चीखाने में चला गया। खाना तैयार था। अभी उसने पहला लुक्मा उठाया था कि उसका बाप कब्रिस्तान से वापस आ गया। बाप-बेटे में कोई बात न हुई। मसऊद की मां उठकर फौरन दूसरे कमरे में चली गई और वहां देर तक अपने खाविन्द के साथ बातें करती रही।

खाने से फारिग होकर मसऊद बैठक में चला गया और खिड़की खोलकर फर्श पर लेट गया। बारिश की वजह से सर्दी की तेजी बढ़ गई थी, क्योंकि अब हवा भी चल रही थी। मगर यह सर्दी नाखुशगवार मालूम नहीं होती थी। तालाब के पानी की तरह यह ऊपर ठण्डी और अन्दर गरम थी। मसऊद जब फर्श पर लेट गया तो उसके दिल में ख्वाहिश पैदा हुई कि वह इस सर्दी के अन्दर धंस जाए, जहां उसके जिस्म को आरामदेह गरमी पहुंचे। देर तक वह ऐसी शीर-गरम बातों के बारे में सोचता रहा, जिसकी वजह से उसके पुट्ठों में हल्की-हल्की-सी दुखन पैदा हो गई। एक दो बार उसने अंगड़ाई ली तो मजा आया। उसके जिस्म के किसी हिस्से में, यह उसको मालूम नहीं था कि कहां, कोई चीज-सी अटक गई थी। यह चीज क्या थी? उसके बारे में भी मसऊद को पता नहीं था। अलबत्ता इस अटकाव ने उसके सारे जिस्म में कसमसाहट, एक दबी हुई कसमसाहट की कैफियत पैदा कर दी थी। उसका सारा जिस्म खिंचकर लम्बा हो जाने का इरादा बन गया था।

देर तक गुदगुदे कालीन पर करवटें बदलने के बाद वह उठा और बावर्चीखाने से होता हुआ सेहन में आ निकला। न कोई बावर्चीखाने में था, न सेहन में। इधर-उधर जितने कमरे थे, सबके सब बन्द थे। बारिश अब रुक गई थी। मसऊद ने हॉकी और गेंद निकाली और सेहन में खेलना शुरू कर दिया। एक बार जब उसने जोर से हिट लगाई तो गेंद सेहन के दायें हाथ

वाले कमरे के दरवाजे पर लगी। अन्दर से मसऊद के बाप की आवाज आई, "कौन?"

"जी मैं हूं मसऊद।"

अन्दर से आवाज आई, "क्या कर रहे हो?"

"जी, खेल रहा हूं।"

"खेलो....।" फिर थोड़े से वक्फे के बाद उसके बाप ने कहा, "तुम्हारी मां मेरा सिर दबा रही है—ज्यादा शोर न मचाना।"

यह सुनकर मसऊद ने गेंद वहीं पड़ी रहने दी और हॉकी हाथ में लिए सामने वाले कमरे का रुख किया। उसका एक दरवाजा बन्द था और दूसरा अधखुला। मसऊद को एक शरारत सूझी। दबे पांव वह नीम दरवाजे की तरफ बढ़ा और धमाके के साथ दोनों पट खोल दिए। दो चीखें बुलन्द हुईं और कलसूम और उसकी सहेली बिमला ने, जो पास-पास लेटी थीं, खौफजदा होकर झट से लिहाफ ओढ़ लिया।

बिमला के ब्लाउज के बटन खुले हुए थे और कलसूम उसके नंगे सीने को घूर रही थी।

मसऊद कुछ समझ न सका। उसके दिमाग में धुआं-सा छा गया। वहां से वह उल्टे कदम लौटकर जब बैठक की तरफ रवाना हुआ तो उसे अपने-आप अपने अन्दर एक अथाह ताकत का एहसास हुआ, जिसने कुछ देर के लिए उसके सोचने-समझने की ताकत बिलकुल कमजोर कर दी।

बैठक में खिड़की के पास बैठकर जब मसऊद ने हॉकी को दोनों हाथों से पकड़कर घुटने पर रखा तो यह सोचा कि हल्का-सा दबाव डालने पर हॉकी में खम पैदा हो जाएगा और ज्यादा जोर लगाने पर हैंडिल चटाख से टूट जाएगा। उसने घुटने पर हॉकी के हैंडिल में खम तो पैदा कर लिया, मगर ज्यादा से ज्यादा जोर लगाने पर भी वह टूट न सका। देर तक वह हॉकी के साथ कुश्ती लड़ता रहा। जब वह थककर हार गया तो झुंझलाकर उसने हॉकी को परे फेंक दिया।

नारा

उसे यों महसूस हुआ कि पत्थर की उस इमारत की सातों मंजिलें उसके कंधों पर धर दी गई हैं। वह सातवीं मंजिल से एक-एक सीढ़ी करके नीचे उतरा और उन तमाम मंजिलों का बोझ उसके चौड़े, लेकिन कमजोर कंधों पर सवार होता गया।

जब वह मकान मालिक से मिलने के लिए ऊपर चढ़ रहा था तो उसे ऐसा लगा था कि उसका बोझ कुछ हल्का हो गया है और कुछ हल्का हो जाएगा। इसलिए कि उसने अपने मन में सोचा था कि मकान मालिक को वह 'सेठ' के नाम से पुकारता है, उसकी मुसीबत जरूर सुनेगा और किराया चुकाने के लिए उसे एक महीने की मोहलत बख्श देगा।

बख्श देगा—सोचते हुए उसके अभिमान को ठेस लगी थी, लेकिन फौरन ही उसको असलियत मालूम हो गई थी। वह भीख मांगने ही तो जा रहा था और भीख हाथ फैलाकर, आंखों में आंसू भरकर, अपने दुख-दर्द सुनाकर और अपने घाव दिखाकर ही मांगी जाती है।

उसने यही कुछ किया। जब वह इमारत के बड़े दरवाजे में दाखिल होने लगा तो उसने अपने गरूर को, उस चीज को, जो भीख मांगने में आमतौर पर रुकावट पैदा करती है, निकालकर फुटपाथ पर डाल दिया था।

वह अपना दीया बुझाकर अपने आपको अन्धेरे में लपेटकर मकान मालिक के उस जगमगाते कमरे में दाखिल हुआ, जहां 'सेठ' अपनी दो बिल्डिंगों का किराया वसूल करता था।

वह हाथ जोड़कर एक तरफ खड़ा हो गया। सेठ के तिलक लगे माथे पर कई सिलवटें पड़ गईं। उसका बालों भरा हाथ एक मोटी-सी कॉपी की ओर बढ़ा। दो बड़ी-बड़ी आंखों ने उस कॉपी पर कुछ अल्फाज पढ़े और

भद्दी-सी आवाज गूंजी, "केशव लाल....पाचवीं खोली, दूसरा माला....दो महीने का किराया....ले आए हो क्या?"

यह सुनकर उसने अपना दिल, जिसके सारे पुराने और नए जख्म, सीढ़ियां चढ़ते हुए, वह कुरेद-कुरेदकर हरे कर चुका था, सेठ को दिखाने चाहे। उसे पूरा यकीन था कि उसे देखकर उसके मन में जरूर हमदर्दी हो जाएगी, पर सेठ जी ने कुछ नहीं सुनना चाहा और उसके सीने में एक हुल्लड़-सा मच गया।

सेठ के मन में हमदर्दी जगाने के लिए उसने अपने वे सारे दुख, जो बीत चुके थे, बीते दिनों की गहरी खाई से निकालकर अपने दिल में भर लिए थे और कुछ वक्त पहले सिद्ध कर चुके उन तमाम जख्मों की जलन उसने बड़ी मुश्किल से इकट्ठी करके अपनी छाती में जमा की थी। अब उसकी समझ में नहीं आता था कि इतनी चीजों को वह कैसे सम्भाले?

उसके घर में बिन बुलाए मेहमान आ गए होते तो वह उनसे बड़े रूखेपन के साथ कह सकता था, "जाओ भई जाओ। मेरे पास इतनी जगह नहीं है कि तुम्हें बिठा सकूं और न मेरे पास रुपया है कि तुम सबकी खातिर-तवज्जो कर सकूं।" पर यहां तो मामला ही दूसरा था। उसने तो अपने भूले-भटके दुखों को इधर-उधर से पकड़कर खुद ही अपने सीने में जमा किया था। अब वे कैसे बाहर निकल सकते थे?

हड़बड़ाहट में उसे कुछ पता न चला कि उसकी छाती में कितनी चीजें भर गई हैं। पर जैसे-जैसे उसने सोचना शुरू किया, वह पहचानने लगा कि अमुक दुख, अमुक वक्त का है और दर्द उसे अमुक वक्त पर हुआ था और जब यह सोच-विचार शुरू हुआ तो याद ने बढ़कर वह धुंध हटा दी जो इनमें लिपटी हुई थी और कल के तमाम दुख-दर्द, आज की तकलीफें बन गए और उसने अपनी जिन्दगी की बासी रोटियां फिर अंगारों पर सेंकनी शुरू कर दीं।

उसने सोचा, थोड़े से समय में बहुत कुछ सोचा। उसके घर का अन्धा लैम्प कई बार बिजली के उस बल्ब से टकराया जो मकान मालिक के गंजे सिर के ऊपर मुस्करा रहा था।

कई बार उसके पैबन्द लगे कपड़े उन खूंटियों पर, जो दीवार में गड़ी चमक रही थी, लटककर, फिर उसके मैले बदन से चिपट गए। कई बार उसे

अन्नदाता भगवान का ध्यान आया, जो बहुत दूर न जाने कहां बैठा, अपने बन्दों का खयाल रखता है। पर अपने सामने सेठ को कुरसी पर बैठा देखकर, जिसके कलम की एक हरकत कुछ का कुछ कर सकती थी, वह उस बारे में कुछ भी न सोच सका। कई बार उसे खयाल आया और वह सोचने लगा कि उसे क्या खयाल आया था, पर वह उसके पीछे भाग-दौड़ न कर सका।

वह बेहद घबरा गया था। उसने आज तक अपने सीने में इतनी खलबली पहले कभी महसूस नहीं की थी। वह खलबली पर अभी ताज्जुब ही कर रहा था कि मकान मालिक ने गुस्से में आकर उसे गाली दी, गाली ....यों समझिए कि कानों के रास्ते पिघला हुआ सीसा सांय-सांय करता, उसके दिल में उतर गया और उसके सीने के अन्दर जो हुल्लड़ मच गया, उसका तो कुछ ठिकाना ही नहीं था। जिस तरह किसी गरमा-गरम जलसे में किसी की शरारत से भगदड़ मच जाया करती है, ठीक उसी तरह उसके मन में हलचल पैदा हो गई।

उसने बहुत जतन किए कि उसके वे दुख-दर्द, जो उसने सेठ को दिखाने के लिए इकट्ठे किए थे, चुपचाप रहें, पर कुछ न हो सका। सेठ के मुंह से गाली का निकलना था कि सबके सब बेचैन हो गए और अन्धाधुन्ध एक-दूसरे के साथ टकराने लगे।

अब वह इस नई तकलीफ को न सह सका और उसकी आंखों में, जो पहले ही से तप रही थीं, आंसू आ गए, जिससे उनकी गरमी और भी बढ़ गई और उनसे धुआं निकलने लगा।

उसके मन में आया कि उस गाली को, जिसे वह बड़ी हद तक निगल चुका था, सेठ के झुर्रियों पड़े चेहरे पर कै की तरह उगल दे, पर वह इस खयाल से बाज आ गया, क्योंकि उसका गरूर तो बाहर फुटपाथ पर पड़ा था। अपोलो बन्दर पर नमक लगी मूंगफली बेचने वाले का गरूर। उसकी आंखें हंस रही थीं और उनके आगे नमक लगी मूंगफली के वे सारे दाने, जो उसके घर में एक थैले के अन्दर, बरखा की वजह से गीले हो रहे थे, नाचने लगे।

उसकी आंखें हंसी, उसका दिल भी हंसा। यह सब कुछ हुआ, पर वह

कड़वाहट दूर न हुई, जो उसके गले में सेठ की गाली ने पैदा कर दी थी। वह कड़वाहट अगर सिर्फ जबान पर होती तो वह उसे थूक देता, पर वह तो बुरी तरह उसके गले में अटक गई थी और निकाले न निकलती थी। फिर एक अजीब किस्म का दुख, जो उस गाली ने पैदा कर दिया था, उसकी घबराहट को और भी बढ़ा रहा था। उसे यूं महसूस होता था कि उसकी आंखें, जो सेठ के सामने रोना बेकार समझती थीं, उसके सीने के अन्दर उतरकर आंसू बहा रही हैं, जहां हर चीज पहले ही से दुख में डूबी हुई थी।

सेठ ने उसे फिर गाली दी। उतनी ही मोटी, जितनी सेठ की चरबी भरी गरदन थी और उसे ऐसा लगा कि किसी ने ऊपर से उस पर कूड़ा-करकट फेंक दिया है। चुनांचे उसका एक हाथ अपने आप चेहरे की हिफाजत के लिए बढ़ा। पर उस गाली की सारी गर्द उस पर फैल चुकी थी। उसे कुछ पता न था। वह सिर्फ इतना जानता था कि ऐसे हालात में किसी बात की सुध-बुध नहीं रहा करती।

वह जब नीचे उतरा तो ऐसा महसूस हुआ कि पत्थर की उस इमारत की सातों मंजिलें उसके कंधे पर धर दी गई हैं। एक नहीं, दो गालियां.... बार-बार ये गालियां, जो सेठ ने पान की पीक की तरह अपने मुंह से उगल दी थीं, उसके कानों के पास जहरीली बर्रों की तरह भनभनाना शुरू कर देती थीं और वह बेहद बेचैन हो जाता था।

वह कैसे उस....उस....उसकी समझ में नहीं आता था कि इस गड़बड़ का नाम क्या रखे, जो उसके दिल और दिमाग में उन गालियों ने मचा रखी थी। वह कैसे उस ताप को दूर कर सकता था, जिसमें वह फुंका जा रहा था। कैसे? पर वह सोच-विचार के काबिल भी तो नहीं रहा था। उसका दिलो-दिमाग तो उस समय एक ऐसा अखाड़ा बना हुआ था, जिसमें बहुत से पहलवान कुश्ती लड़ रहे हों। जो भी खयाल वहां पैदा होता, किसी दूसरे खयाल से, जो पहले ही से वहां मौजूद होता, भिड़ जाता और वह कुछ भी सोचने में अपने को असमर्थ पाता।

चलते-चलते, जब एकाएक उसके दुख, उल्टी के रूप में, बाहर निकलने को थे, उसके मन में आया। मन में क्या आया, मजबूरी की हालत में वह उस आदमी को रोककर, जो लम्बे-लम्बे डग भरता उसके पास से गुजर रहा

था, यह कहने ही वाला था, "भैया, मैं मरीज हूं, पर जब उसने राह चलते आदमी की शक्ल देखी तो बिजली का वह खम्भा, जो उसके पास ही जमीन में गड़ा था, उसे उस आदमी से कहीं ज्यादा रहम-दिल दिखाई दिया और जो कुछ वह अपने अन्दर से बाहर निकालने वाला था, एक-एक घूंट करके फिर निगल गया।"

फुटपाथ में चौकोर पत्थर एक तरतीब के साथ जुड़े हुए थे। वह उन पत्थरों पर चल रहा था। आज तक कभी उसने उनकी सख्ती महसूस न की थी, पर आज उनकी कठोरता उसके दिल तक पहुंच रही थी। फुटपाथ का हर पत्थर, जिस पर उसके कदम पड़े थे, उसके दिल के साथ टकरा रहा था।

सेठ के मकान से निकलकर अभी वह थोड़ी ही दूर गया होगा कि उसका जोड़-जोड़ ढीला हो गया। चलते-चलते उसकी टक्कर एक लड़के से हुई और उसे ऐसा लगा मानो वह टूट गया है। इसलिए उसने झट उस आदमी की तरह, जिसकी झोली से बेर गिर रहे हों, इधर-उधर हाथ फैलाए और अपने आपको इकट्ठा करके हौले-हौले चलना शुरू किया।

उसका दिमाग उसकी टांगों के मुकाबले में ज्यादा तेजी के साथ चल रहा था। चुनांचे कभी-कभी चलते-चलते, उसे यह महसूस होता था कि उसका निचला धड़, सारे का सारा बहुत पीछे रह गया है और दिमाग बहुत आगे निकल गया है।

कई बार उसे इस खयाल से ठहरना पड़ा कि दोनों चीजें एक दूसरे के साथ हो जाएं। वह फुटपाथ पर चल रहा था, जिसके उस तरफ, सड़क पर पों-पों करती मोटरों का तांता बंधा हुआ था। घोड़ा गाड़ियां, ट्रामें, भारी-भरकम ट्रक, लारियां–ये सब सड़क की काली छाती पर दनदनाती हुई चल रही थीं। एक शोर मचा हुआ था, पर उसके कानों को कुछ सुनाई न देता था। वे तो पहले ही सांय-सांय कर रहे थे, जैसे रेलगाड़ी का इंजन फालतू भाप बाहर निकाल रहा हो।

चलते-चलते एक लंगड़े कुत्ते से उसकी टक्कर हुई। कुत्ते ने इस खयाल से कि शायद उसका जख्मी पैर कुचल दिया गया है, 'चांव' किया और परे हट गया। वह समझा कि सेठ ने उसे फिर गाली दी है। गाली....ठीक उसी तरह उससे उलझकर रह गई थी, जैसे झड़बेरी के कांटों में कोई कपड़ा। वह

अपने आपको छुड़ाने की जितनी कोशिश करता था, उतनी ही ज्यादा उसकी रूह जख्मी होती जा रही थी। उसे उस नमक लगी मूंगफली का खयाल नहीं था, जो उसके घर में बारिश की वजह से गीली हो रही थी और न उसे रोटी-कपड़े का खयाल था।

उसकी उम्र तीस बरस के करीब थी और इन तीस बरसों में, जिनमें भगवान जाने कितने दिन होते हैं, वह कभी भूखा न सोया था, न कभी नंगा ही फिरा था। उसे सिर्फ इस बात का दुख था कि उसे हर महीने किराया देना पड़ता था।

वह अपना और अपने बाल-बच्चों का पेट भरे, उस बकरे जैसी दाढ़ी वाले हकीम की दवाइयों के दाम दे, शाम को ताड़ी की एक बोतल के लिए दुअन्नी पैदा करे या उस गंजे सेठ के मकान के कमरे का किराया अदा करे। मकानों और किरायों की फिलासफी उसकी समझ में सदा ऊंची रही थी।

वह जब भी दस रुपये गिनकर सेठ या उसके मुनीम की हथेली पर रखता तो समझता था कि उससे यह रकम जबरदस्ती छीन ली गई है और अब अगर वह पांच बरस तक बराबर किराया देते रहने के बाद सिर्फ दो महीने का किराया चुकता न कर सका तो क्या सेठ को इस बात का हक हासिल हो गया कि वह उसे गाली दे?

सबसे बड़ी बात तो यही थी, जो उसे खाए जा रही थी। उसे उन बीस रुपयों की परवाह नहीं थी, जो उसे आज नहीं तो कल चुका देने थे। वह उन दो गालियों के बारे में सोच रहा था, जो उन बीस रुपयों के बीच में से निकली थीं। न वह बीस रुपयों का कर्जदार होता और न सेठ के कुदाली जैसे मुंह से यह गन्दगी बाहर निकलती।

मान लिया, वह धनवान था। उसके पास दो बिल्डिंगें थीं, जिनके एक सौ चौबीस कमरों का किराया उसको आता था। पर उन एक सौ चौबीस कमरों में जितने लोग रहते हैं, वे उसके गुलाम तो नहीं? और अगर गुलाम भी हैं तो वह उन्हें गाली कैसे दे सकता है?

ठीक है, उसे किराया चाहिए, पर मैं कहां से लाऊं? पांच बरस तक उसको देता ही रहा हूं। जब होगा, दे दूंगा। पिछले बरस बरसात का सारा पानी हम पर टपकता रहा, पर मैंने उसे कभी गाली नहीं दी, हालांकि मुझे

उससे कहीं ज्यादा गन्दी गालियां याद हैं। मैंने सेठ जी से हजार बार कहा कि मेरी सीढ़ी का डण्डा टूट गया है, उसे बनवा दीजिए, पर मेरी एक न सुनी गई। मेरी फूल-सी बच्ची गिरी। उसका दाहिना हाथ हमेशा के लिए बेकार हो गया। मैं गालियों की जगह उसे कोस सकता था, पर मुझे इसका ध्यान ही नहीं आया।

....और दो महीने का किराया न चुकाने पर मैं गालियों के काबिल हो गया। सेठ को यह ध्यान तक न आया कि उसके बच्चे अपोलो बन्दर पर मेरे थैले से मुट्ठियां भर-भरकर के मूंगफली खाते हैं।

इसमें कोई शक नहीं कि उसके पास इतनी दौलत नहीं थी, जितनी कि दो बिल्डिंगों वाले उस सेठ के पास थी और ऐसे लोग भी होंगे, जिनके पास उससे भी ज्यादा दौलत होगी। पर वह गरीब कैसे हो गया? उसे गरीब समझकर ही तो गाली दी गई थी। नहीं तो उस गंजे सेठ की क्या मजाल थी कि कुरसी पर बड़े इत्मीनान से बैठकर उसे दो गालियां सुना देता। जैसे किसी के पास दौलत का न होना बहुत बुरी बात है। अब यह उसका कसूर नहीं था कि उसके पास दौलत की कमी थी। सच पूछिए तो उसने कभी धन-दौलत के सपने देखे ही न थे। वह अपने हाल में मस्त था। उसकी जिन्दगी बड़े मजे से गुजर रही थी। पर पिछले महीने एकाएक उसकी बीवी बीमार पड़ गई और उसकी दवा-दारू पर वे तमाम रुपये खर्च हो गए जो किराए में जाने वाले थे। अगर वह खुद बीमार होता तो मुमकिन था कि वह दवाओं पर रुपया खर्च न करता। लेकिन यहां तो उसके होने वाले बच्चे की बात थी, जो अपनी मां के पेट ही में था। उसको औलाद बहुत प्यारी थी, जो पैदा हो चुकी थी और जो पैदा होने वाली थी, सबकी सब उसे प्यारी थीं। वह कैसे अपनी बीवी का इलाज न कराता? क्या वह उस बच्चे का बाप न था?

यह तो सिर्फ दो महीने के किराए की बात थी। अगर उसे अपने बच्चे के लिए चोरी भी करनी पड़ती तो वह कभी न चूकता। चोरी! नहीं-नहीं, वह चोरी कभी न करता। यों समझिए कि वह अपने बच्चे के लिए बड़ी से बड़ी कुर्बानी करने के लिए तैयार था, पर वह चोर कभी न बनता। वह अपनी छिनी हुई चीज वापस लेने के लिए लड़ने मरने को तैयार था, पर वह चोरी

न कर सकता था।

अगर वह चाहता तो उस वक्त, जब सेठ ने उसे गाली दी थी, आगे बढ़कर उसका टेंटुआ दबा देता और उस तिजोरी में से वे तमाम नीले और हरे नोट निकालकर भाग जाता, जिनको वह आज तक लाजवंती के पत्ते समझा करता था....नहीं-नहीं, वह ऐसा कभी न करता। लेकिन फिर उस सेठ ने उसे गाली क्यों दी?

....पिछले बरस, चौपाटी पर एक ग्राहक ने उसे गाली दी थी, इसलिए कि दो पैसे की मूंगफली में चार दाने कड़वे चले गए थे और उसके जवाब में उसने उसकी गरदन पर ऐसी धौल जमाई थी कि दूर बेंच पर बैठे आदमियों ने उसकी आवाज सुन ली थी। पर सेठ ने उसे दो गालियां दीं और वह चुप रहा। खामोश सुनता रहा। केशव लाल, खारी सींग वाला, जिसके बारे में मशहूर था कि वह नाक पर मक्खी भी नहीं बैठने देता। सेठ ने एक गाली दी और वह कुछ न बोला....दूसरी गाली दी, तब भी वह चुप रहा, जैसे वह मिट्टी का पुतला है....वह मिट्टी का पुतला कैसे हुआ? उसने उन दो गालियों को सेठ के थूक-भरे मुंह से निकलते देखा, जैसे बड़े-बड़े चूहे मोरियों से बाहर निकलते हैं। वह जान-बूझकर चुप रहा इसलिए कि वह अपना गरूर नीचे छोड़ आया था। पर उसने अपना गरूर अपने से क्यों अलग किया? सेठ से गालियां खाने के लिए?

यह सोचते हुए उसे एकाएक खयाल आया कि शायद रोठ ने उसे नहीं, किसी और को गालियां दी थीं....नहीं-नहीं गालियां उसे ही दी गई थीं। इसलिए कि दो महीने का किराया उसी की तरफ निकलता था। अगर उसे गालियां न दी गई होतीं तो इस सोच-विचार की जरूरत ही क्या थी, और यह जो सीने में हुल्लड़-सा मच रहा था, क्या अकारण उसे दुख दे रहा था? उसी को वे गालियां दी गई थीं। जब उसके सामने एक मोटर ने अपने माथे की बत्तियां रोशन कीं तो उसे ऐसा लगा कि वे दो गालियां पिघलकर उसकी आंखों में धंस गई हैं। गालियां....गालियां....वह झुंझला गया। वह जितनी कोशिश करता था कि उन गालियों के बारे में न सोचे, उतनी ही शिद्दत से उसे उनके बारे में सोचना पड़ता था और यह मजबूरी उसे बहुत चिड़चिड़ा बना रही थी, चुनांचे उस चिड़चिड़ेपन में उसने ख्वाहमख्वाह दो-तीन आदमियों

को, जो उसके पास से गुजर रहे थे, मन ही मन गालियां दीं, "यों अकड़ के चल रहे हैं जैसे इनके बाबा का राज है।" अगर उसका राज होता तो वह उस सेठ को मजा चखा देता, जो उसे ऊपर-तले दो गालियां सुनाकर अपने घर में यों आराम से बैठा था, जैसे अपनी गद्देदार कुरसी में से दो खटमल निकालकर बाहर फेंक दिए हों। सचमुच अगर उसका अपना राज होता तो वह चौक में बहुत से लोगों को इकट्ठा करके सेठ को बीच में खड़ा कर देता और अपनी गंजी चंदिया पर इतने जोर से धप्पा मारता कि सेठ बिलबिला उठता। फिर वह सब लोगों से कहता कि हंसो, जी भर के हंसो और खुद इतना हंसता कि हंसते-हंसते उसका पेट दुखने लगता, पर उस समय उसे बिलकुल हंसी नहीं आ रही थी। क्यों? अपना राज न होने पर भी तो वह सेठ के गंजे सिर पर धप्पा मार सकता था। उसे किस बात की रुकावट थी? रुकावट थी....रुकावट थी तभी तो वह गालियां सुनकर चुप हो गया।

उसके कदम रुक गए। उसका दिमाग भी एक पल के लिए सुस्ताया और उसने सोचा कि चलो अभी इस झंझट का फैसला ही कर दूं। भागा हुआ जाऊं और एक झटके में सेठ की गरदन मरोड़कर उस तिजोरी पर रख दूं जिसका ढकना मगरमच्छ के मुंह की तरह खुलता है। लेकिन वह खम्भे की तरह जमीन में क्यों गड़ गया था? सेठ के घर की तरफ पलटा क्यों नहीं था? क्या उसमें हौसला न था?

कितने दुख की बात है कि उसकी सारी ताकत ठण्डी पड़ गई थी। ये गालियां....वह उन गालियों को क्या कहता? उन गालियों ने उसकी चौड़ी छाती पर रोलर-सा फेर दिया था....सिर्फ दो गालियों ने। हालांकि पिछले हिन्दू-मुस्लिम दंगे में एक हिन्दू ने उसे मुसलमान समझकर लाठियों से बहुत पीटा था और अधमुआ कर दिया था, लेकिन उसे इतनी कमजोरी महसूस न हुई थी।

केशवलाल, खारी सींग वाला, जो अपने दोस्तों को बड़े गर्व के साथ कहा करता था कि वह कभी बीमार नहीं पड़ा, आज यों चल रहा था, जैसे बरसों का रोगी हो और यह रोग किसने पैदा किया था? दो गालियों ने?

गालियां....गालियां....कहां थीं ये दो गालियां? उसके मन में आया कि अपने सीने के अन्दर हाथ डालकर, वह उन दो पत्थरों को, जो किसी तरह

गलते ही न थे, बाहर निकाल ले और जो कोई भी उसके सामने आए, उसके सिर पर दे मारे। पर यह कैसे हो सकता था? उसका सीना मुरब्बे का मर्तबान थोड़े ही था।

कोई तो ऐसी तरकीब समझ में आए, जिससे ये गालियां दफा हो जाएं। क्यों....क्यों नहीं कोई आदमी बढ़कर उसे इस दुख से छुट्टी दिलाने की कोशिश करता? क्या वह हमदर्दी के काबिल न था? होगा, पर किसी को उसके दिल के हाल का क्या पता था। वह खुली किताब थोड़े ही था और न उसने अपना दिल बाहर लटका रखा था। ऐसे में अन्दर की बात किसी को क्या मालूम?

न मालूम हो। भगवान करे किसी को अन्दर की बात का पता न चले। चल गया तो केशवलाल, खारी सींग वाले के लिए डूब मरने की बात हो जाती। गालियां सुनकर चुप रहना मामूली बात थी क्या?

मामूली बात नहीं, बहुत बड़ी बात है....हिमालय पहाड़ जितनी बड़ी बात है। उससे भी बड़ी बात है। उसका गरूर मिट्टी में मिल गया, उसकी जिल्लत हुई है, उसकी नाक कट गई थी....उसका सब कुछ लुट गया है। चलो भई, छुट्टी हुई। अब तो ये गालियां उसका पीछा छोड़ दें। वह कमीना था, जलील था, नीच था, गन्दगी साफ करने वाला भंगी था....उसको गालियां मिलनी ही चाहिए थीं।

नहीं, नहीं, किसी की क्या मजाल थी कि उसे गालियां दे और फिर बिना कसूर के। वह उसे कच्चा न चबा जाता....यार हटाओ, ये सब कहने की बातें हैं। तुमने तो सेठ से यूं गालियां सुनीं, जैसे मीठी-मीठी बोलियां थीं।

मीठी-मीठी बोलियां थीं, बड़े गजेदार घूंट थे, चलो यही सही! अब तो मेरा पीछा छोड़ दो, वरना सच कहता हूं, पागल हो जाऊंगा। ये लोग, जो बड़े आराम से इधर-उधर चल-फिर रहे हैं, मैं उनमें से हर एक का सिर फोड़ दूंगा। भगवान की कसम, मुझमें अब ज्यादा ताब नहीं रही।

मैं जरूर पागल कुत्ते की तरह सबको काटना शुरू कर दूंगा। लोग मुझे पागलखाने में बन्द कर देंगे और मैं दीवारों के साथ अपना सिर टकराकर मर जाऊंगा....मर जाऊंगा। सच कहता हूं, मर जाऊंगा और मेरी राधा विधवा और मेरे बच्चे यतीम हो जाएंगे।

यह सब कुछ इसलिए होगा कि मैंने सेठ से दो गालियां सुनीं और चुप रहा। जैसे मेरे मुंह पर ताला लगा हुआ था। मैं लूला-लंगड़ा, अपंग था। भगवान करे मेरी टांगें उस मोटर के नीचे आकर टूट जाएं....मैं मर जाऊं ताकि यह बक-बक तो खत्म हो। छिः कोई ठिकाना है इस दुख का....कपड़े फाड़कर नंगा नाचना शुरू कर दूं....उस ट्राम के नीचे सिर दे दूं, जोर-जोर से चिल्लाना शुरू कर दूं....क्या करूं, क्या न करूं?

यह सोचते हुए उसे एकाएक खयाल आया कि बाजार के बीच खड़ा हो जाए और अब ट्रैफिक को रोककर जो उसके मुंह में आए बकता चला जाए, यहां तक कि उसका सीना सारे का सारा खाली हो जाए या फिर उसके मन में आया कि खड़े-खड़े यहीं से चिल्लाना शुरू कर दे, "मुझे बचाओ....मुझे बचाओ।"

इतने में एक आग बुझाने वाला इंजन सड़क पर टन-टन करता आया और उधर उस मोड़ में गुम हो गया। उसे देखकर वह ऊंची आवाज में कहने ही वाला था, "ठहरो....मेरी आग बुझाते जाओ!" पर न जाने क्यों रुक गया।

अचानक उसने अपने कदम तेज कर दिए। उसे ऐसा महसूस हुआ था कि उसकी सांस रुकने लगी है और अगर तेज न चलेगा तो बहुत मुमकिन है कि वह फट जाए। लेकिन जैसे ही उसकी रफ्तार बढ़ी, उसका दिमाग आग का एक चक्कर-सा बन गया।

उस चक्कर में उसके सारे पुराने और नए खयाल एक हार की तरह गुंथ गए। दो महीने का किराया, पत्थर की बिल्डिंग में उसका दरख्वास्त लेकर जाना....सात मंजिलों की एक सौ बारह सीढ़ियां, सेठ की भद्दी आवाज, उसके गंजे सिर पर मुस्कराता हुआ बिजली का लैम्प और....यह मोटी गाली....फिर दूसरी....और उसकी खामोशी....।

यहां पहुंचकर आग के उस चक्कर से तड़-तड़ गालियां-सी निकलनी शुरू हो जातीं और उसे ऐसा महसूस होता कि उसका सीना छलनी हो गया है।

उसने अपने कदम और तेज किए और आग का यह चक्कर इतनी तेजी से घूमना शुरू हुआ कि शोलों की एक बहुत बड़ी गेंद-सी बन गई, जो

उसके आगे-आगे जमीन पर उछलने-कूदने लगी।

वह अब दौड़ने लगा। लेकिन फौरन ही खयालों को भीड़भाड़ में एक नया खयाल ऊंची आवाज में चिल्लाया, "तुम क्यों भाग रहे हो? किससे भाग रहे हो? तुम बुजदिल हो।"

उसके कदम धीरे-धीरे उठने लगे, फिर ब्रेक-सी लग गई और वह आहिस्ता-आहिस्ता चलने लगा....वह सचमुच बुजदिल था....भाग क्यों रहा था....उसे तो बदला लेना था....ब....द....ला। यह सोचते हुए उसे अपनी जीभ पर लहू का नमकीन स्वाद महसूस हुआ और उसके बदन में एक झुरझुरी-सी पैदा हुई। लहू....लहू....उसे आसमान....जमीन....सब लहू में ही रंगे नजर आने लगे। लहू...उस समय उसमें इतनी शक्ति थी कि पत्थर की रगों में से भी लहू निचोड़ सकता था।

उसकी आंखों में लाल डोरे उभर आए। मुट्ठियां भिंच गईं और कदमों में मजबूती आ गई। अब वह बदला लेने पर तुल गया था।

वह बढ़ा।

आने-जाने वाले लोगों में से तीर की तरह अपना रास्ता बनाता आगे बढ़ता रहा, आगे....और आगे।

जिस तरह तेज चलने वाली रेलगाड़ी, छोटे-छोटे स्टेशनों को छोड़ जाया करती है, उसी तरह वह बिजली के खम्भों, दुकानों और लम्बे-लम्बे बाजारों को अपने पीछे छोड़ता आगे बढ़ रहा था। आगे....आगे....बहुत आगे।

रास्ते में एक सिनेमा की रंगीन बिल्डिंग आई। उसने उसकी तरफ आंख उठाकर भी न देखा और उसके पास से बेपरवाह, हवा की तरह बढ़ गया। बढ़ता ही गया। भीतर ही भीतर उसने अपने हर जर्रे को एक बम बना लिया था ताकि वक्त पर काम आए।

कई बाजारों से, जहरीले सांप की तरह फुंफकारता हुआ, वह अपोलो बन्दर पहुंचा। अपोलो बन्दर....गेटवे ऑफ इण्डिया के सामने, अनगिनत मोटरें कतार दर कतार खड़ी थीं। उनको देखकर उसने यह समझा कि बहुत से गिद्ध पंख जोड़कर किसी लाश के इर्द-गिर्द बैठे हैं। जब उसने खामोश समन्दर की तरफ देखा तो उसे वह एक लम्बी-सी चौड़ी लाश मालूम हुआ।

उस समुद्र के इस तरफ एक कोने में लाल-लाल रोशनी की लकीरें

हौले-हौले बल खा रही थीं। यह एक आलीशान होटल के माथे पर बिजली की ट्यूबों में लिखा हुआ नाम था, जिसकी लाल रोशनी समुद्र के पानी में गुदगुदी पैदा कर रही थी।

केशवलाल, खारी सींग वाला, उस आलीशान होटल के नीचे खड़ा हो गया। उस बिजली के बोर्ड के ठीक नीचे कदम गाड़कर उसने ऊपर देखा। पत्थर की इमारत की तरफ, जिसके रोशन कमरे चमक रहे थे और उसके गले से एक नारा....कानों के परदे फाड़ देने वाला नारा पिघले हुए गरम-गरम लावे की तरह निकला, "हत तेरी....।"

नारा लगाकर, जब उसने अपने कदम जमीन से बड़ी मुश्किल के साथ अलग किए और वापस मुड़ा तो उसे इस बात का पूरा यकीन था कि होटल की इमारत अरअराकर नीचे गिर गई है।

यह नारा सुनकर एक आदमी ने अपनी पत्नी से, जो यह नारा सुनकर डर गई थी, कहा, "पागल है!"

एक खत

तुम्हारा लम्बा खत मिला, जिसे मैंने दो बाद पढ़ा। दफ्तर में इसके एक-एक लफ्ज पर मैंने गौर किया और शायद इसी वजह से उस दिन मुझे रात के दस बजे तक काम करना पड़ा, इसलिए कि मैंने बहुत-सा वक्त इस सोच-विचार में जाया कर दिया था।

तुम जानते हो, इस सरमायापरस्त दुनिया में अगर मजदूर निश्चित वक्त के एक-एक लमहे के बदले, अपनी जान के टुकड़े तोल कर न दे तो उसे अपने काम की मजदूरी नहीं मिल सकती। लेकिन यह रोना रोने से क्या फायदा?

शाम को अजीज साहब (जिनके यहां मैं आजकल ठहरा हुआ हूं) दफ्तर में तशरीफ लाए और कमरे की चाबियां देकर कहने लगे, "मैं जरा काम से कहीं जा रहा हूं, शायद देर में आना हो, इसलिए तुम मेरा इन्तजार किए बिना चले जाना।" लेकिन फिर फौरन ही उन्होंने चाबियां जेब में डालीं और कहने लगे, "नहीं, तुम मेरा इन्तजार करना। मैं दस बजे तक लौट आऊंगा।"

दफ्तरी काम से फारिग हुए तो दस बज चुके थे। सख्त नींद आ रही थी। आंखों में बड़ी प्यारी-सी गुदगुदी हो रही थी। जी चाहता था, कुरसी पर ही सो जाऊं। नींद की इसी झोंक में ग्यारह बजे तक मैंने अजीज साहब का इन्तजार किया, पर वे नहीं आए। आखिर थककर मैंने घर की राह ली। मेरा खयाल था कि वे उधर के उधर से चले गए होंगे और आराम से सो रहे होंगे।

आहिस्ता-आहिस्ता आधा मील का फासला तय करने के बाद मैं तीसरी मंजिल पर चढ़ा और जब अन्धेरे दरवाजे की कुण्डी की तरफ हाथ

बढ़ाया तो लोहे के ताले की ठण्डक ने मुझे बताया कि अजीज साहब अभी तशरीफ नहीं लाए।

सीढ़ियां चढ़ते समय मेरे थके हुए अंग सुकून-भरी नींद को महसूस करके और भी ढीले हो चुके थे और जब मुझे निराशा का सामना करना पड़ा तो और शिथिल हो गए। देर तक काठ की सीढ़ी के एक जीने पर सिर को घुटनों में दबाए, मैं अजीब साहब का इन्तजार करता रहा, पर वे नहीं आए। आखिरकार थक-हारकर मैं उठा और तीन मंजिलें उतरकर, नीचे बाजार में आया और ऐसे ही टहलना शुरू कर दिया।

टहलते-टहलते पुल पर जा निकला, जिसके नीचे से रेलगाड़ियां गुजरती हैं। इस पुल के पास ही एक बड़ा चौक है। यहां लगभग आध घण्टे तक मैं बिजली के एक खम्भे के साथ लगकर खड़ा रहा और अपने सामने नीम-रोशन बाजार को इस उम्मीद में देखता रहा कि अजीज साहब घर की तरफ लौटते नजर आ जाएंगे।

आधे घण्टे के इस इन्तजार के बाद मैंने अचानक सिर उठाकर खम्भे के ऊपर देखा। बिजली का कुमकुमा मेरी हंसी उड़ा रहा था, जाने क्यों?

थकावट और नींद के झोंके की वजह से मेरी कमर टूट रही थी। मैं चाहता था कि थोड़ी देर के लिए बैठ जाऊं। बन्द दुकानों के चबूतरे मुझे दावत दे रहे थे, पर मैंने उनकी दावत कबूल नहीं की और चलता-चलता पुल की पथरीली मुण्डेर पर चढ़कर बैठ गया। चौड़ा बाजार बिलकुल खामोश था। आना-जाना लगभग बन्द था। अलबत्ता कभी-कभी दूर से मोटर के हॉर्न की रोनी आवाज खामोश फिजा में कम्पन पैदा करती हुई ऊपर की तरफ उड़ जाती थी। मेरे सामने सड़क के दोनों ओर बिजली के ऊंचे खम्भे दूर तक फैले चले गए थे, जो नींद और उसके एहसास से अनजान लगते थे।

उनको देखकर मुझे रूस के मशहूर कवि म्यातलफ की नज्म के कुछ शेर याद आ गए। यह नज्म 'चिरागे-राह' के नाम समर्पित की गई है। म्यातलफ सड़क के किनारे झिलमिलाती रोशनियों को देखकर कहता है–

ये नन्हे दीप, ये नन्हे सरदार
सिर्फ अपने लिए चमकते हैं

जो कुछ ये देखते हैं
जो कुछ ये सुनते हैं
किसी को नहीं बताते।

रूसी कवि ने कुछ ठीक ही कहा है। मेरे पास ही एक गज के फासले पर बिजली का खम्भा गड़ा था और उसके ऊपर बिजली का, एक चंचल आंखों वाला कुमकुमा नीचे झुका हुआ था। उसकी आंखें रोशन थीं, पर वह मेरे सीने को बेचैनी से बेखबर था। उसे क्या पता था, मुझ पर क्या बीत रही है।

सिगरेट सुलगाने के लिए मैंने जेब में हाथ डाला तो तुम्हारी वजनी लिफाफे पर हाथ पड़ा। जेहन में तुम्हारा खत पहले से ही मौजूद था, चुनांचे मैंने लिफाफा खोलकर बसन्ती रंग के कागज निकालकर उन्हें पढ़ना शुरू किया।

तुम लिखते हो, "कभी तुम शैतान बन जाते हो, और कभी फरिश्ता नजर आने लगते हो।"

यहां भी दो-तीन आदमियों ने मेरे बारे में यही राय कायम की है और मुझे यकीन-सा हो गया है कि मैं सचमुच दो सीरतों का मालिक हूं। इस पर मैंने अच्छी तरह गौर किया है और जो नतीजा निकाला है, वह कुछ इस तरह बयान किया जा सकता है।

बचपन और लड़कपन में मैंने जो कुछ चाहा, वह पूरा नहीं होने दिया गया। यों कहो कि मेरी ख्वाहिशें कुछ इस तरह पूरी की गईं कि उनकी पूर्ति मेरे आंसुओं और मेरी हिचकियों से लिपटी हुई थी।

मैं शुरू से जल्दबाज, जज्बाती और तुनक मिजाज रहा हूं। अगर मेरा जी कोई मिठाई खाने को चाहा है और यह चाह ऐन वक्त पर पूरी नहीं हुई तो बाद में मेरे लिए उस खास मिठाई में कोई स्वाद नहीं रहा। इन बातों की वजह से मैंने हमेशा अपने गले में एक कड़वाहट-सी महसूस की है और इस तल्खी की शिद्दत बढ़ाने में इस दुखद सच्चाई का हाथ है कि मैंने जिससे प्यार किया, उसने मेरी इस कमजोरी से जबर्दस्ती नाजायज फायद भी उठाया। वे मुझसे छल-कपट करते रहे और मजा यह है कि मैं उन तमाम दगाबाजियों के एहसास के बावजूद प्यार करता रहा। मुझे अच्छी तरह

मालूम है कि वे अपनी हर नई चाल की कामयाबी पर बहुत खुश होते थे कि उन्होंने मुझे बेवकूफ बना लिया और मेरी बेवकूफी देखो कि मैं सब कुछ जानते हुए भी, बेवकूफ बन जाता था।

जब इस सिलसिले में मुझे हर तरफ से निराशा हुई, यानी जिस किसी को मैंने दिल से चाहा, उसने मेरे साथ धोखा किया, तो मेरा मन बुझ गया और मैंने महसूस किया कि मैं रेगिस्तान में एक भौंरे की तरह हूं, जिसे रस चूसने के लिए नजर की हद तक कोई फूल नजर नहीं आ सकता। लेकिन इसके बावजूद मैं प्यार करने से बाज नहीं आया और हमेशा की तरह किसी ने भी मेरी इस भावना की कद्र नहीं की।

जब पानी सिर से गुजर गया और मुझे अपने तथाकथित दोस्तों की बेवफाइयां और लापरवाहियां याद आने लगीं तो मेरे सीने के अन्दर एक हलचल-सी मच गई। मेरे वजूद के जज्बाती, लाजवाल और मुखर हिस्सों में एक जंग-सी छिड़ गई। मेरा मुखर वजूद इन लोगों को घटिया और घृणित मानते हुए और पिछली घटनाओं की तकलीफदेह तस्वीर दिखाते हुए, इस बात की मांग करता था कि मैं औरों के लिए अपना दिल पत्थर का बना लूं और मुहब्बत को हमेशा के लिए बाहर निकाल फेंकूं। लेकिन जज्बाती वजूद उन तकलीफदेह घटनाओं को दूसरे रंग में पेश करते हुए, मुझे फख्र करने पर नाकामियां ही मजबूर करता कि मैंने जिन्दगी का यही रास्ता अपनाया है। उसकी नजर में नाकामियां थीं। वह चाहता था कि मैं प्यार किए जाऊं, कि यही कायनात की आत्मा है। अचेतन मन इस झगड़े में बिलकुल अलग-थलग रहा। ऐसा लगता है कि उस पर एक निहायत अजीबोगरीब नींद छाई हुई थी।

यह जंग खुदा जाने किस मनहूस दिन शुरू हुई कि अब मेरी जिन्दगी का एक अंग बनकर रह गई है। दिन हो या रात, जब कभी मुझे फुरसत के कुछ लमहे मिलते हैं, मेरे सीने के चटियल मैदान पर मेरे मुखर और जज्बाती वजूद हथियार बांधकर खड़े हो जाते हैं और लड़ना शुरू कर देते हैं। उन लमहों में जब उन दोनों के बीच लड़ाई जोरों पर हो, अगर कोई मेरे साथ बात करे तो मेरा लहजा यकीनन ही कुछ और किस्म का होता है। मेरे हलक में एक नाकाबिले बयान तल्खी घुल रही होती है। आंखें गरम होती हैं और

शरीर का एक-एक अंग बेकल होता है। मैं बहुत कोशिश किया करता हूं कि अपने लहजे को तुर्श न होने दूं और कभी-कभी मैं इस कोशिश में सफल भी हो जाता हूं। लेकिन अगर मेरे कानों को कोई अप्रिय चीज सुनाई दे, या मैं ऐसी कोई चीज महसूस करूं, जो मेरी तबियत के एकदम खिलाफ हो तो फिर मैं कुछ नहीं कर सकता। मेरे सीने की गहराइयों में जो कुछ भी उठता है, जुबान के रास्ते बाहर निकल जाता है और ऐसे मौकों पर जो शब्द मेरी जुबान पर आते हैं, वे बेहद तल्ख होते हैं। उनकी तल्खी और तुर्शी का एहसास मुझे उस समय कभी नहीं हुआ, इसलिए कि मैं अपने मिजाज से हमेशा और हर समय बाखबर रहता हूं और मुझे मालूम होता है कि मैं कभी किसी को दुख नहीं पहुंचा सकता। अगर मैंने अपने मिलने वालों में से या किसी दोस्त को नाखुश किया है तो उसका कारण मैं नहीं हूं, बल्कि ये खास लमहे हैं, जब मैं पागल से बेहतर नहीं होता या तुम्हारे अल्फाज में 'शैतान' होता हूं। हालांकि यह लफ्ज बहुत सख्त है और इसे मेरे पागलपन पर लागू नहीं किया जा सकता।

जब तुम्हारा पिछले से पिछला खत मिला था, उस समय मेरा मुखर अस्तित्व मेरे जज्बाती वजूद पर हावी था और मैं अपने दिल से नरम-नाजुक गोश्त को पत्थर में बदलने की कोशिश कर रहा था। मैं पहले ही से अपने सीने की आग में फुंका जा रहा था कि ऊपर से तुम्हारे खत ने तेल डाल दिया। तुमने बिलकुल सही कहा है, "तुम दर्द-भरा दिल रखते हो, हालांकि इसको अच्छा नहीं समझते। मैं इसको अच्छा क्यों नहीं समझता?"

इस सवाल का जवाब, इन्सानियत को कुचलने वाली हिन्दुस्तान की निजाम है, जिसमें लोगों की जवानी पर बुढ़ापे की मोहर लगा दी जाती है।

मेरा दिल दर्द से भरा है और यही वजह है कि मैं बीमार हूं और बीमार रहता हूं। जब तक मेरे सीने में दर्दमन्दी मौजूद है, मैं हमेशा बेचैन रहूंगा। तुम शायद इसे मेरा बड़बोलापन समझो, पर यह असलियत है कि यह दर्दमन्दी मेरे लहू की बूदों से अपनी खुराक हासिल कर रही है और एक दिन ऐसा आएगा, जब सिर्फ दर्द ही दर्द रह जाएगा और तुम्हारा दोस्त दुनिया की नजरों से गायब हो जाएगा। मैं अक्सर सोचता हूं, दर्दमन्दी की इस भावना ने मुझे कैसे-कैसे भयानक दुख पहुंचाए हैं। यह क्या कम है कि मेरी जवानी

के दिन बुढ़ापे की रातों में बदल गए हैं और जब मैं यह सोचता हूं तो इस बात का इरादा करने पर मजबूर हो जाता हूं कि मुझे अपना दिल पत्थर का बना लेना चाहिए। लेकिन अफसोस है, इस दर्दमन्दी ने मुझे इतना कमजोर बना दिया है कि तुमसे यह नहीं हो सकता। इसलिए मेरी तबीयत में अजीबोगरीब कैफियतें पैदा हो गई हैं।

शेर मैं अब भी सही नहीं पढ़ सकता, इसलिए कि शायरी से मुझे बहुत कम दिलचस्पी रही है। लेकिन मुझे इस बात का पूरे तौर पर एहसास है कि मेरी तबीयत का झुकाव शायरी की तरफ है। शहर में बसने वाले लोगों की 'वजनी शायरी' मुझे पसन्द नहीं। देहात के हल्के-फुल्के गीत मुझे बेहद भाते हैं। ये इतने स्वच्छ होते हैं कि उनके पीछे दिल धड़कते हुए नजर आ सकते हैं। तुम्हें हैरत है कि मैं 'रूमानी ट्रेजिडी' क्योंकर लिखने लगा और मैं खुद इस बात पर हैरान हूं।

कुछ लोग ऐसे हैं, जो अपने एहसास को दूसरों की जुबान में बयान करके अपना सीना खाली करना चाहते हैं। ये लोग दिमाग से कोरे हैं और मुझे इन पर तरस आता है। यह दिमागी गरीबी, माली मुफलिसी से ज्यादा तकलीफदेह है। मैं माली मुफलिस हूं, मगर खुदा का शुक्र है, जेहनी मुफलिस नहीं हूं, वरना मेरी मुसीबतों की कोई हद न होती। मुझे यह कितना बड़ा इत्मीनान है कि मैं जो कुछ महसूस करता हूं, वही जबान से बयान कर लेता हूं। मैंने अपने अफसानों के बारे में कभी गौर नहीं किया। अगर उनमें कोई चीज तुम्हारे कहने के मुताबिक 'जलवागर' है तो वह मेरा 'बेकल वतन' है। मेरा ईमान न अहिंसा पर है, न हिंसा पर, दोनों पर है और दोनों पर नहीं। मौजूदा बदलते हुए माहौल में रहते हुए मेरे ईमान में स्थिरता नहीं रही। आज मैं एक चीज को अच्छा समझता हूं, लेकिन दूसरे दिन सूरज की रोशनी के साथ ही उस चीज का रूप बदल जाता है। उसकी तमाम अच्छाइयां, बुराइयां बन जाती हैं। इन्सान का इल्म बहुत महदूद है और मेरा इल्म महदूद होने के अलावा बिखरा हुआ भी है। ऐसी सूरत में, तुम्हारे इस सवाल का जवाब मैं कैसे दे सकता हूं?

मुझ पर लेख लिखकर क्या करोगे प्यारे! मैं अपनी कलम की कैंची से अपना लिबास पहले ही तार-तार कर चुका हूं। खुदा के लिए मुझे और नंगा

करने की कोशिश न करो। मेरे चेहरे से अगर तुमने नकाब उठा दी तो तुम दुनिया को एक बहुत ही डरावनी शक्ल दिखाओगे। मैं हड्डियों का एक ढांचा हूं, जिस पर मेरी कलम कभी-कभी पतली झिल्ली मढ़ती रहती है। अगर तुमने झिल्लियों की यह तह उधेड़ डाली तो मेरा खयाल है, जो डरावनी-सी सूरत तुम्हें मुंह खोले नजर आएगी, उसे देखने की ताब तुम खुद में नहीं पाओगे।

मेरी कश्मीर की जिन्दगी! हाय मेरी कश्मीर की जिन्दगी! मुझे पता है, तुम्हें मेरी जिन्दगी के इस खुशगवार टुकड़े के बारे में तरह-तरह की बातें मालूम होती रहती हैं। ये बातें जिन लोगों के जरिए तुम तक पहुंची हैं, उनको मैं अच्छी तरह जानता हूं। इसलिए तुम्हारा यह कहना सही है कि तुम उनको सुनकर, अभी तक कोई सही राय नहीं बना सके। लेकिन मैं यह जरूर कहूंगा कि यह कहने के बावजूद तुमने एक राय बनाई है और इसमें तुमने बहुत जल्दबाजी से काम लिया है।

अगर तुम मेरी तमाम तहरीरों को सामने रख लेते तो तुम्हें यह गलतफहमी हरगिज-हरगिज न होती कि मैं कश्मीर में एक भोली-भाली लड़की से मिलता रहा हूं। मेरे दोस्त, तुमने मुझे सदमा पहुंचाया है।

वजीर कौन थी? इसका जवाब थोड़े में यही हो सकता है कि वह एक देहाती लड़की थी—जवान और पूरी जवान! उस पहाड़ी लड़की के बारे में, जिसने मेरी जिन्दगी की किताब के कुछ पन्नों पर चन्द हसीन नक्श बनाए हैं, मैं बहुत कुछ कह चुका हूं।

मैंने वजीर को 'बरबाद' नहीं किया। अगर 'बरबादी' से तुम्हारा मतलब 'जिस्मानी बरबादी है' तो वह पहले ही से बरबाद हो चुकी थी और वह इसी बरबादी में अपनी खुशी तलाश करती थी। जवानी के नशे में मस्त, उसने इस गलत खयाल को अपने दिमाग में जगह दे रखी थी कि जिन्दगी का असली आनन्द और मजा अपना खून खौलाने में है और वह इस मकसद के लिए हर वक्त ईंधन चुनती रहती थी। यह तबाही भरा खयाल उसके दिमाग में कैसे पैदा हुआ, इसके बारे में बहुत कुछ कहा जाता है। हमारी जाति में ऐसे लोगों की कमी नहीं, जिनका काम सिर्फ भोली-भाली लड़कियों से खेलना होता है।

जहां तक मेरा अपना खयाल है, वजीर उस चीज का शिकार थी, जिसे

सभ्यता और संस्कृति का नाम दिया जाता है। एक छोटा-सा पहाड़ी गांव है, जो शहरों के शोर-हंगामे से बहुत दूर, हिमालय की गोद में आबाद है और अब तहजीब और तमद्दुन की कृपा से उसका परिचय शहरों से हो गया है। दूसरे शब्दों में शहरों की जिन्दगी उस जगह पहुंचनी शुरू हो गई है।

खाली स्लेट पर तुम जो कुछ भी लिखोगे, साफतौर पर दिखाई देगा और साफ पढ़ा जाएगा। वजीर का सीना बिलकुल खाली था–दीनवी खयालात से पाक और साफ। लेकिन सभ्यता के खुरदरे हाथों ने उस पर निहायत भद्दे नक्श बना दिए थे, जो मुझे उसकी गलत रविश का कारण दिखते हैं।

वजीर का मकान या झोंपड़ा, सड़क के ऊपर, पहाड़ की ढलान में स्थित था और मैं उसकी मां के कहने पर, हर रोज उससे जरा ऊपर, चीड़ के पेड़ों की छांव में, जमीन पर दरी बिछाकर, कुछ लिखा-पढ़ा करता था और आमतौर पर वजीर मेरे पास ही अपनी भैंस चराया करती थी। चूंकि होटल से हर रोज दरी उठाकर यहां लाना और फिर उसे वापस ले जाना, मेरे जैसे आदमी के लिए एक मुसीबत थी, इसलिए मैं उसे उनके घर में ही छोड़ जाता था।

एक दिन की बात है, मुझे नहाने में देर हो गई और मैं टहलता-टहलता पहाड़ी के कठिन रास्तों को तय करके जब उनके घर पहुंचा और दरी मांगी तो उसकी बड़ी बहन से मालूम हुआ कि वजीर दरी लेकर ऊपर चली गई है। यह सुनकर मैं ऊपर चढ़ा और जब उस बड़े पत्थर के पास आया, जिसे मैं मेज के रूप में इस्तेमाल करता था तो मेरी निगाहें वजीर पर पड़ीं। दरी अपनी जगह पर बिछी हुई थी और वह अपना हरा, कलफ लगा दुपट्टा ताने उस पर सो रही थी।।

मैं देर तक पत्थर पर बैठा रहा। मुझे मालूम था, वह सोने का बहाना करके लेटी है। शायद उसका खयाल था कि मैं उसे जगाने की कोशिश करूंगा और वह गहरी नींद का बहाना करके जागने में देर करेगी। लेकिन मैं खामोश बैठा रहा, बल्कि मैं अपने चमड़े के थैले से एक किताब निकालकर उसकी तरफ पीठ करके पढ़ने में मसरूफ हो गया।

जब आधा घण्टा इस तरह गुजर गया तो लाचार होकर वह जागी।

अंगड़ाई लेकर उसने अजीब-सी आवाज मुंह से निकाली।

मैंने किताब बन्द कर दी और मुड़कर उससे कहा, "मेरे आने से तुम्हारी नींद तो खराब नहीं हुई?"

वजीर ने आंखें मलकर लहजे को उनींदा-सा बनाते हुए कहा, "आप कब आए थे?"

"अभी-अभी आकर बैठा हूं। सोना है तो सो जाओ।"

"नहीं....आज निगोड़ी नींद को जाने क्या हो गया। कमर सीधी करने के लिए जरा देर को यहां लेटी थी कि बस सो गई। दो घण्टे से क्या कम सोई हूंगी।"

उसके गीले होंठों पर मुस्कराहट खेल रही थी और उसकी आंखों से जो कुछ बाहर झांक रहा था, उसको मेरी कलम बयान करने में असमर्थ है। मेरा खयाल है, उस वक्त उसके दिल में यह एहसास करवटें ले रहा था कि उसके सामने एक मर्द बैठा है और वह औरत है—जवान औरत, जोबन की उमंगों का उबलता हुआ चश्मा!

थोड़ी देर के बाद वह गैर-मामूली तौर पर बातूनी बन गई और बहक-सी गई। मैंने उसकी भैंस और बछड़े का जिक्र छेड़ने के बाद उसे एक दिलचस्प कहानी सुनाई।

उस कहानी में एक बछड़े से उसकी मां के प्यार का किस्सा था। इससे उसकी आंखों की वे चिंगारियां ठण्डी हो गईं, जो कुछ देर पहले लपक रही थीं।

मैं जाहिद नहीं हूं और न मैंने कभी इसका दावा किया है। गुनाह और सवाब, राजा और जजा के बारे में मेरे विचार दूसरों से अलग हैं और यकीनन तुम्हारे खयालों से भी बहुत अलग हैं। इसी तरह औरतों के बारे में भी मेरे विचार बहुत अजीबोगरीब हैं।

मैं इस वक्त बहस में नहीं पड़ना चाहता क्योंकि इसके लिए मन की शान्ति और समय चाहिए। पर बात आ गई है तो एक घटना बयान करता हूं, जिससे तुम मेरे खयालों के बारे में कुछ अन्दाजा लगा सकोगे।

बातों-बातों में एक बार मैंने अपने एक दोस्त से कहा कि हुस्न अगर पूरे शबाब और जोबन पर हो तो वह दिलकशी खो बैठता है। मुझे अब भी

इस खयाल पर यकीन है, पर मेरे दोस्त ने इसे एक बेमानी दलील बताया। हो सकता है, तुम्हारी निगाह में भी यह बेमानी हो। मगर मैं तुमसे अपने दिल की बात कहता हूं। उस हुस्न ने मेरे मन को कभी अपनी ओर नहीं खींचा, जो पूरे शबाब पर हो। उसको देखकर मेरी आंखें जरूर चौंधिया जाएंगी।

मगर इसका यह मतलब नहीं कि उस हुस्न की तमाम कैफियतें मेरे दिल और दिमाग पर तारी हो गई हैं। शोख और भड़कीले रंग कभी उस बुलन्दी तक नहीं पहुंच सकते, जो नरम और नाजुक रंगों और लकीरों को हासिल है। वह हुस्न यकीनन इज्जत के काबिल है, जो आहिस्ता-आहिस्ता निगाहों में जज्ब होकर दिल में उतर जाए। रोशनी का चौंधियाने वाला शोला, दिल की जगह, नसों पर असर करता है। लेकिन इस फिजूल बहस में पड़ने से क्या फायदा?

मैं कह रहा था कि मैं जाहिद नहीं हूं और यह कहते समय मैं दबी जबान से बहुत-सी चीजों को स्वीकार भी कर रहा हूं। लेकिन उस पहाड़ी लड़की से, जो शारीरिक लज्जतों पर मोहित थी, मेरे सम्बन्ध सिर्फ जेहनी और रूहानी थे। मैंने शायद तुम्हें यह नहीं बताया कि मैं इस बात का कायल हूं कि अगर औरत से दोस्ती की जाए तो उसके अन्दर अनोखापन होना चाहिए। उससे इस तरह मिलना चाहिए कि वह तुम्हें दूसरों से बिलकुल अलग समझने पर मजबूर हो जाए। उसे तुम्हारे दिल की हर धड़कन में ऐसी पुकार सुनाई दे, जो उसके कानों के लिए नई हो।

औरत और मर्द और उनका आपसी रिश्ता, हर बालिग आदमी को मालूम है, लेकिन माफ करना, यह रिश्ता मेरी नजरों में पुराना हो चुका है। इसमें सरासर हैवानियत है। मैं पूछता हूं, अगर मर्द को अपनी मुहब्बत का केन्द्र किसी औरत को ही बनाना है तो वह इन्सानियत के इस पाकीजा जज्बे में हैवानियत को क्यों जगह दे? क्या इसके बिना प्यार-मुहब्बत नहीं हो सकता? क्या जिस्मानी मशक्कत का नाम मुहब्बत है?

वजीर को यही भरम था कि शारीरिक लज्जतों का नाम प्यार है और मेरा खयाल है जिस मर्द से भी वह मिलती थी, वह प्यार का मतलब इन्हीं शब्दों में बयान करता था। मैं उससे मिला और उसके सारे विचारों का

विरोधी बनकर, मैंने उससे दोस्ती पैदा की। उसने अपने भड़कीले रंग के सपनों का फल मेरे वजूद में खोजने की कोशिश की, पर उसे निराशा हुई।

लेकिन चूंकि वह गलत होने के साथ-साथ मासूम भी थी, मेरी सीधी-सादी बातों ने उस निराशा को हैरत में बदल दिया और धीरे-धीरे उसका यह आश्चर्य इस ख्वाहिश का रूप धारण कर गया कि वह इस नई रस्म-राह की गहराइयों की जानकारी हासिल करे। यह ख्वाहिश यकीनन ही एक पाकीजा मासूमियत में बदल जाती और वह अपने औरतपन का पिछला गौरव फिर से हासिल कर लेती, जिसे वह गलत रास्ते पर चलकर खो बैठी थी। लेकिन अफसोस, मुझे उस पहाड़ी गांव से अचानक भीगी आंखों के साथ अपने शहर वापस आना पड़ा।

मुझे वह अक्सर याद आती है....क्यों? इसलिए कि विदा होते समय उसकी सदा मुस्कराती आंखों में दो छलकते हुए आंसू बता रहे थे कि वह मेरी भावना से काफी प्रभावित हो चुकी है और सच्ची मुहब्बत की एक नन्ही-सी किरण उसके सीने के अन्धेरे में दाखिल हो चुकी है। काश, मैं वजीर को प्यार की तमाम ऊंचाइयों से परिचित करा पाता और यह भी हो सकता था कि वह पहाड़ी लड़की मुझे वह चीज हासिल करा देती, जिसकी खोज में मेरी जवानी बुढ़ापे के सपने देख रही है।

यही है मेरी दास्तान, जिसके बकौल तुम्हारे, लोग अपनी दिलचस्पी का सामान तलाश करते हैं। तुम नहीं समझते और न लोग समझते हैं कि मैं ये कैसी कहानियां लिखता हूं।

....फिर कभी समझाऊंगा।

बू

बरसात के यही दिन थे। खिड़की के बाहर पीपल के पत्ते इसी तरह नहा रहे थे। सागवान के इस स्प्रिंगदार पलंग पर, जो अब खिड़की के पास थोड़ा इधर सरका दिया गया था, एक घाटन लौंडिया रणधीर के साथ लिपटी हुई थी।

खिड़की के पास बाहर पीपल के नहाए हुए पत्ते रात के दूधिया अन्धेरे में झूमरों की तरह थरथरा रहे थे–और शाम के वक्त, जब दिनभर एक अंग्रेजी अखबार की सारी खबरें और इश्तहार पढ़ने के बाद कुछ सुस्ताने के लिए वह बालकनी में आ खड़ा हुआ था, तो उसने उस घाटन लड़की को, जो साथ वाले रस्सियों के कारखाने में काम करती थी और बारिश से बचाने के लिए इमली के पेड़ के नीचे खड़ी थी, खांस-खांसकर अपनी तरफ आकर्षित कर लिया था। उसके बाद हाथ के इशारे से उसे ऊपर बुला लिया था।

वह कई दिन से तेज किस्म की तन्हाई से उकता गया था। जंग के कारण बम्बई की लगभग तमाम क्रिश्चियन छोकरियां, जो सस्ते दामों पर मिल जाया करती थीं, औरतों की अंग्रेजी फौज में भर्ती हो गई थीं। उनमें से एक ने फोर्ट के इलाके में डांस स्कूल खोल लिए थे, जहां सिर्फ फौजी गोरों को जाने की इजाजत थी।

रणधीर बहुत उदास हो गया था। उसकी उदासी का एक कारण तो यह था कि क्रिश्चियन छोकरियां दुर्लभ हो गई थीं। दूसरा यह कि रणधीर फौजी गोरों के मुकाबले में कहीं ज्यादा सभ्य, पढ़ा-लिखा और खूबसूरत नौजवान थे। लेकिन उस पर फोर्ट के लगभग तमाम क्लबों के दरवाजे बन्द कर दिए गए थे, क्योंकि उसकी चमड़ी सफेद नहीं थी।

जंग के पहले रणधीर नागपाड़ा और ताजमहल होटल की कई मशहूर और विख्यात क्रिश्चियन छोकरियों से शारीरिक सम्बन्ध स्थापित कर चुका था। उसे भली-भांति पता था कि इस किस्म के सम्बन्धों के आधार पर वह क्रिश्चियन लड़कियों के मुकाबले में कहीं ज्यादा जानकारी रखता था, जिनसे ये छोकरियां फैशन के तौर पर रोमांस लड़ाती हैं और बाद में किसी बेवकूफ से शादी कर लेती हैं।

रणधीर ने बस यूं ही हैजल से बदला लेने की खातिर उस घाटन की लड़की को इशारे से ऊपर बुलाया था। हैजल उसके फ्लैट के नीचे रहती थी और हर रोज सुबह वर्दी पहनकर, कटे हुए बालों पर खाकी रंग की टोपी तिरछे कोण से जमाकर बाहर निकलती थी। वह ऐसे बांकपन से चलती थी, जैसे फुटपाथ पर चलने वाले सभी लोग टाट की तरह उसके कदमों में बिछे चले जाएंगे।

रणधीर सोचता था कि आखिर क्यों वह उन क्रिश्चियन छोकरियों की तरफ इतना ज्यादा रीझा हुआ है। इसमें कोई शक नहीं कि वे अपने जिस्म की तमाम दिखाई जा सकने वाली चीजों की नुमाइश करती हैं। किसी किस्म की झिझक महसूस किए बगैर अपने कारनामों का जिक्र कर देती हैं। अपने बीते हुए रोमांसों का हाल सुना देती हैं—यह सब ठीक हैं, लेकिन किसी दूसरी औरत में भी तो ये विशेषताएं हो सकती हैं।

रणधीर ने जब घाटन लड़की को इशारे से ऊपर बुलाया तो उसे किसी तरह भी इस बात का यकीन नहीं था कि वह उसे अपने साथ सुला लेगा। लेकिन थोड़ी ही देर के बाद उसने उसके भीगे हुए कपड़े देखकर यह सोचा था कि कहीं ऐसा न हो कि बेचारी को निमोनिया हो जाए। सो रणधीर ने उससे कहा था, "ये कपड़े उतार दो, सर्दी लग जाएगी।"

वह रणधीर की इस बात का मतलब समझ गई थी। उसकी आंखों में शरम के लाल डोरे तैर गए थे। लेकिन बाद में जब रणधीर ने अपनी धोती निकालकर दी तो उसने कुछ देर तक सोचकर अपना लहंगा उतार दिया, जिस पर मैल भीगने के कारण और भी उभर आया था—लहंगा उतारकर उसने एक तरफ रख दिया और जल्दी से धोती अपनी रानों पर डाल ली। फिर उसने अपनी भिंची-भिंची टांगों से ही चोली उतारने की कोशिश की,

जिसके दोनों किनारों को मिलाकर उसने एक गांठ दे रखी थी। वह गांठ उसके तन्दुरुस्त सीने के नन्हे, लेकिन सिमटे गढ़े में छिप गई थी।

देर तक वह अपने घिसे हुए नाखूनों की मदद से चोली की गांठ खोलने की कोशिश करती रही, जो भीगने के कारण बहुत ज्यादा मजबूत हो गई थी। जब थक-हारकर बैठ गई तो उसने मराठी में रणधीर से कुछ कहा, जिसका मतलब यह था, "मैं क्या करूं, नहीं निकलती।"

रणधीर उसके पास बैठ गया और गांठ खोलने लगा। जब नहीं खुली तो उसने चोली के दोनों सिरे दोनों हाथों से पकड़कर ऐसे जोर से झटका दिया कि गांठ सरासर फैल गई और उसके दो धड़कती हुई छातियां एकदम प्रकट हो गईं। क्षणभर के लिए रणधीर ने सोचा कि उसके अपने हाथों ने उस घाटन लड़की के सीने पर नरम-नरम गुंधी हुई मिट्टी को कमाकर कुम्हार की तरह दो प्यालियों की शक्ल बना दी है।

उसकी सेहतमन्द छातियों में वह गुदगुदाहट, वही धड़कन, वही गोलाई, वही गरम-गरम ठण्डक थी, जो कुम्हार के हाथों से निकले हुए ताजे बरतनों में होती है।

मटमैले रंग की जवान छातियों में, जो कुंवारी थीं, एक अजीबो-गरीब किस्म की चमक पैदा कर दी थी, जो चमक होते हुए भी चमक नहीं थी। उसके सीने पर ये उभार दो दीये मालूम होते थे, जो तालाब के गन्दले पानी पर जल रहे थे।

बरसात के यही दिन थे। खिड़की के बाहर पीपल के पत्ते इसी तरह कंपकंपा रहे थे। उस घाटन की लड़की के दोनों कपड़े, जो पानी में सराबोर हो चुके थे, एक गन्दले ढेर की सूरत में फर्श पर पड़े थे और वह रणधीर के साथ चिपटी हुई थी। उसके नंगे बदन की गरमी रणधीर के जिस्म में हलचल पैदा कर रही थी, जो सख्त जाड़े के दिनों में नाइयों के गलीज लेकिन गरम हमामों में नहाते समय महसूस होती है।

दिनभर वह रणधीर के साथ चिपटी रही, दोनों जैसे एक-दूसरे के साथ गड्डमड्ड हो गए थे। उन्होंने मुश्किल से एक-दो बातें की होंगी, क्योंकि जो कुछ भी कहना-सुनना था; सांसों, होंठों और हाथों से तय हो रहा था। रणधीर के हाथ सारी रात उसकी छातियों पर हवा के झोंकों की तरह फिरते

रहे। उन हवाई झोंकों से उस घाटन लड़की के पूरे बदन में एक ऐसी सरसराहट पैदा हो जाती है कि खुद रणधीर भी कंपकंपा उठता।

ऐसी कंपकंपाहट से रणधीर का सैकड़ों बार वास्ता पड़ चुका था। वह इनके मजे भी बखूबी जानता था। कई लड़कियों के नरमो-नाजुक और सख्त सीनों से अपना सीना मिलाकर वह ऐसी कई रातें गुजार चुका था। वह ऐसी लड़कियों के साथ भी रह चुका था, जो बिलकुल अल्हड़ थीं और उसके साथ लिपटकर घर की वे सारी बातें सुना दिया करती थीं, जो किसी गैर के कानों के लिए नहीं होतीं। वह ऐसी लड़कियों से भी शारीरिक सम्बन्ध स्थापित कर चुका था, जो सारी मेहनत खुद करती थीं और उसे कोई तकलीफ नहीं देती थीं। लेकिन यह घाटन की लड़की, जो इमली के पेड़ के नीचे भीगी हुई खड़ी थी और जिसे उसने इशारे से ऊपर बुला लिया था, बिलकुल भिन्न किस्म की लड़की थी।

सारी रात रणधीर को उसके जिस्म से एक अजीब किस्म की बू आती रही। इस बू को, जो एक ही समय में खुशबू भी थी और बदबू भी, वह सारी रात पीता रहा। उसकी बगलों से, उसकी छातियों से, उसके बालों से, उसके पेट से, जिस्म के हर हिस्से से यह जो बदबू भी थी और खुशबू भी, रणधीर के पूरे शरीर में बस गई थी। सारी रात वह सोचता रहा था कि यह घाटन लड़की बिलकुल करीब होने पर भी हरगिज इतनी करीब न होती, अगर उसके जिस्म से यह बू न उड़ती। यह बू उसके मन-मस्तिष्क की हर सलवट में रेंग रही थी। उसके तमाम नए-पुराने अनुभवों में रच गई थी।

उस बू ने घाटन लड़की और रणधीर को जैसे एक-दूसरे से एकाकार कर दिया था। दोनों एक-दूसरे में समा गए थे। उन अनन्त गहराइयों में उतर गए थे, जहां पहुंचकर इन्सान एक खालिस इन्सानी सन्तुष्टि से महफूज होता है। ऐसी सन्तुष्टि, जो क्षणिक होने पर भी अनन्त थी। लगातार बदलती हुई होने पर भी दृढ़ और स्थायी थी। दोनों एक ऐसा जवाब बन गए थे, जो आसमान के नीचे शून्य में उड़ते रहने पर भी दिखाई देता रहे।

उस बू को, जो उस घाटन लड़की के अंग-अंग से फूट रही थी, रणधीर बखूबी समझता था। लेकिन समझते हुए भी वह इसका विश्लेषण नहीं कर सकता था। जिस तरह कभी मिट्टी पर पानी छिड़कने से सोंधी-सोंधी बू

निकलती है। लेकिन नहीं, वह बू कुछ और ही तरह की थी। उसमें लवेण्डर और इत्र की मिलावट नहीं थी, वह बिलकुल असली थी—औरत और मर्द के शारीरिक सम्बन्ध की तरह असली और पवित्र।

रणधीर को पसीने की बू से सख्त नफरत थी। नहाने के बाद वह हमेशा बगलों वगैरह में पाउडर छिड़कता था या कोई ऐसी दवा इस्तेमाल करता था, जिससे वह बदबू जाती रहे। लेकिन ताज्जुब है कि उसने कई बार, हां कई बार, उस घाटन लड़की की बालों-भरी बगलों को चूमा और उसे बिलकुल घिन नहीं आई, बल्कि अजीब किस्म की तुष्टि का एहसास हुआ। रणधीर को ऐसा लगता था कि वह इस बू को जानता है, पहचानता है, उसका अर्थ भी समझता है, लेकिन किसी और को नहीं समझा सकता।

बरसात के यही दिन थे। यूं ही खिड़की के बाहर जब उसने देखा तो पीपल के पत्ते उसी तरह नहा रहे थे। हवा में सरसराहटें और फड़फड़ाहटें घुली हुई थीं। अन्धेरा था, लेकिन उसमें दबी-दबी धुंधली-सी रोशनी समाई हुई थी, जैसे बारिश की बूंदों के साथ सितारों का हल्का-हल्का गुबार नीचे उतार आया हो। बरसात के यही दिन थे, जब रणधीर के उस कमरे में सागवान का सिर्फ एक ही पलंग था। लेकिन अब उसके साथ सटा हुआ एक और पलंग भी था और कोने में एक नई ड्रेसिंग टेबल भी मौजूद थी। दिन यही बरसात के थे। मौसम भी बिलकुल वैसा ही था। बारिश की बूंदों के साथ सितारों की रोशनी का हल्का-हल्का गुबार उसी तरह उतर रहा था, लेकिन वातावरण में हिना के इत्र की तेज खुशबू बसी हुई थी।

दूसरा पलंग खाली था। उस पलंग पर रणधीर औंधे मुंह लेटा खिड़की के बाहर पीपल के झूमते हुए पत्तों पर बारिश की बूंदों का नाच देख रहा था। एक गोरी-चिट्टी लड़की अपने नंगे जिस्म को चादर में छिपाने की नाकाम कोशिश करते-करते करीब हो गई थी। उसकी सुर्ख रेशमी सलवार दूसरे पलंग पर पड़ी थी, जिसके गहरे सुर्ख रंग के इजारबन्द का एक फुंदना नीचे लटक रहा था। पलंग पर उसके दूसरे कपड़े भी पड़े थे। सुनहरी फूलदार जंफर, अंगिया, जांघिया और वह पुकार, जो उसने घाटन लड़की के बदन की बू में सूंघी थी—वह पुकार, जो दूध के प्याले बच्चे के रोने से ज्यादा आनन्दमयी होती है—वह पुकार, जो स्वप्न के दायरे से निकलकर खामोश हो

गई थी।

रणधीर खिड़की के बाहर देख रहा था। उसके बिलकुल निकट ही पीपल के नहाए हुए पत्ते झूम रहे थे। वह उनकी मस्ती-भरी कंपकंपाहटों के उस पार कहीं बहुत दूर देखने की कोशिश कर रहा था, जहां गठीले बादलों में अजीबो-गरीब किस्म की रोशनी घुली हुई दिखाई दे रही थी—ठीक वैसे ही जैसी उस घाटन लड़की के सीने में उसे नजर आई थी। ऐसी रोशनी, जो पुरइसरार गुफ्तगू की तरह दबी लेकिन स्पष्ट थी।

रणधीर के पहलू में एक गोरी-चिट्टी लड़की, जिसका जिस्म दूध और घी में गुंथे आटे की तरह मुलायम था, लेटी थी—उसकी नींद से मस्त बदन से हिना के इत्र की खुशबू आ रही थी—जो अब थकी-थकी-सी मालूम होती थी। रणधीर को यह दम तोड़ती और जुनूं की हद तक पहुंची हुई खुशबू बहुत बुरी मालूम हुई। उसमें कुछ खटास थी—एक अजीब किस्म की खटास, जैसी बदहजमी की डकारों में होती है—उदास, बेरंग, बेचैन।

रणधीर ने अपने पहलू में लेटी हुई लड़की की तरफ देखा, जिस तरह फटे हुए दूध के बेरंग पानी में सफेद मुर्दा फुटकियां तैरने लगती हैं, उसी तरह इस लड़की के दूधिया जिस्म पर खराशें और धब्बे तैर रहे थे और वह हिना के इत्र की ऊटपटांग खुशबू। दरअसल रणधीर के मन-मस्तिष्क में वह बू बसी हुई थी, जो उस घाटन लड़की के जिस्म से बिना किसी बाहरी कोशिश के स्वयं निकल रही थी। वह बू जो हिना के इत्र से कहीं ज्यादा हल्की-फुल्की और रस में डूबी हुई थी, जिसमें सूंघे जाने की कोशिश शामिल नहीं थी। वह खुद-ब-खुद नाक के रास्ते अन्दर घुस अपनी सही मंजिल पर पहुंच जाती थी।

लड़की के स्याह बालों में मुकेश के कण धूल के कणों की तरह जमे हुए थे। चेहरे पर पाउडर, सुर्खी और मुकेश के इन कणों ने मिल-जुलकर एक अजीब रंग पैदा कर दिया था—बेनाम-सा उड़ा-उड़ा रंग और उसके गोरे सीने पर कच्चे रंग की अंगिया ने जगह-जगह सुर्ख धब्बे बना दिए थे।

छातियां दूध की तरह सफेद थीं। उनमें हल्का-हल्का नीलापन भी था। बगलों के बाल मुंडे हुए थे, जिसकी वजह से वहां सुरमई गुबार-सा पैदा हो गया था।

रणधीर लड़की की तरफ देख-देखकर कई बार सोच चुका था—क्या ऐसा नहीं लगता, जैसे मैंने अभी-अभी कीलें उखाड़कर उसे लकड़ी के बन्द बक्स से निकाला हो?

किताबों और चीनी के बरतनों पर हल्की-हल्की खराशें पड़ जाती हैं, ठीक उसी तरह उस लड़की के जिस्म पर भी कई निशान थे।

जब रणधीर ने उसकी तंग और चुस्त अंगिया की डोरियां खोली थीं तो उसकी पीठ और सामने सीने पर नरम-नरम गोश्त पर झुर्रियां-सी थीं और कमर के चारों तरफ कसकर बांधे हुए इजारबन्द का निशान। वजनी और नुकीले नेकलेस से उसके सीने पर कई जगह खराशें पड़ गई थीं, जैसे नाखूनों से बड़े जोर से खुजाया गया हो। बरसात के यही दिन थे, पीपल के नरम-नरम पत्तों पर बारिश की बूंदें गिरने से वैसी ही आवाज पैदा हो रही थी, जैसी रणधीर उस दिन सारी रात सुनता रहा था। मौसम बेहद सुहाना था। ठण्डी-ठण्डी हवा चल रही थी। उसमें हिना के इत्र की तेज खुशबू घुली हुई थी।

रणधीर के हाथ बहुत देर तक उस गोरी-चिट्टी लड़की के कच्चे दूध की तरह सफेद सीने पर हवा के झोंकों की तरह फिरते रहे थे। उसकी उंगलियों ने उस गोरे-गोरे बदन में कई चिंगारियां दौड़ती हुई महसूस की थीं। उस नाजुक बदन में कई जगहों पर सिमटी हुई कंपकंपाहटों का भी उसे पता चला था, जब उसने अपना सीना उसके सीने के साथ मिलाया तो रणधीर के जिस्म के हर रोंगटे ने उस लड़की के बदन के छिड़े हुए तारों की भी आवाज सुनी थी—मगर वह आवाज कहां थीं?

रणधीर ने आखिरी कोशिश के तौर पर उस लड़की के दूधिया जिस्म पर हाथ फेरा, लेकिन उसे कोई कंपकंपी महसूस न हुई—उसकी नई नवेली पत्नी, जो एक फर्स्ट क्लास मजिस्ट्रेट की बेटी थी, जिसने बी॰ ए॰ तक शिक्षा पाई थी और जो अपने कॉलेज के सैकड़ों दिलों की धड़कन थी, रणधीर की किसी भी चेतना को न छू सकी। वह हिना की खुशबू में उस बू को तलाश कर रहा था, जो उन्हीं दिनों में जबकि खिड़की के बाहर पीपल के पत्ते बारिश में नहा रहे थे, उस घाटन लड़की के मैले बदन से आई थी।

टिटवाल का कुत्ता

कई दिनों से दोनों तरफ से सिपाही अपने-अपने मोर्चे पर जमे हुए थे। दिन में इधर और उधर से दस-बारह गोलियां चल जातीं, जिनकी आवाज के साथ कोई इन्सानी चीख बुलन्द नहीं होती थी। मौसम बहुत खुशनुमा था। हवा जंगली फूलों की महक में बसी हुई थी। पहाड़ियों की ऊंचाइयों और ढलानों पर लड़ाई से बेखबर कुदरत, अपने रोज के काम-काज में व्यस्त थी। चिड़ियां उसी तरह चहचहाती थीं। फूल उसी तरह खिल रहे थे और धीमी गति से उड़ने वाली मधुमक्खियां, उसी पुराने ढंग से उन पर ऊंघ-ऊंघकर रस चूसती थीं।

जब गोलियां चलने पर पहाड़ियों में आवाज गूंजती तो चहचहाती हुई चिड़ियां चौंककर उड़ने लगतीं, मानो किसी का हाथ साज के गलत तार से जा टकराया हो और उनके कानों को ठेस पहुंची हो। सितम्बर का अन्त अक्टूबर की शुरुआत से बड़े गुलाबी ढंग से गले मिल रहा था। ऐसा लगता था कि जाड़े और गरमी में सुलह-सफाई हो रही है। नीले-नीले आसमान पर धुनी हुई रुई जैसे पतले-पतले और हल्के-हल्के बादल यों तैरते थे, जैसे अपने सफेद बजरों में नदी की सैर कर रहे हों।

पहाड़ी मोर्चों पर दोनों ओर सिपाही कई दिनों से बड़ी ऊब महसूस कर रहे थे कि कोई निर्णयात्मक बात क्यों नहीं होती। ऊबकर उनका जी चाहता कि मौका-बे-मौका एक-दूसरे को शेर सुनाएं। कोई न सुने तो ऐसे ही गुनगुनाते रहें। वे पथरीली जमीन पर औंधे या सीधे लेटे रहते और जब हुक्म मिलता, एक-दो फायर कर देते।

दोनों मार्चों बड़े सुरक्षित स्थान पर थे। गोलियां पूरे जोर से आतीं और पत्थरों की ढाल से टकराकर वहीं चित्त हो जातीं। दोनों पहाड़ियों की ऊंचाई,

जिन पर ये मोर्चे थे, लगभग एक ही जैसी थीं। बीच में छोटी-सी हरी-भरी घाटी थी, जिसके सीने पर एक नाला मोटे सांप की तरह लोटता रहता था।

हवाई जहाजों का कोई खतरा नहीं था। तोपें न इनके पास थीं, न उनके पास। इसलिए दोनों तरफ बेखटके आग लगाई जाती थी। उससे धुएं के बादल उठते और हवाओं में घुल-मिल जाते। रात को चूंकि बिलकुल खामोशी थी, इसलिए कभी-कभी दोनों मोर्चों के सिपाहियों को, किसी बात पर लगाए हुए एक-दूसरे के ठकाके सुनाई दे जाते थे। कभी कोई लहर में आकर गाने लगता तो दूसरी आवाज गूंजती। तब ऐसा लगता, मानो पहाड़ियां सबक दोहरा रही हों।

चाय का दौर खत्म हो चुका था। पत्थरों के चूल्हे में चीड़ के हल्के-हल्के कोयले करीब-करीब ठण्डे हो चुके थे। आसमान साफ था। मौसम में खुनकी थी। हवा में फूलों की महक नहीं थी, जैसे रात को उन्होंने अपने इत्रदान बन्द कर लिए थे। अलबत्ता, चीड़ के पीसने, यानी बिरोजे की बू थी पर यह भी कुछ ऐसी नागवार नहीं थी। सब कम्बल ओढ़े सो रहे थे, पर कुछ इस तरह कि हल्के-से इशारे पर उठकर लड़ने मरने के लिए तैयार हो सकते थे। जमादार हरनाम सिंह खुद पहरे पर था। उसकी रासकोप घड़ी में दो बजे तो उसने गण्डासिंह को जगाया और पहरे पर खड़ा कर दिया। उसका जी चाहता था कि सो जाए, पर लेटा तो आंखों से नींद को इतना दूर पाया जितने कि आसमान में सितारे थे। जमादार हरनाम सिंह चित लेटा उनकी तरफ देखता रहा....और फिर गुनगुनाने लगा–

> कुत्ती लेनी आ सितारेयां वाली....
> सितारेयां वाली....
> वे हरनाम सिंहा, ओ यारा,
> भावें तेरी महीं बिक जाए

और हरनाम सिंह को आसमान पर हर तरफ सितारों वाले जूते बिखरे नजर आए जो झिलमिल-झिलमिल कर रहे थे–

> जुत्ती ले देआं सितारेयां वाली....
> सितारेयां वाली....
> नी हरनाम कौर, ओ नारे,

भावें मेरी महीं बिक जाए

यह गाकर वह मुस्कराया, फिर यह सोचकर नींद नहीं आएगी; उसने उठकर और सबको जगा दिया। नार के जिक्र ने उसके दिमाग में हलचल पैदा कर दी थी। वह चाहता था कि ऊटपटांग बातें हों, जिससे इस गीत की हरनामकौरी कैफियत पैदा हो जाए। चुनांचे बातें शुरू हुईं, पर उखड़ी-उखड़ी रहीं। बन्तासिंह, जो उन सबमें कम-उम्र का था और जिसकी आवाज सबसे अच्छी थी, एक तरफ हटकर बैठ गया। बाकी अपनी जाहिरा तौर पर मजेदार बातें करते और जम्हाइयां लेते रहे। थोड़ी देर बाद बन्तासिंह ने एकदम सोजभरी आवाज में 'हीर' गाना शुरू कर दिया—

हीर आख्या जोगिया झूठ बोले,
कौन रूठड़े यार मनाउंदा ई
ऐसा कोई न मिलेया मैं ढूंढ़ थक्की
जेहड़ा गयां नूं मोड़ ल्याउंदा ई
इक बाज तों कांग ने कूंज खोही
बेक्खां चुप है कि कुर्लाउंदा ई
दुक्खां वालेयां नूं गल्ला सुख दियां
नी किस्से जोड़ जहान सुनाउंदा ई

फिर कुछ रुककर उसने हीर की इन बातों का जवाब रांझे की जबान में गाया—

जेहड़े बाज तो कांग ने कूंज खोही
सब्र शुक्र कर बाज फनाह होय।
ऐवें हाल है इस फकीर दा नी,
धन माल गया ते तबाह होया
करें सिदक ते कम मालूम होवे
तेरा रब्ब रसूल गवाह होया
दुनिया छड्ड उदासियां पहन लइयां
सैयद वारिसों हुन वारिस शाह होया

बन्तासिंह ने जिस तरह एकदम गाना शुरू किया था, उसी तरह वह एकदम खामोश हो गया।

ऐसा लगता था कि खाकी पहाड़ियों ने भी उदासियां पहन ली हैं। जमादार हरनाम सिंह ने थोड़ी देर के बाद किसी अनदेखी चीज को मोटी-सी गाली दी और लेट गया। सहसा रात के आखिरी पहर की उदास-उदास फिजा में एक कुत्ते के भौंकने की आवाज गूंजी। सब चौंक पड़े; आवाज करीब से आई थी। सूबेदार हरनाम सिंह ने उठकर कहा, "यह कहां से आ गया, भौंकू?"

कुत्ता फिर भौंका। अब उसकी आवाज और भी नजदीक से आई थी। कुछ पलों के बाद, दूर झाड़ियों से आहट हुई। बन्तासिंह उठा और उसकी तरफ बढ़ा। जब वापस आया तो उसके साथ एक आवारा-सा कुत्ता था, जिसकी दुम हिल रही थी। वह मुस्कराया, "जमादार साहब! मैं हू कम्ज इधर बोला तो कहने लगा—मैं हूं चपड़ झुनझुन।"

सब हंसने लगे। जमादार हरनाम सिंह ने कुत्ते को पुचकारा, "इधर आ चपड़ झुनझुन।"

कुत्ता दुम हिलाता हरनाम सिंह के पास चला गया और यह समझकर कि शायद खाने की कोई चीज फेंकी गई है, जमीन के पत्थर सूंघने लगा। जमादार हरनाम सिंह ने थैला खोलकर एक बिस्कुट निकाला और उसकी तरफ फेंका। कुत्ते ने उसे सूंघकर मुंह खोला, लेकिन हरनाम सिंह ने लपककर उसे उठा लिया, "ठहर कहीं पाकिस्तान तो नहीं।"

सब हंसने लगे। सरदार बन्तासिंह ने आगे बढ़कर कुत्ते की पीठ पर हाथ फेरा और जमादार हरनाम सिंह से कहा, "नहीं जमादार साहब, चपड़ झुनझुन हिन्दुस्तानी है।"

जमादार हरनाम सिंह हंसा और कुत्ते से मुखातिब हुआ, "निशानी दिखा ओए।"

कुत्ता दुम हिलाने लगा। हरनाम सिंह जरा खुलकर हंसा, "यह कोई निशानी नहीं। दुम तो सारे कुत्ते हिलाते हैं।"

बन्तासिंह ने कुत्ते की कांपती दुम पकड़ ली, "शरणार्थी है बेचारा।"

जमादार हरनाम सिंह ने बिस्कुट फेंका, जो कुत्ते ने झट दबोच लिया। एक जवान ने अपने बूट की एड़ी से जमीन खोदते हुए कहा, "अब कुत्तों को भी या तो हिन्दुस्तानी होना पड़ेगा या पाकिस्तानी।"

जमादार ने अपने थैले से एक और बिस्कुट निकाला और फेंका, "पाकिस्तानियों की तरह पाकिस्तानी कुत्ते भी गोली से उड़ा दिए जाएंगे।"

एक ने जोर से नारा लगाया, "हिन्दुस्तान जिन्दाबाद।"

कुत्ता, जो बिस्कुट उठाने के लिए आगे बढ़ा था, डरकर पीछे हट गया। उसकी दुम टांगों के अन्दर घुस गई। जमादार हरनाम सिंह हंसा, "अपने नारे से क्यों डरता है। चपड़ झुनझुन....खा....ले, एक और ले।" उसने थैले से एक और बिस्कुट निकालकर उसे दिया।

बातों-बातों में सुबह हो गई। सूरज निकलने का इरादा ही कर रहा था कि चारों ओर उजाला हो गया। जिस तरह बटन दबाने से एकदम बिजली की रोशनी होती है, उसी तरह सूरज कि किरणें देखते ही देखते उस पहाड़ी इलाके में फैल गईं, जिनका नाम टिटवाल था।

इस इलाके में काफी देर से लड़ाई चल रही थी। एक-एक पहाड़ी के लिए दर्जनों जवानों की जानें जाती थीं, फिर भी कब्जा गैरयकीनी होता था। आज यह पहाड़ी उनके पास है, कल दुश्मन के पास, परसों फिर उनके कब्जे में। इसके दूसरे दिन वह फिर दूसरों के पास चली जाती थी।

जमादार हरनाम सिंह ने दूरबीन लगाकर आसपास का जायजा लिया। सामने पहाड़ी में धुआं उठ रहा था। इसका मतलब यह था कि चाय वगैरह तैयार हो रही है। इधर भी नाश्ते की फिक्र हो रही थी। आग सुलगाई जा रही थी। उधर वालों को भी निश्चय ही उधर से धुआं उठता दिख रहा था।

नाश्ते पर सब जवानों ने थोड़ा-थोड़ा कुत्ते को दिया, जो उसने खूब पेट भरके खाया। सब उसमें दिलचस्पी ले रहे थे, जैसे वे उसको अपना दोस्त बनाना चाहते हों। उसके आने से काफी चहल-पहल हो गई थी। हर आदमी उसको थोड़ी-थोड़ी देर बाद पुचकारकर 'चपड़-झुनझुन' के नाम से पुकारता और उसे प्यार करता।

शाम के करीब दूसरी तरफ पाकिस्तानी मोर्चे में सूबेदार हिम्मत खां अपनी बड़ी-बड़ी मूंछों को, जिनके साथ बेशुमार कहानियां जुड़ी हुई थीं, मरोड़े दे-देकर टिटवाल के नक्शे को बड़े ध्यान से देख रहा था। उसके साथ ही वायरलेस ऑपरेटर बैठा था और सूबेदार हिम्मत खां के लिए प्लाटून कमाण्डर से निर्देश प्राप्त कर रहा था। कुछ दूरी पर एक पत्थर से टेक लगाए

और अपनी बन्दूक लिए बशीर धीमे-धीमे गुनगुना रहा था—

चन्न कित्थे गंवाई आई रात वे....
चन्न कित्थे गंवाई आई....

बशीर ने मजे में आकर आवाज जरा ऊंची की तो सूबेदार हिम्मत खां की कड़कदार आवाज बुलन्द हुई, "ओए, कहां रहा है तू रातभर?"

बशीर ने सवालिया नजरों से हिम्मत खां को देखना शुरू किया जो बशीर के बजाय किसी और से मुखातिब था, "बता ओए।"

बशीर ने देखा—कुछ फासले पर वह आवारा कुत्ता बैठा था, जो कुछ दिन हुए उनके मोर्चे में बिन बुलाए मेहमान की तरह आया था और वहीं टिक गया था। बशीर मुस्कराया और कुत्ते को सम्बोधित कर बोला—

चन्न कित्थे गंवाई आई रात वे....
चन्न कित्थे गंवाई आई....

कुत्ते ने जोर से दुम हिलाना शुरू किया, जिससे पथरीली जमीन पर झाड़ू-सी फिरने लगी।

सूबेदार हिम्मत खां ने एक कंकड़ उठाकर कुत्ते की तरफ फेंका, "साले को दुम हिलाने के सिवा और कुछ नहीं आता।"

बशीर ने एकदम कुत्ते की तरफ गौर से देखा, "इसकी गरदन में क्या है?" यह कहकर वह उठा, पर इससे पहले एक जवान ने कुत्ते को पकड़कर उसकी गरदन में बंधी हुई रस्सी उतारी। उसमें गत्ते का एक टुकड़ा पिरोया हुआ था, जिस पर कुछ लिखा था। सूबेदार हिम्मत खां ने यह टुकड़ा लिया और अपने जवानों से कहा, "लण्डे हैं। जानता है, तुममें से कोई पढ़ना?"

बशीर ने आगे बढ़कर गत्ते का टुकड़ा लिया, "हां....कुछ-कुछ पढ़ लेता हूं।" और उसने बड़ी मुश्किल से अक्षर जोड़-जोड़कर यह पढ़ा, "चप....चपड़ झुन....झुन....चपड़ झुनझुन....यह क्या हुआ?"

सूबेदार हिम्मत खां ने अपनी बड़ी-बड़ी ऐतिहासिक मूंछों को जबरदस्त मरोड़ दिया, "कोडवर्ड होगा कोई।" फिर उसने बशीर से पूछा, "कुछ और लिखा है बशीरे।"

बशीर ने, जो अक्षर जोड़ने में लगा था, जवाब दिया, "जी हां....यह ....यह....हिन....हिन्द....हिन्दुस्तानी....यह हिन्दुस्तानी कुत्ता है।"

सूबेदार हिम्मत खां ने सोचना शुरू किया, "मतलब क्या हुआ इसका? क्या पढ़ा था तुमने-चपड़....?"

बशीर ने जवाब दिया, "चपड़ झुनझुन।"

एक जवान ने बहुत बुद्धिमान बनते हुए कहा, "जो बात है, इसी में है।"

सूबेदार हिम्मत खां को यह बात माकूल लगी, "हां कुछ ऐसा ही लगता है।"

बशीर ने गत्ते पर लिखी हुई पूरी इबारत पढ़ी, "चपड़ झुनझुन....यह हिन्दुस्तानी कुत्ता है।"

सूबेदार हिम्मत खां ने वायरलेस सेट लिया और कानों पर हेडफोन लगाकर प्लाटून कमाण्डर से खुद उस कुत्ते के बारे में बातचीत की। वह कैसे आया था, किस तरह उनके पास कई दिन पड़ा रहा, फिर एकाएक गायब हो गया और रातभर गायब रहा। अब आया है तो उसके गले में एक रस्सी नजर आई, जिसमें गत्ते पर एक टुकड़ा था। उस पर जो इबारत लिखी थी, वह उसने तीन-चार बार दोहराकर प्लाटून कमाण्डर को सुनाई, पर कोई नतीजा हासिल न हुआ।

बशीर अलग कुत्ते के पास बैठकर उसे कभी पुचकारकर, कभी डरा-धमकाकर पूछता रहा कि वह रात कहां गायब रहा था और उसके गले में वह रस्सी और गत्ते का टुकड़ा किसने बांधा था, पर कोई मनचाहा जवाब न मिला। वह जो सवाल न करता, उसके जवाब में कुत्ता अपनी दुम हिला देता। आखिर गुस्से में आकर बशीर ने उसे पकड़ लिया और जोर से झटका दिया। कुत्ता तकलीफ के कारण 'चाऊं-चाऊं' करने लगा।

वायरलेस से निपटकर सूबेदार हिम्मत खां ने कुछ देर नक्शे को गौर से देखा, फिर निर्णयात्मक भाव से उठा और सिगरेट की डिबिया का ढकना खोलकर बशीर को दिया, "बशीरे, लिख इस पर गुरमुखी में....उन कीड़े-मकोड़ों में....।"

बशीर ने सिगरेट की डिबिया का गत्ता लिया और पूछा, "क्या लिखूं सूबेदार साहब?"

सूबेदार हिम्मत खां ने मूंछों को मरोड़े देकर सोचना शुरू किया,

"लिख दे....बस, लिख दे।" यह कहकर उसने जेब से पेंसिल निकालकर बशीर को दी, "क्या लिखना चाहिए?" उसने जैसे खुद से पूछा।

बशीर पेंसिल की नोक को होंठ से लगाकर सोचने लगा, फिर एकदम सवालिया अन्दाज में बोला, "सपड़ सुनसुन....?" लेकिन फौरन ही सन्तुष्ट होकर उसने निर्णय भरे लहजे में कहा, "चपड़ झुनझुन का जवाब सपड़ सुनसुन ही हो सकता है....क्या याद करेंगे अपनी मां के सिखड़े।"

बशीर ने पेंसिल सिगरेट की डिबिया पर जमाई, "सपड़ सुनसुन!"

"सोला आने! लिख....सप....सपड़....सुनसुन।" यह कहकर सूबेदार हिम्मत खां ने जोर का ठहाका लगाया, "और आगे लिख, यह....पाकिस्तानी कुत्ता है।"

सूबेदार हिम्मत खां ने गत्ता बशीर के हाथ से ले लिया। पेंसिल से उसमें एक छेद किया और रस्सी में पिरोकर कुत्ते की तरफ बढ़ा, "ले जा, यह अपनी औलाद के पास।"

यह सुनकर सब जवान खूब हंसे। सूबेदार हिम्मत खां ने कुत्ते के गले में रस्सी बांध दी। वह इस बीच अपनी दुम हिलाता रहा। इसके बाद सूबेदार ने उसे कुछ खाने को दिया और नसीहत करने के अन्दाज में कहा, "देखो दोस्त, गद्दारी मत करना....याद रखो, गद्दारी की सजा मौत होती है।"

कुत्ता दुम हिलाता रहा। जब वह अच्छी तरह खा चुका तो सूबेदार हिम्मत खां ने रस्सी से पकड़कर उसका रुख पहाड़ी की इकलौती पगडण्डी की तरफ फेरा और कहा, "जाओ, हमारा खत दुश्मनों तक पहुंचा दो....मगर देखो, वापस आ जाना....यह तुम्हारे अफसर का हुक्म है, समझे?"

कुत्ते ने अपनी दुम हिलाई और आहिस्ता-आहिस्ता पगडण्डी पर, जो बल खाती हुई, नीचे पहाड़ी के दामन में जाती थी, चलने लगा। सूबेदार हिम्मत खां ने अपनी बन्दूक उठाई और हवा में फायर किया।

फायर और उसकी गूंज दूसरी तरफ हिन्दुस्तानियों के मोर्चे में सुनी गई। इसका मतलब उनकी समझ में न आया। जमादार हरनाम सिंह पता नहीं किस बात पर चिड़चिड़ा हो रहा था, यह आवाज सुनकर और भी चिड़चिड़ा हो गया। उसने फायर का हुक्म दे दिया। आधा घण्टे तक दोनों मोर्चों से गोलियों की बेकार बारिश होती रही। जब इस शगल से उकता

गया तो जमादार हरनाम सिंह ने फायर बन्द करा दिया और दाढ़ी में कंघी करनी शुरू कर दी। इससे छुट्टी पाकर उसने जाली के अन्दर सारे बाल बड़े सलीके से जमाए और बन्तासिंह से पूछा, "ओय बन्तासिंह! चपड़ झुनझुन कहां गया?"

बन्तासिंह ने चीड़ की सूखी लकड़ी से बिरोजे को अपने नाखूनों से अलग करते हुए कहा, "पता नहीं।"

जमादार हरनाम सिंह ने कहा, "कुत्ते को घी हजम नहीं हुआ?"

बन्तासिंह इस मुहावरे का मतलब नहीं समझा, "हमने तो उसे घी की कोई चीज नहीं खिलाई थी।"

यह सुनकर जमादार हरनाम सिंह बड़े जोर से हंसा, "ओए अनपढ़! तेरे साथ तो बात करना पंचानबे का घाटा है।"

तभी वह सिपाही, जो पहरे पर था और दूरबीन लगाए इधर-उधर देख रहा था, एकदम चिल्लाया, "वह....वह आ रहा है।"

सब चौंक पड़े। जमादार हरनाम सिंह ने पूछा, "कौन?"

पहरे के सिपाही ने कहा, "क्या नाम था उसका–चपड़ झुनझुन।"

"चपड़ झुनझुन?" यह कहकर जमादार हरनाम सिंह उठा, "क्या कर रहा है वो?"

पहरे के सिपाही ने जवाब दिया, "आ रहा है।"

जमादार हरनाम सिंह ने दूरबीन उसके हाथ से ली और देखना शुरू किया, "इधर ही आ रहा है....रस्सी बंधी हुई है गले में....लेकिन यह तो उधर से आ रहा है, दुश्मन के मोर्चे से।" कहकर उसने कुत्ते की मां को बहुत बड़ी गाली दी। इसके बाद उसने बन्दूक उठाई और निशाना बांधकर फायर किया। निशाना चूक गया। गोली कुत्ते के कुछ फासले पर पत्थरों की किरचें उड़ाती जमीन में दफन हो गई। कुत्ता सहमकर रुक गया।

दूसरे मोर्चे में सूबेदार हिम्मत खां ने दूरबीन में से देखा कि कुत्ता पगडण्डी पर खड़ा है। एक और फायर हुआ तो वह दुम दबाकर उल्टी तरफ भागा–सूबेदार हिम्मत खां के मोर्चे की तरफ। सूबेदार ने जोर से पुकारा, "बहादुर, डरा नहीं करते....चल वापस।" और उसने डराने के लिए एक फायर किया। कुत्ता रुक गया। उधर से जमादार हरनाम सिंह ने बन्दूक

चलाई। गोली कुत्ते के कान के पास से सनसनाती हुई गुजर गई। उसने उछलकर जोर-जोर से दोनों कान फटफटाने शुरू किए। उधर से सूबेदार हिम्मत खां ने दूसरा फायर किया। गोली उसके अगले पंजों के पास पत्थरों में धंस गई। बौखलाकर कभी वह इधर दौड़ा, कभी उधर। उसकी इस बौखलाहट से हिम्मत खां और हरनाम सिंह—दोनों बहुत खुश हुए और खूब ठहाके लगाते रहे। कुत्ते ने जमादार हरनाम सिंह के मोर्चे की तरफ भागना शुरू किया। उसने यह देखा तो बड़े ताव में आकर मोटी-सी गाली दी और अच्छी तरह निशाना बांधकर फायर किया। गोली कुत्ते की टांग में लगी। आसमान को चीरती हुई एक चीख बुलन्द हुई। कुत्ते ने अपना रुख बदला। लंगड़ा-लंगड़ाकर सूबेदार हिम्मत खां के मोर्चे की तरफ दौड़ने लगा तो उधर से भी फायर हुआ, पर वह सिर्फ डराने के लिए किया गया था। हिम्मत खां फायर करते ही चिल्लाया, "बहादुर....बहादुर परवाह नहीं किया करते जख्मों की। खेल जाओ अपन जान पर....जाओ....जाओ।"

कुत्ता फायर से घबराकर मुड़ा। उसकी एक टांग बिलकुल बेकार हो गई थी। बाकी तीन टांगों की मदद से उसने खुद को चन्द कदम दूसरी ओर घसीटा था कि जमादार हरनाम सिंह ने निशाना तानकर गोली चलाई, जिसने उसे वहीं ढेर कर दिया।

सूबेदार हिम्मत खां ने अफसोस के साथ कहा, "च....च....च....! शहीद हो गया बेचारा।"

जमादार हरनाम सिंह ने बन्दूक की गरम-गरम नली अपने हाथ में ली और कहा, "वही मौत मरा, जो कुत्ते की होती है।"

खुशिया

खुशिया किसी ऊहापोह में था। बनवारी से काले तम्बाकू वाला पान लेकर वह उसकी दुकान के पास वाले पत्थर के चबूतरे पर जा बैठा था। दिन के वक्त यह चबूतरा टायरों और मोटरों के मुख्तलिफ पुरजों से भरा होता है। रात को साढ़े आठ बजे के करीब मोटर के पुरजे और टायर बेचने वालों की यह दुकान बन्द हो जाने के बाद यह चबूतरा मानो खुशिया के लिए ही खाली हो जाता है।

खुशिया धीरे-धीरे काले तम्बाकू वाला पान चबा रहा था और कुछ सोचता भी जा रहा था। पान की गाढ़ी, तम्बाकू मिली पीक उसके दांतों से निकलकर उसके मुंह में इधर-उधर फिसल रही थी और उसे ऐसा लगता था कि उसके खयाल, दांतों तले पीसकर उसकी पीक में घुल रहे हैं। यही वजह है कि वह उसे फेंकना नहीं चाहता था।

खुशिया पान की पीक मुंह में गुलगुला रहा था और उरा घटना के बारे में सोच रहा था जो उसके साथ अभी-अभी घटी थी, यानी आधा घण्टा पहले।

वह उरा चबूतरे पर रोज की तरह बैठने से पहले खेतवाड़ी की पांचवीं गली में गया था। मंगलौर से जो नई छोकरी कांता आई थी, उसी गली के नुक्कड़ पर रहती थी। खुशिया से किसी ने कहा था कि वह अपना मकान बदल रही है। वह इसी खबर की सच्चाई जानने के लिए वहां गया था।

खुशिया ने कांता की खोली का दरवाजा खटखटाया था। अन्दर के दूसरे कमरे से आवाज आई, "कौन है?"

"मैं खुशिया।"

थोड़ी देर के बाद दरवाजा खुला। खुशिया अन्दर दाखिल हुआ। जब

कांता ने दरवाजा अन्दर से बन्द किया तब खुशिया ने मुड़कर देखा। उसकी हैरत की कोई इन्तहा न रही। कांता बिलकुल नंगी खड़ी थी। बिलकुल नंगी ही समझो, क्योंकि वह अपने अंगों को सिर्फ एक तौलिए में छिपाए हुए थी। छिपाए हुए भी तो नहीं कहा जा सकता, क्योंकि छिपाने की जितनी चीजें होती हैं, वे तो सबकी सब खुशिया की चकित आंखों के सामने थीं।

"कहो खुशिया, कैसे आए? मैं बस अब नहाने ही वाली थी। बैठो-बैठो ....बाहर वाले से अपने लिए चाय के लिए कह आए होते। जानते तो हो, वह मुआ रामा यहां से भाग गया है।"

खुशिया, जिसकी आंखों ने कभी औरत को यूं अचानक नंगा नहीं देखा था, बेहद घबरा गया। उसकी समझ में नहीं आ रहा था कि वह इस मौके पर क्या कहे क्या न कहे।

उसकी निगाहें, जो नंगई से एकाएक चार हो गई थीं, अपने आपको कहीं छिपाना चाहती थीं। उसने जल्दी-जल्दी सिर्फ इतना कहा, "जाओ.... जाओ तुम नहा लो।" फिर अपनी बात में लगभग उलाहना भरे लहजे में बिना किसी संकोच के जोड़ा, "पर जब तुम नंगी थीं तो दरवाजा खोलने की क्या जरूरत थी? अन्दर से कह दिया होता, मैं फिर आ जाता....खैर, अब तुम जाओ....नहा धो लो।"

कांता मुस्कराई, "जब तुमने कहा, खुशिया हूं, तो मैंने सोचा, क्या हर्ज है, अपना खुशिया ही तो है, आने दो....।"

कांता की वह मुस्कान अभी तक खुशिया के दिलोदिमाग में तैर रही थी। इस वक्त भी कांता का नंगा जिस्म मोम के पुतले की तरह उसकी आंखों के सामने खड़ा था और पिघल-पिघलकर उसके अन्दर जा रहा था।

उसका जिस्म सुन्दर था। पहली बार खुशिया को मालूम हुआ था कि जिस्म बेचने वाली औरतें भी ऐसा सुडौल बदन रखती हैं। उसे इस बात पर हैरत हुई थी, पर सबसे ज्यादा ताज्जुब उसे इस बात पर हुआ था कि कांता नंग-धड़ंग उसके सामने खड़ी हो गई और उसे लाज तक न आई....क्यों?

हालांकि खुशिया को याद है, कांता ने इसकी वजह यह बताई थी, "जब तुमने कहा, खुशिया हूं, तो मैंने सोचा, क्या हर्ज है, अपना खुशिया ही तो है....आने दो।"

कांता और खुशिया एक ही पेशे में शरीक थे। वह उसका दलाल था, इस लिहाज से वह उसी का था....पर खुशिया को यह वजह नाकाफी लग रही थी। महज इस वजह से कांता का उसके सामने नंगी चली आना उसे सहज नहीं लग रहा था।

वजह तो कोई और वह भी मामूली नहीं, खास रही होनी चाहिए। कांता ने जो दलील दी थी, खुशिया देर से बैठा-बैठा उसमें से कोई और मतलब कुरेद रहा था।

यह मतलब एक ही वक्त इतना साफ और धुंधला था कि खुशिया किसी खास नतीजे पर नहीं पहुंच सका था। उस समय भी, वह कांता के नंगे जिस्म को देख रहा था, जो ढोल के ऊपर मढ़े हुए चमड़े की तरह तना हुआ था....उसकी लुढ़कती हुई निगाहों से बिलकुल बेपरवाह।

कांता के पास उसका जाना बिलकुल बिजनेस से सम्बन्धित था। अगर खुशिया कांता के बारे में सोचता कि जब वह उसका दरवाजा खटखटाएगा तो वह अन्दर क्या कर रही होगी तो उसकी कल्पना में ज्यादा से ज्यादा यही आता कि सिर पर पट्टी बांधे लेटी होगी। बिल्ले के बालों से पिस्सू निकाल रही होगी। उस बाल-सफा पाउडर से अपनी बगलों के बाल उड़ा रही होगी, जो इतनी बास मारता था जो खुशिया की नाक की बरदाश्त से बाहर होती थी। पलंग पर अकेली बैठी, ताश फैलाए पेशन्स खेलने में मशगूल होगी।

बस, इतनी चीजें थीं, जो उसके दिमाग में आतीं। घर में वह किसी को रखती नहीं थी, इसलिए इस बात का खयाल ही नहीं था कि कोई आ सकता था। खुशिया ने यह तो कतई नहीं सोचा था कि वह जब उसके पास किसी काम में पहुंचेगा तो अचानक कांता, यानी कपड़े पहनने वाली कांता, मतलब यह कि वह कांता, जिसको वह हमेशा कपड़ों में देखा करता था, उसके सामने बिलकुल नंगी आ खड़ी होगी। बिलकुल नंगी ही समझो, क्योंकि एक छोटा-सा तौलिया सब कुछ तो छिपा नहीं सकता।

खुशिया को यह दृश्य देखकर ऐसा महसूस हुआ था जैसे छिलका उसके हाथ में रह गया है और केले का गूदा बिछलकर उसके सामने आ गिरा है। अगर बात यहीं तक खत्म हो जाती तो भी गनीमत थी। खुशिया अपनी हैरत को किसी न किसी हीले से दूर कर लेता। मगर यहां मुसीबत

यह आन पड़ी थी कि उस लौंडिया ने मुस्कराकर कहा था, "जब तुमने कहा खुशिया हूं, तो मैंने सोचा, अपना खुशिया ही तो है, आने दो....।"

बस, यही बात उसे खाए जा रही थी। "साली मुस्करा रही थी....।"

खुशिया बार-बार बड़बड़ाता। जिस तरह कांता नंगी थी, उसी तरह उसकी मुस्कराहट खुशिया को नंगी नजर आई थी। यह मुस्कराहट ही नहीं, उसे कांता का जिस्म भी इस हद तक नंगा दिखाई दिया था जैसे उस पर रंदा फिरा हुआ हो।

उसे बार-बार बचपन के वे दिन याद आ रहे थे, जब पड़ोस की एक औरत उससे कहा करती थी, "खुशिया बेटा, जा दौड़कर जा, यह बाल्टी पानी से भर ला।"

और जब वह बाल्टी भरकर लाया करता था तो वह धोती से बनाए हुए परदे के पीछे से कहा करती थी, "अन्दर आकर यहां मेरे पास रख दे। मैंने मुंह पर साबुन मला हुआ है। मुझे कुछ सुझाई नहीं देता।"

वह धोती का परदा हटाकर बाल्टी उसके पास रख दिया करता था। उस समय साबुन की झाग में लिपटी हुई नंगी औरत उसे नजर आती थी, पर उसके मन में किसी तरह की उथल-पुथल पैदा नहीं होती थी।

"भई, मैं उस समय बच्चा था–बिलकुल भोला-भाला। बच्चे और मर्द में बहुत फर्क होता है। बच्चों से कौन परदा करता है। मगर अब तो मैं पूरा मर्द हूं। मेरी उम्र इस वक्त लगभग अट्ठाईस बरस की है और अट्ठाईस बरस के जवान आदमी के सामने तो कोई बूढ़ी औरत भी नंगी खड़ी नहीं होती।"

कांता उसे क्या समझती है? क्या उसमें वे सारी बातें नहीं थीं, जो एक नौजवान मर्द में होती है? इसमें कोई शक नहीं कि वह कांता को एकदम नंग-धड़ंग देखकर बहुत घबरा गया था, लेकिन चोर निगाहों से क्या उसने कांता की उन चीजों का जायजा नहीं लिया था, जो रोजाना इस्तेमाल के बावजूद असली हालत में कायम थीं? क्या चकित रह जाने के बावजूद, उसके दिमाग में यह खयाल नहीं आया था कि दस रुपये में कांता बिलकुल महंगी नहीं और दशहरे के दिन बैंक का वह बाबू जो दो रुपये की रिश्वत न मिलने पर वापस चला गया था, बिलकुल गधा था?

और....इन सबके ऊपर, क्या एक क्षण के लिए उसके पुट्ठों में एक

अजीब किस्म का तनाव नहीं पैदा हो गया था? और उसने एक ऐसी अंगड़ाई नहीं लेनी चाही थी जिससे उसकी हड्डियां तक चटखने लगें?

फिर क्या वजह थी कि मंगलोर की उस सांवली छोकरी ने उसको मर्द नहीं समझा और सिर्फ....सिर्फ खुशिया समझकर उसको अपना सब कुछ देखने दिया? उसने गुस्से में आकर पान की गाढ़ी पीक थूक दी, जिसने फुटपाथ पर कई बेलबूटे बना दिए।

पीक थूककर वह उठा और ट्राम में बैठकर अपने घर चला गया।

घर में उसने नहा-धोकर नई धोती पहनी। जिस बिल्डिंग में वह रहता था, उसकी एक दुकान में सैलून था। उसके अन्दर जाकर उसने आईने के सामने अपने बालों में कंघी की। फिर एकाएक कुछ खयाल आया तो वह कुरसी पर बैठ गया और बड़ी गम्भीरता से उसने नाई से दाढ़ी मूंडने के लिए कहा।

आज चूंकि वह दूसरी बार दाढ़ी मुंडवा रहा था, इसलिए नाई ने कहा, "अरे भाई खुशिया, भूल गए क्या? सुबह मैंने ही तो तुम्हारी दाढ़ी मूंडी थी।"

खुशिया ने बड़ी शान से दाढ़ी पर उल्टा हाथ फेरते हुए कहा, "खूंटी अच्छी तरह नहीं निकली....।"

अच्छी तरह खूंटी निकलवाकर और चेहरे पर पाउडर मलवाकर वह सैलून से बाहर निकला। सामने टैक्सियों का अड्डा था। बम्बई के खास अन्दाज में उसने 'शी....शी' करके एक टैक्सी ड्राइवर का ध्यान अपनी तरफ खींचा और उंगली के इशारे से उसे टैक्सी लाने के लिए कहा।

जब वह टैक्सी में बैठ गया तो ड्राइवर ने घूमकर उससे पूछा, "कहां जाना है, साहब?"

इन चार शब्दों ने और खासतौर पर 'साहब' शब्द ने खुशिया को सचमुच खुश कर दिया। मुस्कराकर उसने बड़े दोस्ताना लहजे में जवाब दिया, "बताएंगे। पहले तुम आपेरा हाउस की तरफ चलो, लेमिंग्टन रोड होते हुए, समझे?"

ड्राइवर ने मोटर की लाल झण्डी की मुण्डी नीचे की तरफ दबा दी। 'टन टन' की आवाज हुई और टैक्सी ने लेमिंग्टन रोड का रुख किया।

लेमिंग्टन रोड का जब आखिरी सिरा आ गया तो खुशिया ने ड्राइवर

को हिदायत दी, "बाएं हाथ की तरफ मोड़ लो।"

टैक्सी बाएं हाथ की तरफ मुड़ गई। अभी ड्राइवर ने गियर भी नहीं बदला था कि खुशिया ने कहा, "उस सामने वाले खम्भे के पास रोक लेना जरा।"

ड्राइवर ने ठीक खम्भे के पास टैक्सी खड़ी कर दी। खुशिया दरवाजा खोलकर बाहर निकला और पान बेचने वाले की दुकान की तरफ बढ़ा। वहां से उसने पान लिया। दुकान पर पहले से खड़े एक आदमी से चन्द बातें कीं और उसे अपने साथ टैक्सी में बिठाकर ड्राइवर से बोला, "सीधे ले चलो।"

देर तक टैक्सी चलती रही। खुशिया ने जिधर इशारा किया, ड्राइवर ने उधर हैंडल फेर दिया। रौनक वाले कई बाजारों से होते हुए टैक्सी एक नीम-रोशन गली में दाखिल हुई, जिसमें बहुत कम लोग आ-जा रहे थे। कुछ लोग सड़क पर बिस्तर जमाए लेटे थे। उनमें से कुछ बड़े इत्मीनान से चंपी करा रहे थे। जब टैक्सी उन चंपी कराने वालों के आगे निकल गई और काठ के एक बंगलेनुमा मकान के पास पहुंची तो खुशिया ने ड्राइवर से कहा, "बस, अब यहां रुक जाओ।" जिस आदमी को खुशिया ने पान की दुकान के पास से टैक्सी में अपने साथ बैठाया था, वह बेवकूफों की तरह खुशिया की तरफ देखता हुआ टैक्सी से बाहर निकला और सामने वाले लकड़ी के मकान में घुस गया।

खुशिया जमकर टैक्सी के गद्दे पर बैठ गया। एक टांग दूसरी टांग पर रखकर उसने जेब से बीड़ी निकालकर सुलगाई और दो कश लेकर बाहर सड़क पर फेंक दी। वह बेहद बेचैन था। उसे लगा जैसे टैक्सी का इंजन बन्द नहीं हुआ हो। उसके सीने में चूंकि फड़फड़ाहट-सी हो रही थी, इसलिए वह समझा कि ड्राइवर ने बिल बढ़ाने के लिए पेट्रोल छोड़ रखा है।

चुनांचे उसने तेज आवाज में कहा, "यों बेकार इंजन चालू रखकर तुम कितने पैसे और बढ़ा लोगे?"

ड्राइवर ने घूमकर खुशिया की तरफ देखा और कहा, "सेठ, इंजन तो बन्द है।"

जब खुशिया को अपनी गलती का एहसास हुआ तो उसकी बेचैनी और भी बढ़ गई। उसने कुछ कहने के बजाय होंठ चबाने शुरू कर दिए।

फिर एकाएक अपने बगल में दबाकर रखी हुई किश्तीनुमा काली टोपी सिर पर पहनकर, उसने ड्राइवर का कंधा हिलाया और कहा, “देखो, अभी छोकरी आएगी। जैसे ही अन्दर आए, तुम मोटर चला देना....समझे? घबराने की कोई बात नहीं है.....मामला ऐसा-वैसा नहीं है।” इतने में सामने लकड़ी वाले मकान से दो आदमजात बाहर निकले। आगे-आगे खुशिया का दोस्त था और उसके पीछे-पीछे कांता, जिसने शोख रंग की साड़ी पहन रखी थी। खुशिया झट से उस तरफ को सरक गया, जिधर अन्धेरा था। खुशिया के दोस्त ने टैक्सी का दरवाजा खोला और कांता को अन्दर दाखिल करके दरवाजा बन्द कर दिया। उसी समय कांता की हैरत-भरी आवाज सुनाई दी, जो चीख से मिलती-जुलती थी, “खुशिया, तुम?”

“हां, मैं....लेकिन तुम्हें रुपये मिल गए हैं न?” खुशिया की मोटी आवाज बुलन्द हुई, “देखो ड्राइवर....जुहू ले चलो।”

ड्राइवर ने सेल्फ दबाया। इंजन फड़फड़ाने लगा। इस बीच कांता ने जो कहा, सुनाई नहीं दे सका। टैक्सी एक धचके के साथ आगे बढ़ी और खुशिया के दोस्त को सड़क के बीच चकित-विस्मित छोड़ उस नीम-रोशन गली से गायब हो गई। इसके बाद फिर किसी ने खुशिया को मोटरों की दुकान के उस पत्थर के चबूतरे पर नहीं देखा।

महमूदा

मुस्तकीम ने महमूदा को पहली बार अपनी शादी पर देखा। आरसी मुसहफ (एक प्रथा, जिसके अनुसार दुल्हन के अंगूठे में एक बड़े शीशे वाली अंगूठी पहनाते हैं, जिसमें दूल्हे को दुल्हन की सूरत दिखाई जाती है) की रस्म अदा हो रही थी कि अचानक उसे दो बड़ी-बड़ी, असाधारण रूप से बड़ी आंखें दिखाई दीं। वे महमूदा की आंखें थीं जो अभी तक कुंवारी थी।

मुस्तकीम औरतों और लड़कियों के झुरमुट में घिरा था। महमूदा की आंखें देखने के बाद उसे जरा अनुभव न हुआ कि आरसी मुसहफ की रस्म कब शुरू हुई और कब खत्म हुई। उसकी दुल्हन कैसी थी, बताने के लिए उसे मौका दिया गया, मगर महमूदा की आंखें उसकी दुल्हन और उसके बीच एक काले मखमली परदे की भांति बाधक हो गईं। उसने चोरी-चोरी कई बार महमूदा की ओर देखा, उसकी हमउम्र लड़कियां सब चहचहा रही थीं।

मुस्तकीम से बड़े जोरों पर छेड़खानी हो रही थी, मगर वह अलग-थलग खिड़की के पास घुटनों पर ठोड़ी जमाए खामोश बैठी थी। उसका रंग गोरा था, बाल तख्तियों पर लिखने वाली स्याही की भांति काले तथा चमकीले थे। उसने सीधी मांग निकाल रखी थी, जो उसके अण्डाकार चेहरे पर बहुत जंचती थी।

मुस्तकीम का अनुमान था कि उसका कद छोटा है, अतः जब वह उठी तो उसका प्रमाण भी मिल गया। उसका लिबास बहुत साधारण था। दुपट्टा जब उसके सिर से ढलका और फर्श तक जा पहुंचा तो मुस्तकीम ने देखा कि उसका सीना बहुत ठोस और मजबूत है। भरा-भरा जिस्म, तीखी नाक, चौड़ी पेशानी, छोटा-सा मुंह और आंखें, जो देखने को सबसे पहले दिखाई देती थीं।

मुस्तकीम अपनी दुल्हन को घर ले आया। दो-तीन मास बीत गए। वह खुश था, इसलिए कि उसकी पत्नी सुन्दर तथा सुघड़ थी। लेकिन वह महमूदा की आंखें न भूल सका था। उसे ऐसा महसूस होता था कि वह उसके दिलो-दिमाग पर छा गई हैं। मुस्तकीम को महमूदा का नाम मालूम नहीं था। एक दिन उसने अपनी बीवी कुलसुम से यों ही पूछा, "वह लड़की कौन थी जो हमारी शादी पर जब आरसी मुसहफ की रस्म अदा हो रही थी, एक कोने में खिड़की के पास बैठी थी?"

कुलसुम ने जवाब दिया, "मैं क्या कह सकती हूं। उस वक्त कई लड़कियां थीं। मालूम नहीं आप किसके बारे में पूछ रहे हैं?"

मुस्तकीम ने कहा, "वह....वह, जिसकी बड़ी-बड़ी आंखें थीं।"

कुलसुम समझ गई, "ओहो, आपका मतलब महमूदा से है! हां वाकई उसकी आंखें बहुत बड़ी हैं, लेकिन बुरी नहीं लगतीं। गरीब घराने की लड़की, बहुत कम बोलने वाली और शरीफ। कल ही उसकी शादी हुई है।"

मुस्तकीम को सहसा एक धक्का लगा, "उसकी शादी हो गई कल?"

"हां, मैं कल वहीं तो गई थी। मैंने आपसे कहा नहीं था कि मैंने उसे एक अंगूठी दी है।"

"हां-हां, मुझे याद आ गया। लेकिन मुझे यह मालूम नहीं था कि तुम जिस सहेली की शादी पर जा रही हो, वह वही लड़की है, बड़ी-बड़ी आंखों वाली। कहां शादी हुई है उसकी?"

कुलसुम ने गिलौरी बनाकर अपने पति को देते हुए कहा, "अपने अजीजों में....उसका खाविंद रेलवे वर्कशॉप में काम करता है, डेढ़ सौ रुपये माहवार तनख्वाह है। सुना है, बेहद शरीफ आदमी है।"

मुस्तकीम ने गिलौरी कल्ले के नीचे दबाई, "चलो अच्छा हो गया। लड़की भी जैसा कि तुम कहती हो शरीफ है।"

कुलसुम से न रहा गया। उसे आश्चर्य हो रहा था कि उसका पति महमूदा में इतनी दिलचस्पी क्यों ले रहा है? उसने कहा, "ताज्जुब है कि आपने उसे सिर्फ एक नजर देखने पर भी याद रखा।"

मुस्तकीम ने कहा, "उसकी आंखें कुछ ऐसी हैं कि आदमी उन्हें भूल नहीं सकता। क्या मैं झूठ बोल रहा हूं।"

कुलसुम दूसरा पान बना रही थी। थोड़ी-सी फुरसत के बाद वह अपने पति से कहने लगी, "मैं इसके बारे में कुछ नहीं कह सकती। मुझे तो उसकी आंखों में कोई आकर्षण दिखाई नहीं देता। मर्द न जाने किन निगाहों से देखते हैं।"

मुस्तकीम ने यही उचित समझा कि इस विषय पर अब आगे बातचीत नहीं होनी चाहिए। इसलिए उत्तर में वह मुस्कराकर उठा और अपने कमरे में चला गया। इतवार की छुट्टी थी। सदा की भांति उसे अपनी पत्नी के साथ मैटिनी शो देखने जाना चाहिए था, मगर महमूदा का जिक्र छेड़कर उसने दिमाग को बोझिल बना लिया था।

उसने आराम कुरसी में लेटकर तिपाई पर से किताब उठाई, जिसे वह दो बार पढ़ चुका था। उसने पहला पन्ना निकाला और पढ़ने लगा, परन्तु अक्षर गड्डमड्ड होकर महमूदा की आंखें बन जाते।

मुस्तकीम ने सोचा, शायद कुलसुम ठीक कहती थी कि उसे महमूदा की आंखों में कोई आकर्षण नजर नहीं आता। हो सकता है, किसी और मर्द को भी नजर न आए। एक सिर्फ मैं हूं जिसे दिखाई दिया है, पर क्यों? मैंने ऐसा कोई इरादा नहीं किया था। मेरी कोई इच्छा नहीं थी कि वह मेरे लिए आकर्षण बन जाए। एक क्षण की तो बात थी, बस मैंने एक नजर देखा और वह मेरे दिलो-दिमाग पर छा गई। इसमें न उन आंखों का दोष है न मेरी आंखों का जिनसे मैंने उन्हें देखा।

इसके बाद मुस्तकीम ने महमूदा की शादी के बारे में सोचना शुरू किया। पर यह क्या? उसकी शादी के बारे में सोचते ही मुस्तकीम गमगीन हो गया? उसने अपने आपसे सवाल किया, दोस्त यह क्या बात है कि तुम्हारे दिल में हल्की-सी टीस उठती है? क्या तुम चाहते हो कि उसकी शादी न हो? सदा कुंवारी रहे। तुम्हारे दिल में तो उससे शादी करने की इच्छा कभी नहीं जागी। तुमने इस नजरिए से कभी एक पल को भी नहीं सोचा, फिर यह जलन कैसी? अभी तक तो उसे देखने का कभी विचार नहीं आया, पर अब तुम क्यों उसे देखना चाहते हो? और यदि कभी उसे देख भी लो तो क्या कर लोगे? उसे उठाकर अपनी जेब में रख लोगे? उसकी बड़ी-बड़ी आंखें नोचकर अपने बटुए में डाल लोगे? बोलो तो सही, क्या करोगे?

मुस्तकीम के पास इसका कोई जवाब नहीं था। असल में उसे मालूम ही नहीं था कि वह क्या चाहता है? यदि कुछ चाहता भी है तो क्यों चाहता है?

महमूदा की शादी हो चुकी थी और वह भी केवल एक दिन पहले, यानी उस समय जबकि मुस्तकीम किताब पढ़ रहा था। महमूदा यकीनन दुल्हन के लिबास में या तो अपने मायके या अपनी ससुराल में शरमाई-लजाई बैठी थी। वह खुद शरीफ थी, उसका पति भी शरीफ था, रेलवे वर्कशॉप में नौकर था और डेढ़ सौ रुपये महीना पगार पाता था। बड़ी खुशी की बात थी। मुस्तकीम की दिली-तमन्ना थी कि वह खुश रहे, आजीवन सुखी रहे। लेकिन उसके दिल में जाने क्यों एक टीस-सी उठती, जो उसे व्याकुल कर देती थी।

अन्त में मुस्तकीम इस नतीजे पर पहुंचा कि यह सब बकवास है। उसे महमूदा के बारे में बिलकुल नहीं सोचना चाहिए।

दो साल गुजर गए। इस दौरान उसे महमूदा के बारे में कुछ मालूम न हुआ और न उसने कुछ मालूम करने की कोशिश की, जबकि महमूदा वह और उसका पति बम्बई में ही डोंगरी की एक गली में रहते थे। हालांकि मुस्तकीम डोंगरी से बहुत दूर माहिम में रहता था, लेकिन अगर वह चाहता तो बड़ी आसानी से महमूदा को देख सकता था।

एक दिन कुलसुम ने उसे बताया, "आपकी उस बड़ी-बड़ी आंखों वाली महमूदा का नसीब बहुत खोटा निकला।"

मुस्तकीम चौंका और फिक्रमन्द लहजे में पूछने लगा, "क्यों, क्या हुआ?"

कुलसुम ने गिलौरी बनाते हुए कहा, "उसका खाविंद एकदम मौलवी हो गया है।"

"तो उससे क्या हुआ?"

"आप सुनिए तो सही। वह हर वक्त मजहब की बातें करता रहता है और वह भी ऊटपटांग किस्म की। वजीफे करता है, चिल्ले काटता है और महमूदा को मजबूर करता है कि वह भी ऐसा ही करे। फकीरों के पास घण्टों बैठा रहता है। घर द्वार से बिलकुल गाफिल हो गया है। दाढ़ी बढ़ाई हुई है,

हाथ में हर वक्त तस्बीह होती है, काम पर कभी जाता है कभी नहीं जाता। कई-कई दिन गायब रहता है। बेचारी महमूदा कुढ़ती रहती है। घर में खाने को कुछ होता नहीं, इसलिए फाके करती है। जब खाविंद से शिकायत करती है तो जवाब मिलता है, फाकाकशी अल्ला तबारक ताला को बहुत प्यारी है।"

मुस्तकीम ने पानदान में से थोड़ी-सी छालियां उठाकर मुंह में डालते हुए पूछा, "कहीं दिमाग तो नहीं चल गया उसका?"

कुलसुम ने कहा, "महमूदा का तो यही खयाल है। खयाल क्या, उसे तो यकीन है। गले में बड़े-बड़े मनकों वाली माला डाले फिरता है, कभी-कभी सफेद रंग का चोला भी पहनता है।"

मुस्तकीम गिलौरी लेकर अपने कमरे में चला गया और आराम कुरसी में लेटकर सोचने लगा, यह क्या हो गया? ऐसा पति तो नाकाबिले बरदाश्त होता है। बेचारी गरीब किस मुसीबत में फंस गई। मुझे तो लगता है, उसके पति में पागलपन के कीटाणु शुरू से मौजूद रहे होंगे, जो अब भड़क उठते हैं। लेकिन सवाल यह है कि अब महमूदा क्या करेगी? उसका तो यहां कोई रिश्तेदार भी नहीं। जो उसकी शादी कराने लाहौर से आए थे, वे भी वापस जा चुके हैं। क्या महमूदा ने अपने मां-बाप को लिखा होगा? नहीं, नहीं, उसके मां-बाप तो, जैसा कि कुलसुम ने एक बार कहा था, बचपन में ही मर गए थे। शादी उसके चचा ने कराई थी। डोंगरी, हां डोंगरी में शायद उसकी जान-पहचान का कोई हो। लेकिन नहीं, अगर जान-पहचान का कोई होता, तो वह फाके क्यों करती? तो क्यों न कुलसुम उसे हमारे घर ले आए? यह खयाल मन में उठा ही था कि उसने अपने आपको टोका, पागल हुए हो मुस्तकीम, होश की दवा करो।

मुस्तकीम ने एक बार फिर इरादा किया कि वह महमूदा के बारे में नहीं सोचेगा। क्यों, क्योंकि उससे महमूदा का कोई भला नहीं होने वाला। वह अब बेकार की मगजमारी ही होगी।

बहुत दिनों के बाद कुलसुम ने एक रोज मुस्तकीम को बताया कि महमूदा का पति जमील करीब-करीब पागल हो गया है।

मुस्तकीम ने पूछा, "क्या मतलब?"

कुलसुम ने जवाब दिया, "मतलब यह कि वह अब रात को एक

सेकण्ड के लिए भी नहीं सोता। जहां खड़ा हो जाता है, वहीं घण्टों खामोश खड़ा रहता है। बेचारी महमूदा रोती रहती है। मैं कल उसके पास गई थी। वह गरीब कई दिन से फाके कर रही थी। मैं उसके हाथ पर बीस रुपये रख आई, चूंकि मेरे पास इतने ही थे।"

मुस्तकीम ने कहा, "बहुत अच्छा किया तुमने। जब तक उसका पति ठीक नहीं होता, कुछ-न-कुछ दे आया करो, ताकि गरीब को फाकों की नौबत तो न आए।"

कुलसुम ने कुछ सोच-विचार के बाद भेदभरे लहजे में कहा, "असल में बात कुछ और है....।"

"क्या मतलब?"

"महमूदा का खयाल है कि जमील ने महज एक ढोंग रच रखा है। वह पागल-वागल हरगिज नहीं। बात यह है कि वह....।"

"वह क्या?"

"वह....औरत के काबिल नहीं....। यह कमजोरी दूर करने के लिए वह फकीरों और संन्यासियों से टोने-टोटके लेता रहता है।"

मुस्तकीम ने कहा, "यह तो पागल होने से ज्यादा दुखद है। महमूदा के लिए तो यह समझो जिन्दगी नरक ही बन गई।"

मुस्तकीम अपने कमरे में चला गया और महमूदा की दुर्दशा के बारे में सोचने लगा। ऐसी औरत का जीवन क्या होगा जिसका पति नामर्द हो? उसके दिल में न जाने कितने अरमान होंगे, उसकी जवानी ने कितने कंपकंपा देने वाले सपने देखे होंगे।

उसने अपनी सहेलियों से क्या कुछ नहीं सुना होगा। कितनी मायूस हुई होगी बेचारी, जब उसे चारों तरफ शून्य दिखाई दिया होगा? उसे कई बार इस खयाल ने भी सहलाया होगा कि उसकी गोद हरी नहीं होगी।

जब डोंगरी में किसी के यहां बच्चा होने की सूचना उसे मिली होगी, तो बेचारी का दिल जरूर डूबा होगा। अब क्या करेगी? ऐसा न हो, कहीं खुदकुशी कर गुजरे। दो साल तक इस राज को भले ही सीने में छिपाए रही, पर लगता है अब सब्र का बांध टूट चुका है। खुदा उसके हाल पर रहम करे।

बहुत दिन गुजर गए। मुस्तकीम और कुलसुम छुट्टियों में पंचगनी चले

गए। वहां ढाई महीने रहे। वापस आए तो एक महीने के बाद कुलसुम ने एक लड़के को जन्म दिया। इस वजह से वह लम्बे अरसे तक महमूदा के घर नहीं जा सकी। एक दिन उसकी एक ऐसी सहेली उसे बधाई देने आई जो महमूदा को भी जानती थी। उसने बातों-बातों में कुलसुम से कहा, "कुछ सुना तुमने? वह महमूदा है न, बड़ी-बड़ी आंखों वाली....।"

कुलसुम ने कहा, "हां-हां, डोंगरी में रहती है।"

सहेली बोली, "खाविंद की बेपरवाही ने उस गरीब को बुरे काम पर मजबूर कर दिया है।"

कुलसुम ने पूछा, "कैसे बुरे काम पर?"

"अब उसके यहां गैर-मरदों का आना-जाना हो गया है।"

"झूठ!" कुलसुम का दिल धक-धक करने लगा।

सहेली ने कहा, "नहीं कुलसुम, मैं झूठ नहीं बोल रही हूं। मैं परसों उससे मिलने गई थी। दरवाजे पर दस्तक देने ही वाली थी कि अन्दर से एक नौजवान मर्द जो मेमन मालूम होता था, बाहर निकला और तेजी से नीचे उतर गया। उसके बाद मुझे उससे मिलना मुनासिब नहीं लगा, सो मैं उलटे कदम वापस चली आई।"

"यह तुमने बहुत बुरी खबर सुनाई। खुदा उसे गुनाह के रास्ते से बचाए रखे। हो सकता है, वह मेमन उसके खाविंद का कोई दोस्त हो," कुलसुम ने खुद को धोखा देते हुए कहा।

उसकी सहेली मुस्कराई, "दोस्त चोरों की तरह दरवाजा खोलकर भागा नहीं करते।"

कुलसुम ने अपने पति से बात की तो उसे बहुत दुख हुआ। वह कभी नहीं रोया था, लेकिन कुलसुम ने जब उसे यह दर्दनाक बात बताई कि महमूदा गलत रास्ते पर जा रही है तो उसकी आंखों से आंसू आ गए। उसने उसी समय तय किया कि महमूदा उनके यहां रहेगी।

उसने कुलसुम से कहा, "यह बड़ी खतरनाक बात है। तुम ऐसा करो, कल ही जाओ और महमूदा को यहां ले आओ।"

कुलसुम ने रूखेपन से जवाब दिया, "मैं उसे अपने घर में नहीं रख सकती।"

"क्यों?" मुस्तकीम ने हैरानी के साथ पूछा।

"बस मेरी मरजी! वह मेरे घर में क्यों रहे? इसलिए कि आपको उसकी आंखें पसन्द हैं?" कुलसुम की आवाज में गजब की कड़वाहट और कटाक्ष था।

मुस्तकीम को गुस्सा तो बहुत आया, लेकिन वह उसे पी गया। कुलसुम से बहस करना व्यर्थ था। अब केवल यही हो सकता था कि वह कुलसुम को निकालकर महमूदा को ले आए। पर वह ऐसा कदम उठाने के बारे में सोच भी नहीं सकता था। मुस्तकीम की नीयत बिलकुल नेक थी, जिसका उसे खुद पूरा-पूरा एहसास था। असल में उसने किसी बुरे मंसूबे से महमूदा को देखा ही नहीं था। हां, उसकी आंखें उसे जरूर पसन्द थीं, इतनी कि वह बयान नहीं कर सकता था।

वह नापाक रास्ते पर चल पड़ी थी। उस रास्ते पर अभी उसने कुछ ही कदम बढ़ाए थे, इसलिए अभी यह मुमकिन था कि उसे तबाही के गर्त में खोने से बचाया जा सके। मुस्तकीम ने कभी नमाज नहीं पढ़ी थी, कभी रोजा नहीं रखा था, कभी खैरात नहीं दी थी। खुदा ने उसे कितना अच्छा मौका दिया था कि वह महमूदा को गुनाह के रास्ते से घसीट लाए और तलाक वगैरह दिलवाकर उसका किसी और से निकाह करा दे। मगर चाहकर भी वह सवाब का यह काम अंजाम नहीं दे सकता था, चूंकि वह अपनी बीवी का दबैल था।

बहुत देर तक मुस्तकीम का जमीर उसे झिड़कता रहा। एक-दो बार उसने यह कोशिश की कि उसकी पत्नी रजामन्द हो जाए, पर जैसा कि मुस्तकीम को मालूम था, उसकी सब कोशिशें बेकार गईं।

मुस्तकीम को ऐसी उम्मीद थी कि और कुछ हो न हो, कुलसुम महमूदा से मिलने जरूर जाएगी। मगर कुलसुम ने उस तरफ से भी निराश किया। उस रोज के बाद महमूदा से मिलने जाना तो दूर की बात, कुलसुम की जबान पर उसका नाम तक नहीं आया।

इन हालात में कुछ हो ही नहीं सकता था, लिहाजा मुस्तकीम भी खामोशी का दामन थामे रहा।

तकरीबन दो साल बाद एक दिन दिल बहलाने के लिए जब मुस्तकीम

घर से बाहर फुटपाथ पर चहलकदमी कर रहा था, तभी उसने कसाइयों की बिल्डिंग की खोली के बारह थड़े पर महमूदा की आंखों की झलक देखी। मुस्तकीम दो कदम आगे निकल चुका था, फिर भी वह फौरन मुड़कर दो कदम पीछे लौटा। उसने देखा, वह महमूदा ही थी। वे ही बड़ी-बड़ी आंखें थीं। महमूदा उस खोली में रहने वाली एक यहूदन के साथ गुफ्तगू करने में मशगूल थी।

इस यहूदन को सारा माहिम जानता था। अधेड़ उम्र की औरत थी। उसका काम अय्याश मरदों के लिए जवान लड़कियां मुहैया कराना था। वह अपनी खुद की दो जवान लड़कियों से भी यही पेशा कराती थी।

मुस्तकीम ने जब महमूदा का चेहरा बेहूदा ढंग से मेकअप किए हुए देखा तो वह लरज उठा। इस मनहूस मंजर को देर तक देखते रहने की उसमें कुव्वत नहीं थी। वह वहां से फौरन आगे चल दिया।

घर पहुंचकर उसने कुलसुम से इस वाकये का जिक्र नहीं किया, क्योंकि अब जिक्र करना उसे गैरजरूरी जान पड़ा। महमूदा अब पूरी तरह जिस्म बेचने वाली औरत बन चुकी थी। मुस्तकीम के जेहन में जब भी उसका बेहूदा, भड़काऊ मेकअप से लिपा-पुता चेहरा आता, उसकी आंखों में आंसू आ जाते। उसका जमीर उससे कहता, "मुस्तकीम, जो कुछ तुमने देखा है, उसकी वजह तुम हो। क्या हो जाता, अगर तुम अपनी बीवी की कुछ दिनों की नाराजगी बरदाश्त कर लेते। ज्यादा से ज्यादा इस अरसे में वह मायके चली जाती। मगर महमूदा की जिन्दगी उस गन्दगी से बच जाती, जिसमें वह उस समय धंसी हुई है। क्या तुम्हारी नीयत नेक नहीं थी? अगर तुम सच्चाई पर थे और सच्चाई पर रहते तो कुलसुम एक न एक दिन अपने आप ठीक हो जाती। तुमने बड़ा जुल्म किया, बहुत बड़ा पाप किया।"

मुस्तकीम अब क्या कर सकता था? कुछ भी नहीं। पानी सिर से गुजर चुका था। चिड़ियां सारा खेत चुग चुकी थीं। अब कुछ नहीं हो सकता था। अब जो कुछ भी किया जाता, वह तो मरते हुए बीमार को आखिरी सांस तक ऑक्सीजन सुंघाने जैसा काम होता।

कुछ अरसा बाद बम्बई की फिजा साम्प्रदायिक दंगों से डरावनी हो गई। बंटवारे के चलते देशभर में तबाही और लूट का बाजार गरम हो गया।

लोग धड़ाधड़ हिन्दुस्तान छोड़कर पाकिस्तान जा रहे थे। जो पहला जहाज मिला, उससे मुस्तकीम और कुलसुम भी कराची पहुंच गए और कारोबार शुरू कर दिया। एक रोज शाम को दुकान से उठकर वह टहलते हुए सदर जा निकला। जी चाहा एक पान खाया जाए। बीस-तीस कदम के फासले पर उसे एक दुकान नजर आई, जिस पर काफी भीड़ थी। आगे बढ़कर वह दुकान के पास पहुंचा तो क्या देखता है कि महमूदा बैठी पान लगा रही है। झुलसे हुए चेहरे पर उसी किस्म का भद्दा मेकअप है। दुकान पर जमा लोग उससे गन्दे-गन्दे मजाक कर रहे हैं जिन पर वह हंस रही है।

मुस्तकीम के होशोहवास गायब हो गए। सोचा कि फौरन यहां से भाग खड़ा हो। तभी महमूदा ने उसे पुकारा, "इधर आओ दूल्हा मियां, तुम्हें एक फस्ट क्लास पान खिलाएं। तुम्हें शायद खबर न होगी, हम तुम्हारी शादी में शरीक थे।"

मुस्तकीम जैसे बुत में तब्दील हो गया।

पीरन

यह उस जमाने की बात है जब मैं बेहद गरीब था। बम्बई में नौ रुपये माहवार की एक खोली में रहता था, जिसमें न पानी का नल था न बिजली। एक निहायत ही गलीज कोठरी थी, जिसकी छत पर से हजारों खटमल मेरे ऊपर गिरा करते थे। चूहों की भी काफी बहुतायत थी। इतने बड़े चूहे मैंने फिर कभी नहीं देखे। बिल्लियां उनसे डरती थीं।

चाल यानी बिल्डिंग में सिर्फ एक गुसलखाना था, जिसके दरवाजे की कुण्डी टूटी हुई थी। सुबह-सवेरे चाल की औरतें पानी भरने के लिए इसी गुसलखाने में जमा हो जाती थीं। यहूदी, मराठी, गुजराती, क्रिश्चियन– भांति-भांति की औरतें थीं। मेरा नियम था कि उन औरतों के इकट्ठा होने से पहले गुसलखाने में जाता, दरवाजा भेड़ता और नहाना शुरू कर देता। एक दिन मैं देर से उठा। गुसलखाने में पहुंचकर नहाना शुरू किया तो थोड़ी देर बाद खट से दरवाजा खुला। मेरी पड़ोसिन थी। बगल में गागर दबाए। उसने मालूम नहीं क्यों एक लमहे के लिए मुझे गौर से देखा। फिर एकदम पलटी। गागर उसकी बगल से फिसलकर फर्श पर लुढ़ने लगी। ऐसी भागी जैसे कोई शेर उसका पीछा कर रहा हो। मैं बहुत हंसा। उठकर दरवाजा बन्द किया और नहाना शुरू कर दिया।

थोड़ी देर बाद फिर दरवाजा खुला। बिरजमोहन था। मैं नहाकर फारिग हो चुका था और कपड़े पहन रहा था। उसने मुझसे कहा, “भई मण्टो, आज इतवार है।”

मुझे याद आ गया कि बिरजमोहन को बान्द्रा जाना था, अपनी दोस्त पीरन से मिलने के लिए। वह हर इतवार को उससे मिलने जाता था। वह एक मामूली शक्ल-सूरत की पारसी लड़की थी, जिससे बिरजमोहन का इश्क

करीबन तीन वर्ष से चल रहा था।

हर इतवार को बिरजमोहन मुझसे आठ आने ट्रेन के किराए के लिए लेता। पीरन के घर पहुंचता। दोनों आधे घण्टे तक आपस में बातें करते। बिरजमोहन 'इलस्ट्रेटिड वीकली' के क्रॉस वर्ड-पजल के हल उसको देता और चला आता। वह बेकार था। सारा दिन सिर झुकाए ये पजल वह अपनी दोस्त पीरन के लिए हल करता था। उसको छोटे-छोटे कई इनाम मिल चुके थे मगर वे सब पीरन ने वसूल किए थे। बिरजमोहन ने एक दमड़ी भी उससे न मांगी थी।

बिरजमोहन के पास पीरन की अनगिनत तस्वीरें थीं। सलवार-कमीज में, चुस्त पायजामे में, साड़ी में, फ्रॉक में, बेदिंग कास्च्यूम में, फैन्सी ड्रेस में—लगभग सौ से ऊपर होंगी। पीरन कतई खूबसूरत नहीं थी बल्कि मैं तो यह कहूंगा कि बहुत ही मामूली शक्ल-सूरत की थी। लेकिन मैंने अपनी राय बिरजमोहन को कभी नहीं बताई थी। मैंने पीरन के बारे में कभी कुछ पूछा ही नहीं था कि वह कौन है, क्या करती है? बिरजमोहन से उसकी मुलाकात कैसे हुई, इश्क की शुरुआत कैसे हुई है? क्या वह उससे शादी करने का इरादा रखता है? बिरजमोहन ने भी उसके बारे में मुझे कभी बातचीत न की थी। बस, हर इतवार को वह नाश्ते के बाद मुझसे आठ आने किराए के लेता, उससे मिलने के लिए बान्द्रा रवाना हो जाता और दोपहर तक लौट आता।

मैंने खोली में जाकर उसको आठ आने दिए। वह चला गया। दोपहर को लौटा तो उसने गैर-मामूली तौर पर मुझसे कहा, "आज मामला खत्म हो गया।"

बिरजमोहन ने, जैसे उसके सीने का बोझ हल्का हो गया हो, मुझसे कहा, "पीरन से आज दो टूक फैसला हो गया है। मैंने उससे कहा, 'जब भी तुमसे मिलना शुरू करता हूं, मुझे कोई काम नहीं मिलता। तुम बहुत मनहूस हो।' उसने कहा, 'बेहतर है, मिलना छोड़ दो। देखूंगी तुम्हें कैसे काम मिलता है। मैं मनहूस हूं मगर तुम अव्वल दर्जे के निखट्टू और कामचोर हो।' सो अब यह किस्सा खत्म हो गया और मेरा खयाल है कि इंशाअल्लाह कल ही मुझे काम मिल जाएगा। सुबह तुम मुझे चार आने देना। मैं सेठ नानूभाई से मिलूंगा। वह मुझे जरूर अपना असिस्टेण्ट रख लेगा।"

यह सेठ नानूभाई, जो फिल्म डायरेक्टर था, अनेक बार बिरजमोहन को नौकरी देने से इनकार कर चुका था, क्योंकि उसका भी पीरन की तरह यही खयाल था कि वह कामचोर और निकम्मा है। लेकिन दूसरे दिन जब बिरजमोहन मुझसे चार आने लेकर गया तो दोपहर को उसने मुझे यह खुशखबरी सुनाई कि सेठ नानूभाई ने बहुत खुश होकर उसे अढ़ाई सौ रुपये माहवार पर नौकर रख लिया है। कान्ट्रेक्ट एक वर्ष का है जिस पर दस्तखत हो चुके हैं। फिर उसने जेब में हाथ डालकर सौ रुपये निकाले और मुझे दिखाए, "यह एडवांस है। जी तो मेरा चाहता है कि कांट्रेक्ट और सौ रुपये लेकर बांद्रा जाऊं और पीरन से कहूं कि देखो मुझे काम मिल गया है, लेकिन नानूभाई मुझे फौरन जवाब दे देगा—मेरे साथ एक नहीं, कई मर्तबा ऐसा हो चुका है। इधर नौकरी मिली, उधर पीरन से मुलाकात हुई—मामला साफ। किसी-न-किसी बहाने मुझे निकाल बाहर किया गया। खुदा मालूम इस लड़की में यह नहूसत कहां से आ गई। अब मैं कम से कम एक साल तक उसका मुंह नहीं देखूंगा। मेरे पास कपड़े बहुत कम रह गए हैं। एक साल लगाकर कुछ बनवा लूं तो फिर देखा जाएगा।"

छह महीने गुजर गए। बिरजमोहन बराबर काम पर जा रहा था। उसने कई नए कपड़े बनवा लिए थे। एक दर्जन रूमाल भी खरीद लिए थे। अब वे तमाम चीजें उसके पास थीं, जो एक कुंवारे आदमी के ऐशो-आराम के लिए जरूरी होती हैं। एक दिन वह स्टूडियो गया हुआ था कि उसके नाम एक खत आया। शाम को जब वह लौटा तो उसे यह खत देना भूल गया। सुबह नाश्ते पर मुझे याद आया तो मैंने यह खत उसके हवाले कर दिया। लिफाफा पकड़ते ही वह जोर से चीखा, "लानत!"

मैंने पूछा, "क्या हुआ?"

"वही पीरन—अच्छी-भली जिन्दगी गुजर रही थी।" यह कहकर उसने चम्मच से लिफाफा खोला। खत का कागज निकाला और मुझसे कहा, "वही कमबख्त है—मैं कभी उसका हैण्डराइटिंग भूल सकता हूं?"

मैंने पूछा, "क्या लिखती है?"

"मेरा सिर! कहती है मुझसे इस इतवार को जरूर मिलो। तुमसे कुछ कहना है।" यह कहकर बिरजमोहन ने खत लिफाफे में डाला और जेब में

रख लिया। "लो भई मण्टो, इशांअल्लाह नौकरी से कल ही जवाब मिल जाएगा।"

"क्या बकवास करते हो?"

बिरजमोहन ने बड़े शान्त ढंग से कहा, "नहीं, मण्टो, तुम देख लेना। कल इतवार है। परसों नानूभाई को मुझसे कोई न कोई शिकायत पैदा होगी और वह मुझे फौरन निकाल बाहर करेगा।"

मैंने उससे कहा, "अगर तुम्हें इतना विश्वास है तो मत जाओ उससे मिलने।"

"यह नहीं हो सकता। वह बुलाए तो मुझे जाना ही पड़ता है।"

"क्यों?"

"नौकरी करते-करते कुछ मैं भी उकता चुका हूं। छह महीने से ऊपर हो गए हैं।" यह कहकर वह मुस्कराया और चला गया।

दूसरे दिन वह नाश्ता करके बान्द्रा चला गया। पीरन से मुलाकात करके लौटा तो उसने उस मुलाकात के बारे में कोई बात न की। मैंने उससे पूछा, "मिल आए अपने मनहूस सितारे से?"

"हां, भई। उससे कह दिया कि नौकरी से बहुत जल्द जवाब मिल जाएगा।" यह कहकर वह खाट पर से उठा, "चलो आओ, खाना खा आएं।"

हम दोनों ने हाजी के होटल में खाना खाया। इस दौरान पीरन की कोई बात न हुई। रात को सोने से पहले उसने सिर्फ इतना कहा, "अब देखिए कल क्या गुल खिलता है?"

मेरा खयाल था कि कुछ भी नहीं होगा। मगर दूसरे दिन बिरजमोहन असामान्य रूप से स्टूडियो से जल्दी लौट आया। मुझसे मिला तो जोर से हंसा, "जवाब मिल गया, भाई।"

मैंने समझा मजाक कर रहा है, "हटाओ जी!"

"जो हटना था, वह तो हट गया। अब मैं कैसे हटाऊं—सेठ नानूभाई पर टांच आ गई है। स्टूडियो सील हो गया है। मेरी वजह से ख्वाहमख्वाह बेचारे नानूभाई पर भी आफत आ गई।" यह कहकर बिरजमोहन फिर हंसने लगा।

मैंने सिर्फ इतना कहा, "यह अजीब सिलसिला है।"

"देख लो, इसे कहते हैं हाथ कंगन को आरसी क्या।" बिरजमोहन ने सिगरेट सुलगाया और कैमरा उठाकर बाहर घूमने चला गया।

बिरजमोहन अब बेकार था। जब उसकी जमा-पूंजी खत्म हो गई तो उसने हर इतवार को फिर से बान्द्रा जाने के लिए आठ आने मांगने शुरू कर दिए। मुझे अभी तक मालूम नहीं आध-पौन घण्टे में वह पीरन से क्या बातें करता था। वैसे वह बहुत अच्छी गुफ्तगू करने वाला था। मगर उस लड़की से, जिसकी नहूसत का उसे पूरे तौर पर यकीन था, वह किस किस्म की बातें करता था। मैंने एक दिन उससे पूछा, "बिरज! क्या पीरन को भी तुमसे मुहब्बत है?"

"नहीं, वह किसी और से मुहब्बत करती है।"

"तुमसे क्यों मिलती है?"

"इसलिए कि मैं जहीन हूं। उसके भद्दे चेहरे को खूबसूरत बनाकर पेश कर सकता हूं। उसके लिए क्रॉस वर्ड पजल हल करता हूं। कभी-कभी उसको इनाम भी दिलवा देता हूं। मण्टो, तुम नहीं जानते इन लड़कियों को। मैं खूब पहचानता हूं इन्हें। जिससे वह मुहब्बत करती है, उसमें जो कमी है, मुझसे पूरी कर लेती है।" यह कहकर वह मुस्कराया, "बड़ी चार सौ बीस है।"

मैंने कुछ हैरानी से पूछा, "मगर तुम क्यों उससे मिलते हो?"

बिरजमोहन हंसा। चश्मे के पीछे उसने आंखें सिकोड़कर कहा, "मुझे मजा आता है।"

"किस बात का?"

"उसकी नहूसत का। मैं उसका इम्तहान ले रहा हूं, उसकी नहूसत का इम्तहान। यह नहूसत अपने इम्तहान में पूरी उतरी है। मैंने जब भी उससे मिलना शुरू किया, मुझे अपने काम से जवाब मिला–अब मेरी एक ख्वाहिश है कि उसके मनहूस असर को चकमा दे जाऊं।"

मैंने उससे पूछा, "क्या मतलब?"

बिरजमोहन ने बड़ी संजीदगी से कहा, "मेरा जी चाहता है कि नौकरी से जवाब मिलने से पहले नौकरी से अलग हो जाऊं। यानी खुद अपने

मालिक को जवाब दे दूं। उसके बाद कहूं, जनाब मुझे मालूम था कि आप मुझे हटाने वाले हैं। इसलिए मैंने आपको तकलीफ न दी और खुद अलग हो गया और आप मुझे निकाल नहीं रहे थे। यह मेरी दोस्त पीरन थी, जिसकी नाक कैमरे में ऐसे घुसती है जैसे तीर।"

बिरजमोहन मुस्कराया, "यह मेरी एक छोटी-सी ख्वाहिश है। देखो, पूरी होती है या नहीं।"

मैंने कहा, "अजीबो-गरीब ख्वाहिश है।"

"मेरी हर चीज अजीबो-गरीब होती है। पिछले इतवार मैंने पीरन के उस दोस्त के लिए, जिससे वह मुहब्बत करती है, एक फोटो तैयार करके दिया। उल्लू की दुम उसे कम्पीटिशन में भेजेगा—यकीनी तौर पर इनाम मिलेगा, उसे।" यह कहकर वह मुस्कराया।

बिरजमोहन वाकई अजीबो-गरीब आदमी था। वह पीरन के दोस्त को कई बार फोटो तैयार करके दे चुका था। 'इलस्ट्रेटिड वीकली' में ये फोटो उसके नाम से छपते थे और पीरन बहुत खुश होती थी। बिरजमोहन उसको देखता था तो मुस्करा देता था। वह पीरन के दोस्त की शक्ल-सूरत से अनजान था। पीरन ने बिरजमोहन से उसकी मुलाकात तक न कराई थी। सिर्फ इतना बताया था कि वह किसी मिल में काम करता है और बहुत खूबसूरत है।

एक इतवार को बिरजमोहन बान्द्रा रो वापस आया तो उसने मुझसे कहा, "लो भई मण्टो, आज मामला खत्म हो गया।"

मैंने उससे पूछा, "पीरन वाला?"

"हां भई, कपड़े खत्म हो रहे थे। मैंने सोचा कि यह सिलसिला खत्म करो—अब इंशाअल्लाह कुछ ही दिनों में कोई न कोई नौकरी मिल जाएगी। मेरा खयाल है कि सेठ नियाजअली से मिलूं। उसने एक फिल्म बनाने का ऐलान किया है—कल ही जाऊंगा। तुम यार, जरा उसके दफ्तर का पता लगा लेना।"

मैंने उसके दफ्तर का नया फोन एक दोस्त से पूछकर बिरजमोहन को बता दिया। वह दूसरे दिन वहां गया। शाम को लौटा। उसके चेहरे पर मुस्कराहट थी। "लो भई मण्टो," यह कहकर उसने जेब से टाइप किया

कागज निकाला और मेरी ओर फेंक दिया। एक पिक्चर का कांट्रेक्ट था। "तनख्वाह दो सौ रुपये माहवार कम है, लेकिन सेठ नियाज अली ने कहा है, बढ़ा दूंगा—ठीक है।"

मैं हंसा, "अब पीरन से कब मिलोगे?"

बिरजमोहन मुस्कराया, "कब मिलूंगा? मैं भी यही सोच रहा था कि मुझे उससे कब मिलना चाहिए। मण्टो यार, मैंने तुमसे कहा था कि मेरी छोटी-सी ख्वाहिश है, बस वह पूरी हो जाए। मेरा खयाल है, मुझे इतनी जल्दी नहीं करनी चाहिए। जरा मेरे तीन-चार जोड़े बन जाएं। पचास रुपये एडवांस ले आया हूं। पच्चीस तुम रख लो।"

पच्चीस मैंने ले लिए। होटल वाले का कर्ज था जो फौरन चुका दिया गया। हमारे दिन बड़ी खुशहाली में गुजरने लगे। सौ रुपये माहवार मैं कमा लेता था। दो सौ रुपये माहवार बिरजमोहन ले आता था। बड़े ऐश थे। पांच महीने गुजर गए कि अचानक एक दिन पीरन का खत बिरजमोहन को मिला, "लो भाई, मण्टो, इजराईल साहब तशरीफ ले आए।"

सही बात है कि मैंने उस वक्त खत देखकर खौफ-सा महसूस किया मगर बिरजमोहन ने मुस्कराते हुए लिफाफा खोला। खत का कागज निकालकर पढ़ा। बिलकुल थोड़ी-सी लिखावट थी। मैंने बिरजमोहन से पूछा, "क्या फरमाती हैं?"

"फरमाती हैं, इतवार को मुझसे जरूर मिलो। एक बहुत जरूरी काम है।" बिरजमोहन ने खत लिफाफे में वापस डालकर अपनी जेब में रख लिया।

मैंने उससे पूछा, "जाओगे?"

"जाना ही पड़ेगा।" फिर उसने यह फिल्मी गीत गाना शुरू किया, "मत भूल मुसाफिर तुझे जाना ही पड़ेगा।"

मैंने उससे कहा, "बिरज मत जाओ, उससे मिलने। बड़े अच्छे दिन गुजर रहे हैं हमारे। तुम जानते, खुदा मालूम किस तरह तुम्हें आठ आने दिया करता था।"

बिरजमोहन मुस्कराया, "मुझे सब मालूम है, लेकिन अफसोस है कि अब वे दिन फिर आने वाले हैं, जब तुम खुदा मालूम किस तरह आठ आने

दिया करोगे।"

इतवार को बिरजमोहन फिर पीरन से मिलने बान्द्रा गया। वापस आया तो उसने मुझसे इतना कहा, "मैंने उससे कहा, यह बारहवीं बार है कि मुझे तुम्हारी नहूसत की वजह से नौकरी से अलग होना पड़ेगा। तुम पर रहमत हो जरतुश्त की।"

मैंने पूछा, "उसने सुनकर कुछ कहा?"

बिरजमोहन ने जवाब दिया, "सिर्फ यह—तुम सिली इडियट हो।"

"तुम हो?"

"सौ फीसदी।" यह कहकर बिरजमोहन हंसा, "अब मैं कल सुबह दफ्तर जाते समय ही इस्तीफा पेश कर देने वाला हूं। मैंने वहीं पीरन के पास लिख लिया था।"

बिरजमोहन ने मुझे इस्तीफे का कागज दिखाया। दूसरे दिन गैर-मामूली तौर पर उसने जल्दी-जल्दी नाश्ता किया और दफ्तर की ओर चल पड़ा। शाम को लौटा तो उसका चेहरा उतरा हुआ था। उसने मुझसे कोई बात न की। मुझे ही आखिर उससे पूछना पड़ा, "क्यों बिरज, क्या हुआ?"

उसने बड़ी नाउमीदी से सिर हिलाया, "कुछ नहीं यार, सारा किस्सा ही खत्म हो गया।"

"क्या मतलब?"

"मैंने सेठ नियाजअली को अपना इस्तीफा पेश किया तो उसने मुस्कराकर मुझे एक आफिसियल खत दिया। उसमें यह लिखा था कि मेरी तनख्वाह पिछले महीने से दो सौ के बजाय तीन सौ रुपये माहवार कर दी गई है।"

पीरन से बिरजमोहन की दिलचस्पी खत्म हो गई थी। उसने मुझसे एक दिन कहा, "पीरन की नहूसत खत्म होने के साथ ही वह भी खत्म हो गई—और मेरा एक निहायत दिलचस्प शगल भी खत्म हो गया। अब कौन मेरे बेकार रहने का कारण होगा।"

आमना

दूर तक धान के सुनहरे खेत फैले हुए थे। जुम्मे का नौजवान लड़का बुंदू कटे हुए धान के पूले उठा रहा था और साथ ही साथ गा भी रहा था–

धान के पूले धर-धर कांधे
भर-भर लाए
खेत सुनहरा, धन-दौलत रे!

बुंदू का बाप जुम्मा गांव में बहुत लोकप्रिय था। हर शख्स को मालूम था कि उसका अपनी बीवी से बहुत प्यार है। उन दोनों का इश्क गांव में हर शख्स को मालूम था। उनके दो बच्चे थे। एक बुंदू, जिसकी उम्र तेरह वर्ष के करीब थी, दूसरा चंदू।

सब खुश थे। मगर एक दिन अचानक जुम्मे की बीवी बीमार पड़ गई। हालत बहुत नाजुक हो गई। बहुत इलाज किए, टोने-टोटके आजमाए, मगर उसको कोई फायदा न हुआ। जब रोग घातक बन गया तो उसने अपने शौहर से करुण लहजे में कहा, "तुम मुझे कबूतरी कहा करते थे और खुद को कबूतर। हम दोनों ने दो बच्चे पैदा किए। अब यह तुम्हारी कबूतरी मर रही है। कहीं ऐसा न हो कि मेरे मरने के बाद तुम कोई और कबूतरी अपने घर ले आओ?"

थोड़ी देर के बाद उसे जैसे दौरा पड़ गया। जुम्मे की आंखों से आंसू बह रहे थे और उसकी बीवी बोले चली जा रही थी, "तुम और कबूतरी ले आओगे। वह सोचेगी कि जब तक मेरा बच्चे जिन्दा हैं, तुम उससे मुहब्बत नहीं करोगे। चुनांचे वह उनको मारकर खा जाएगी।"

जुम्मा ने अपनी बीवी से बड़े प्यार से कहा, "सकीना! मैं तुमसे वायदा करता हूं कि जिन्दगीभर दूसरी शादी नहीं करूंगा। मगर मरें तुम्हारे दुश्मन,

तुम बहुत जल्द ठीक हो जाओगी।"

सकीना के होंठ पर मुर्दा-सी मुस्कराहट नमूदार हुई। उसके फौरन बाद उसकी रूह नाशवान शरीर से उड़कर चली गई। जुम्मा बहुत रोया। जब उसने अपने हाथों से उसको दफन किया तो उसको ऐसा महसूस हुआ कि उसने अपनी जिन्दगी मानो मिट्टी के नीचे गाड़ दी है।

अब वह हर वक्त गमगीन रहता। काम-काज में उसे कोई दिलचस्पी न रही। एक दिन उसके एक वफादार मुजारे ने उससे कहा, "सरकार! बहुत दिनों से मैं आपकी यह हालत देख रहा हूं और मन ही मन कुढ़ता रहा हूं। आज मुझसे नहीं रहा गया तो आपसे यह अर्ज करने आया हूं कि आप अपने बच्चों का बहुत खयाल रखते हैं। अपनी जमीनों की तरफ कोई ध्यान नहीं देते। आपको इस बात का पता नहीं, कितना नुकसान हो रहा है।"

जुम्मे ने बड़ी लापरवाही से कहा, "होने दो, मुझे किसी चीज का होश नहीं।"

"सरकार! आप होश में आइए। चारों तरफ दुश्मन ही दुश्मन हैं। ऐसा न हो, वे आपकी गफलत से फायदा उठाकर आपकी जमीनों पर कब्जा कर लें। आपसे मुकदमेबाजी क्या होगी। मेरी तो यही दरख्वास्त है कि आप दूसरी शादी कर लें। इससे आपके गम का बोझ हल्का हो जाएगा और वह आपके लड़कों से प्यार-मुहब्बत भी कर सकेगी।"

जुम्मे को बहुत गुस्सा आया, "बकवास न करो, रमजानी! तुम समझते नहीं, सौतेली मां क्या होती है। इसके अलावा तुम यह भी सोचो, मेरी बीवी की रूह को कितना बड़ा सदमा पहुंचेगा।"

बहुत दिनों तक बार-बार आग्रह किए जाने के बाद आखिर रमजानी अपने मालिक को दूसरी शादी के लिए रजामन्द करने में कामयाब हो गया। जब शादी हो गई तो उसने अपने लड़कों को एक अलग मकान में भेज दिया। हर रोज वहां कई-कई घण्टे रहता और बुंदू और चंदू की दिलजोई करता रहता।

नई बीवी को यह बात बहुत नागवार गुजरी। एक बात और भी थी कि मक्खन-दूध का अधिक भाग उसके सौतेले बेटों के पास चला जाता था। इससे वह बहुत जलती। इसका तो यह मतलब था कि घर-बार के मालिक

वही हैं।

एक दिन जुम्मा खेतों से वापस आया तो उसकी नई बीवी जोर-जोर से रोने लगी। जुम्मे ने इस तरह रोने की वजह पूछी तो उसने कहा, "तुम मुझे अपना नहीं समझते, इसलिए बच्चों को दूसरे मकान में भेज दिया। मैं उनकी मां हूं, कोई दुश्मन तो नहीं हूं। मुझे बहुत दुख होता है, जब मैं सोचती हूं कि बेचारे अकेले रहते हैं।"

जुम्मा इन बातों से बहुत प्रभावित हुआ और दूसरे ही दिन बुंदू और चंदू को ले आया और उनको सौतेली मां के हवाले कर दिया, जिसने उनको इतने प्यार-मुहब्बत से रखा कि आसपास के तमाम लोग उसकी तारीफ करने लगे।

नई बीवी ने जब अपने खाविंद के दिल को पूरी तरह मोह लिया तो एक दिन एक मुजारे को बुलाकर अकेले में उससे बड़े रहस्यमय ढंग से कहा, "मैं तुमसे एक काम लेना चाहती हूं—बोलो करोगे?"

उस मुजारे ने, जिसका नाम शुबराती था, हाथ जोड़कर कहा, "सरकार, आप माई-बाप हैं। जान तक हाजिर है।"

नई बीवी ने कहा, "देखो कल दरिया के पास बहुत बड़ा मेला लग रहा है। मैं अपने सौतेले बच्चों को तुम्हारे साथ भेजूंगी। उनको किश्ती की सैर कराना और किसी न किसी तरह जब कोई और देखता न हो, उन्हें गहरे पानी में डुबो देना।"

शुबराती की प्रवृत्ति दासता की थी। इसके अलावा उसको बहुत बड़े इनाम का लालच दिया गया था। वह दूसरे दिन बुंदू और चंदू को अपने साथ ले गया। उन्हें किश्ती में बैठाया। उसको खुद खेना शुरू किया। दरिया में दूर चला गया, जहां कोई देखने वाला न था। उसने चाहा कि उन्हें धक्का देकर डुबो दे मगर एकदम उसका जमीर जाग उठा। उसने सोचा, इन बच्चों का क्या कसूर है—सिवाय इसके कि इनकी अपनी मां मर चुकी है और ये अब सौतेली मां के रहमों-करम पर हैं। बेहतर यही है कि मैं इन्हें किसी शख्स के हवाले कर दूं और सौतेली मां से जाकर कह दूं कि दोनों डूब चुके हैं।

दरिया के दूसरे किनारे उतरकर उसने बुंदू और चंदू को एक व्यापारी

के हवाले कर दिया, जिसने उनको नौकर रख लिया।

बड़ा लड़का बुंदू खेल-कूद का आदी था, इसलिए मेहनत-मशक्कत से बहुत घबराता था। वह व्यापारी के पास से भाग निकला और पैदल चलकर दूसरे शहर में पहुंचा। मगर वहां उसे एक दौलतमन्द आदमी के पास, जिसका नाम कलन्दर बेग था, शरण लेनी पड़ी। कलन्दर बेग नेकदिल आदमी था। उसने चाहा कि बुंदू को अपने पास नौकर रख ले। चुनांचे उसने उससे पूछा, "बरखुरदार क्या तनख्वाह लोगे?"

बुंदू ने जवाब दिया, "जनाब, मैं तनख्वाह नहीं लूंगा।"

कलन्दर बेग को किस कद्र हैरत हुई। लड़का शक्ल-सूरत का अच्छा था। उसमें गंवारपन भी नहीं था। उससे पूछा, "तुम किस खानदान के हो–किस शहर के बाशिंदा हो?"

बुंदू ने इस सवाल का कोई जवाब न दिया और खामोश रहा, फिर रोने लगा। कलन्दर बेग ने उससे और अधिक पूछताछ करना मुनासिब न समझा। जब बुंदू को वहां रहते हुए काफी वक्त गुजर गया तो कलन्दर बेग उसके अच्छे व्यहार से बहुत प्रभावित हुआ। एक दिन उसने अपनी बीवी से कहा, "बुंदू मुझे बहुत पसन्द है। मैं तो चाहता हूं, इससे अपनी एक लड़की ब्याह दूं।"

बीवी को अपने खाविंद की बात बुरी लगी। लेकिन आखिर में उसने कहा, "पहले आप उसके खानदान के बारे में दरियाफ्त कीजिए।"

कलन्दर बेग ने कहा, "मैंने एक बार उसके खानदान के बारे में पूछा तो वह जार-जार रोने लगा। फिर मैंने इस बात पर उससे कभी गुफ्तगू नहीं की।"

बुंदू कई वर्ष तक कलन्दर बेग के पास रहा। जब बीस वर्ष का हो गया तो कलन्दर बेग ने अपना सारा कारोबार उसके सुपुर्द कर दिया। काफी समय गुजर गया। एक दिन बुंदू ने बड़े अदब से अपने मालिक से विनती की, "दरिया के उस पार जो एक गांव है, वहां मैं छोटा-सा मकान बनाना चाहता हूं। क्या मुझे आप इतना रुपया मेहरबानी करके दे सकते हैं कि मेरी यह ख्वाहिश पूरी हो जाए?"

कलन्दर मुस्कराया, "तुम जितना रुपया चाहो, ले सकते हो, बेटा!

लेकिन यह तो बताओ कि तुम दरिया पार इतनी दूर मकान क्यों बनवाना चाहते हो?"

बुंदू ने जवाब दिया, "यह भेद आप पर जल्दी ही खुल जाएगा?"

बुंदू और चंदू का बाप अपने बेटों की जुदाई में घुल-घुलकर मर चुका था। मुजारो की बड़ी खराब हालत थी। इसलिए कि जमीनों की देखभाल करने वाला कोई भी न था।

बुंदू बहुत-सा रुपया लेकर अपने गांव पहुंचा। एक पक्का मकान बनवाया और मुजारों को खुशहाल कर दिया।

बुंदू का भाई चंदू जिस शख्स के पास मुलाजिम हुआ, उसने उसको बेटा बना लिया था। एक बार यह खतरनाक तौर पर बीमार पड़ गया और उस शख्स की बीवी ने, जिसका नाम समद खान था, अपनी बेटी आमना से कहा कि वह उसकी सेवा-टहल करे।

आमना बड़ी नाजुक-सी हसीन लड़की थी। दिन-रात उसने चंदू की खिदमत की। आखिर वह सेहतमन्द हो गया। सेवा-टहल के उस दौर में वे कुछ इस तरह घुल-मिल गए कि उन दोनों को एक-दूसरे से मुहब्बत हो गई।

मगर चंदू सोचता था कि आमना एक दौलतमन्द की लड़की है और वह सिर्फ कंगाल। उनका आपस में क्या जोड़ है। उसके मां-बाप भला कब उनकी शादी पर राजी होंगे। लेकिन आमना को किसी तरह यकीन था कि उसके मां-बाप राजी हो जाएंगे, इसलिए कि वे चंदू को बड़ी अच्छी निगाहों से देखते थे।

एक दिन चंदू गाय-भैसों के रेवड़ को जोहड़ पर पानी पिला रहा था कि आमना दौड़ती हुई आई। उसकी सांस फूली हुई थी। नन्हा-सा सीना धड़क रहा था। उसने खुश-खुश चंदू से कहा, "एक बहुत अच्छी खबर लाई हूं। आज मेरे मां और बाप मेरी शादी की बात कर रहे थे। उन्होंने फैसला किया है कि तुम बड़े अच्छे लड़के हो। इसलिए तुम्हें मेरे साथ ब्याह देना चाहिए।"

चंदू इतना खुश था कि उसने आमना को उठाकर नाचना शुरू कर दिया।

उन दोनों की शादी हो गई। एक साल के बाद उनके घर एक लड़का पैदा हुआ, जिसका नाम जमील रखा गया।

जब बुंदू अपने गांव में अच्छी तरह जम गया तो उसने भाई का पता लिया। जाकर उससे मिला। दोनों बहुत खुश हुए। बुंदू ने उससे कहा, "अब अल्लाह का फजल है। चलो, मेरे साथ और दीवानी सम्भालो। मैं चाहता हूं, तुम्हारी शादी अपनी साली से करा दूं, बड़ी प्यारी लड़की है।"

चंदू ने उसको बताया कि वह पहले ही शादीशुदा है। सारे हालात सुनकर बुंदू ने उसको समझाया, "कलन्दर बेग बेहद दौलतमन्द आदमी है। उसकी लड़की से शादी कर लो। सारी उम्र ऐश करते रहोगे। आमना के बाप के पास क्या रखा है।"

चंदू अपने भाई की ये बातें सुनकर लालच में आ गया और दौलत की खातिर आमना को छोड़ दिया। तलाकनामा किसी के हाथ भिजवा दिया और उससे मिले बगैर चला गया।

चन्द दिनों के बाद ही बुंदू ने अपने भाई की शादी कलन्दर बेग की छोटी लड़की से करा दी। आमना हैरान और परेशान थी कि उसका प्यार चंदू एकदम कहां गायब हो गया। लेकिन उसको यकीन था कि वह उससे मुहब्बत करता है। एक दिन जरूर वापस आ जाएगा। बहुत दिन उसने उसकी वापसी का इन्तजार किया और उसकी याद में आंसू बहाती रही। जब वह न आया तो आमना के बाप ने जमील को साथ लिया और बुंदू के गांव पहुंचा। उसकी मुलाकात चंदू से हुई। वह दौलत के नशे में सबको भूल चुका था।

आमना के बाप ने उसकी बड़ी मिन्नत-समाजत की और उससे कहा, "और कुछ नहीं तो अपने इस कमसिन बेटे का खयाल करो। तुम्हारे बगैर इस बच्चे की जिन्दगी क्या है?"

चंदू ने यह कोरा जवाब दिया, "मैं क्या अपनी दौलत और इज्जत इस बच्चे के लिए छोड़ सकता हूं? जाओ, इसे ले जाओ और मेरी नजरों से दूर कर दो।"

जब आमना के बाप ने ज्यादा मिन्नत-समाजत की तो चंदू ने उस बुड्ढे को धक्के देकर बाहर निकलवा दिया। साथ ही अपने बच्चे को भी।

बूढ़ा गम से चूर घर पहुंचा और आमना को सारी दास्तान सुना दी। आमना को इस कदर सदमा पहुंचा कि वह पागल हो गई।

चंदू पर एक के बाद एक इतनी मुसीबतें आईं कि उसकी दौलत उजड़ गई। भाई ने आंखें फेर लीं। बीवी लड़-झगड़कर अपने मैके चली गई। अब उसको आमना की याद आई। वह उससे मिलने के लिए गया। उसका बेटा जमील–हड्डियों का ढांचा, उससे घर के बाहर मिला। उसने उसको प्यार किया और आमना के बारे में उससे पूछा। जमील ने उससे कहा, "आओ, तुम्हें बताता हूं, मेरी मां आजकल कहां रहती है।"

वह उसे दूर ले गया और एक कब्र की तरफ इशारा करके कहा, "यहां रहती है आमना अम्मां।"

स्वराज्य के लिए

मुझे सन् याद नहीं रहा, लेकिन वही दिन थे, जब अमृतसर में हर तरफ इन्कलाब जिन्दाबाद के नारे गूंजते थे। उन नारों में मुझे अच्छी तरह याद है, एक अजीब किस्म का जोश था, एक जवानी, एक अजीब किस्म की जवानी, बिलकुल अमृतसर की गूजरियों की-सी, जो सिर पर उपलों के टोकरे उठाए, बाजारों को जैसे काटती हुई चलती हैं।

खूब दिन थे। जलियांवाला बाग के खूनी हादसे का जो उदास डर फिजा में समाया रहता था, उस वक्त गायब था। उसकी जगह अब ले ली थी एक बेखौफ तड़प ने, एक अंधाधुंध छलांग ने, जो अपनी मंजिल से नावाकिफ थी।

लोग नारे लगाते थे, जुलूस निकालते थे और सैकड़ों की संख्या में धड़ाधड़ कैद हो रहे थे। गिरफ्तार होना एक दिलचस्प शगल बन गया था। सुबह कैद हुए, शाम छोड़ दिए गए। मुकदमा चला, चन्द महीनों की कैद हुई, वापस आए, एक नारा लगाया, फिर कैद हो गए।

जिन्दगी से भरपूर दिन थे। एक नन्हा-सा बुलबुला भी फटने पर एक बहुत बड़ा भंवर बन जाता था। किसी ने चौक में खड़े होकर तकरीर दी और कहा, 'हड़ताल होनी चाहिए।' चलिए, हड़ताल हो गई। एक लहर उठी कि हर आदमी को खादी पहननी चाहिए ताकि लंकाशायर के सारे कारखाने बन्द हो जाएं। लीजिए, विदेशी कपड़ों का बायकाट शुरू हो गया और हर चौक में अलाव जलने लगे। लोग जोश में आकर, वहीं खड़े-खड़े कपड़े उतारते और अलाव में फेंक देते। कोई औरत अपने मकान के बारजे से, अपनी नापसंदीदा साड़ी उछालती तो भीड़ तालियां पीट-पीटकर अपने हाथ लाल कर लेती। मुझे याद है, कोतवाली के सामने टाउनहाल के पास एक

अलाव जल रहा था। शेखू ने, जो मेरा सहपाठी था, जोश में आकर अपना रेशमी कोट उतारा और विदेशी कपड़ों की चिता में डाल दिया। तालियों का समन्दर बहने लगा, क्योंकि शेखू एक बहुत बड़े 'टोडी बच्चे' का लड़का था। उस बेचारे का जोश और भी ज्यादा बढ़ गया। अपनी बोस्की की कमीज उतारकर, उसे भी उसने शोलों की भेंट चढ़ा दिया, लेकिन बाद में उसे खयाल आया कि उसमें सोने के बटन थे। मैं शेखू का मजाक नहीं उड़ाता। मेरा हाल भी उन दिनों कुछ वैसा ही था। जी चाहता था, कहीं से पिस्तौल हाथ आ जाए तो एक इन्कलाबी पार्टी बनाई जाए। बाप सरकारी पेंशनर था, इसका मुझे कभी खयाल न आया। बस दिलो-दिमाग में एक अजीब-सी खुदबुद रहती थी। बिलकुल वैसी ही, जैसी फ्लैश खेलने के दौरान रहा करती है।

स्कूल से तो मुझे वैसे ही दिलचस्पी न थी, पर उन दिनों मुझे खासतौर पर पढ़ाई से नफरत हो गई। घर से किताबें लेकर निकलता और जलियांवाला बाग चला जाता। स्कूल का वक्त खत्म होने तक वहां की सरगर्मियां देखता रहता। किसी पेड़ के साये तले बैठकर, दूर मकानों की खिड़कियों में औरतों को देखता और सोचता, जरूर इनमें से किसी को मुझसे इश्क हो जाएगा। यह खयाल दिमाग में क्यों आता था, मैं इसके बारे में कुछ नहीं कह सकता।

जलियांवाला बाग में खूब रौनक थी। चारों तरफ तम्बू और कनातें फैली हुई थीं। जो खेमा सबसे बड़ा था, उसमें हर दूसरे-तीसरे दिन, एक डिक्टेटर बनाकर बैठा दिया जाता था, जिसको सारे वालंटियर सलामी देते थे। दो-तीन दिन या ज्यादा से ज्यादा दस-पन्द्रह दिन तक, यह डिक्टेटर-खादी-पोश औरतों और मरदों का 'नमस्कार' एक बनावटी संजीदगी के साथ वसूल करता। शहर के बनियों से लंगरखाने के लिए आटा-चावल इकट्ठा करता और दही की लस्सी पी-पीकर, जो खुदा जाने, जलियांवाला बाग में क्यों इतनी आम थी, एक दिन अचानक गिरफ्तार हो जाता और किसी कैदखाने में चला जाता।

मेरा एक पुराना सहपाठी था शाहजादा गुलाम अली। उससे मेरी दोस्ती का अन्दाजा आपको इन बातों से हो सकता है कि हम इकट्ठे दो बार मैट्रिक के इम्तहान में फेल हो चुके थे और एक बार हम दोनों घर से भागकर बम्बई

गए थे। खयाल था कि रूस जाएंगे, मगर पैसे खत्म होने पर, जब फुटपाथों पर सोना पड़ा तो घर खत लिखे, माफियां मांगी और वापस चले आए।

शाहजादा गुलाम अली, खूबसूरत जवान था। लम्बा कद, गोरा रंग, जैसा कश्मीरियों का होता है। तीखी नाक, खिलंदरी आंखें, चाल-ढाल में एक खास शान जिसमें पेशेवर गुण्डों की अकड़ की हल्की-सी झलक भी थी।

जब वह मेरे साथ पढ़ता तो शाहजादा नहीं था, लेकिन जब शहर में इन्कलाबी हलचल बढ़ी और उसने दस-पन्द्रह जलसों और जुलूसों में हिस्सा लिया तो नारों, गेंदे के हारों, जोशीले गीतों और लेडी वालंटरियों से खुली बातचीत ने उसे एक इन्कलाबी बना दिया। एक दिन उसने अपनी पहली तकरीर दी। दूसरे दिन मैंने अखबार देखे तो मालूम हुआ कि गुलाम अली शाहजादा बन गया है।

शाहजादा बनते ही, गुलाम अली सारे अमृतसर में मशहूर हो गया। छोटा-सा शहर है, वहां नेकनाम या बदनाम होते देर नहीं लगती। यों तो अमृतसरी, आम आदमियों के मामले में नुक्ताचीनी करने वाला है, यानी हर आदमी दूसरों के ऐब टटोलने और चरित्रों में सूराख ढूढ़ने की कोशिश करता रहता है, लेकिन राजनीतिक और धार्मिक नेताओं के मामले में अमृतसरी एकदम आंखें फेर लेते हैं। उनको दरअसल, हर वक्त एक तकरीर या आन्दोलन की जरूरत रहती है। आप उन्हें नीली-पोश बना दीजिए या सियाह-पोश, एक ही नेता, चोले बदल-बदलकर अमृतसर में काफी देर तक जिन्दा रह सकता है।

लेकिन वह जमाना कुछ और था। सभी बड़े-बड़े नेता जेलों में थे और उनकी गद्दियां खाली थीं। उस समय लोगों को नेताओं की कोई उतनी ज्यादा जरूरत न थी। लेकिन वह आन्दोलन, जो कि अब शुरू हुआ था, उसको ऐसे आदमियों की बड़ी जरूरत थी, जो एक-दो दिन खादी पहनकर, जलियांवाला बाग के बड़े तम्बू में बैठें, एक-दो तकरीरें दें और गिरफ्तार हो जाएं।

उन दिनों यूरोप में नई-नई डिक्टेटरशिप शुरू हुई थी। हिटलर और मुसोलिनी का बड़ा इश्तहार हो रहा था। गालिबन इसी असर के तहत, कांग्रेस ने डिक्टेटर बनाने शुरू कर दिए थे। जब शाहजादा गुलाम अली की

बारी आई तो उससे पहले चालीस डिक्टेटर गिरफ्तार हो चुके थे।

ज्यों ही मुझे मालूम हुआ कि गुलाम अली डिक्टेटर बन गया है तो मैं फौरन जालियांवाला बाग में पहुंचा। बड़े खेमे में बाहर वालंटियरों का पहरा था। लेकिन गुलाम अली ने जब मुझे अन्दर से देखा तो बुला लिया। जमीन पर एक गदेला था, जिस पर खादी की चांदनी बिछी थी। उस पर गाव-तकियों का सहारा लिए, शाहजदा गुलाम अली, चन्द खादी-पोश बनियों से बातचीत कर रहा था, जो शायद तरकारियों के बारे में थी। चन्द मिनटों में ही उसने यह बातचीत खत्म की और कुछ वालंटियरों को हुक्म देकर वह मेरी तरफ पलटा। उसकी यह गैर-मामूली संजीदगी देखकर मुझे गुदगुदी सी हो रही थी। जब वालंटियर चले गए तो मैं हंस पड़ा, 'सुना बे शाहजादे!'

मैं देर तक उससे मजाक करता रहा, लेकिन मैंने महसूस किया कि गुलाम अली में भारी तब्दीली आ गई है। ऐसी तब्दीली जिससे वह वाकिफ है। चुनांचे उसने कई बार मुझसे यही कहा, "नहीं सआदत! मजाक न उड़ाओ। मैं जानता हूं, मेरा सिर छोटा है और यह इज्जत जो मुझे मिली है, बड़ी है। लेकिन मैं यह खुलजी टोपी ही पहने रहने देना चाहता हूं।"

कुछ देर बाद उसने दही की लस्सी का एक बहुत बड़ा गिलास पिलाया और मैं उससे यह वायदा करके घर चला गया कि शाम को उसकी तकरीर सुनने जरूर आऊंगा। शाम को जलियांवाला बाग खचाखच भरा था। मैं चूंकि जल्दी आया था, इसलिए मुझे स्टेज के पास ही जगह मिल गई। गुलाम अली तालियां के शोर के साथ प्रकट हुए। सफेद, बेदाग खादी के कपड़े पहने, वह खूबसूरत और आकर्षक लग रहा था। उस अकड़ की झलक, जिसका जिक्र मैं पहले कर चुका हूं, उसके इस आकर्षण को बढ़ा रही थी।

लगभग एक घण्टे तक वह बोलता रहा। इस बीच कई बार मेरे रोंगटे खड़े हुए और एक-दो बार तो मेरे जिस्म में बड़ी शिद्दत से यह इच्छा पैदा हुई कि मैं बम की तरह फट जाऊं। इस समय मैंने शायद यही खयाल किया था कि यूं फट जाने से हिन्दुस्तान आजाद हो जाएगा।

खुदा जाने कितने बरस बीच चुके हैं। बहते हुए जज्बातों और घटनाओं की नोक-पलक, जो उस समय थी, अब बिलकुल उसी तरह बता पाना लगभग नामुमकिन है। लेकिन यह कहानी लिखते समय, जब मैं गुलाम

अली की तकरीर का तसव्वुर करता हूं तो मुझे सिर्फ एक जवानी बोलती दिखाई पड़ती है जो सियासत से बिलकुल पाक थी। उसमें एक ऐसे नौजवान की सच्ची निडरता थी जो एकदम किसी राह चलती औरत को पकड़ ले और कहे, "देखो, मैं तुम्हें चाहता हूं।" और दूसरे ही पल, कानून के पंजे में गिरफ्तार हो जाए।

उस तकरीर के बाद मुझे कई तकरीरें सुनने का मौका मिला, लेकिन वह अधपकी दीवानगी, वह सिरफिरी जवानी, वह अल्हड़ जज्बा, वह दाढ़ी-मूंछ रहित ललकार, जो मैंने शाहजादा गुलाम अली की आवाज में सुनी, उसकी हल्की-सी गूंज भी मुझे अब कहीं सुनाई नहीं देती। अब जो तकरीरें सुनने में आती हैं, वे ठण्डी संजीदगी, बूढ़ी सियासत और शायराना होशमन्द में लिपटी होती हैं।

उस समय दरअसल दोनों पार्टियां कच्ची थीं। सरकार भी और रिआया भी। नतीजों की परवाह किए बिना दोनों एक-दूसरे से उलझी हुई थीं। सरकार कैद को महत्व समझे बिना, लोगों को कैद कर रही थी और जो कैद होते थे, उनको भी कैदखाने में जाने से पहले कैद का मकसद मालूम नहीं होता था। एक धांधली थी, मगर उस धांधली में एक आग जैसी बेचैनी थी। लोग शोलों की तरह भड़कते थे, बुझते थे, फिर भड़कते थे। चुनांचे उस भड़कने और बुझने, बुझने और भड़कने ने गुलामी की निन्दासी, उदास और जम्भाइयों-भरी फिजा में गरम कंपकंपी पैदा कर दी थी।

शाहजादा गुलाम अली ने तकरीर खत्म की तो सारा जलियांवाला बाग, तालियों और नारों का दहकता हुआ अलाव बन गया। उसका चेहरा दमक रहा था। जब मैं उससे जाकर मिला और बधाई देने के लिए मैंने उसका हाथ अपने हाथ में दबाया तो वह कांप रहा था। यह गरम कंपकंपाहट उसके चमकते हुए चेहरे से भी नुमायां थी। वह कुछ-कुछ हांफ रहा था। उसकी आंखों में, जोश भरे जज्बात की दमक के अलावा मुझे एक थकी हुई तलाश नजर आई। वे किसी को ढूंढ़ रही थीं। उसने एकदम अपना हाथ मेरे हाथ से अलग किया और सामने चमेली की झाड़ी की तरफ बढ़ा। वहां एक लड़की थी। खादी की बेदाग साड़ी पहने हुए।

दूसरे दिन मुझे मालूम हुआ कि शाहजादा गुलाम अली इश्क में

गिरफ्तार है। वह उस लड़की से, जिसे मैंने चमेली की झाड़ी के पास बड़े अदब से खड़े देखा था, इश्क कर रहा था। यह इश्क इकतरफा नहीं था, क्योंकि निगार को भी उससे बेहद लगाव था। निगार, जैसा कि नाम से जाहिर है, एक मुसलमान लड़की थी, अनाथ। जनाना अस्पताल में नर्स थी और पहली मुसलमान लड़की थी जिसने अमृतसर में बेपरदा होकर कांग्रेस के आन्दोलन में भाग लिया था।

कुछ खादी के लिबास ने, कुछ कांग्रेस की सरगरमियों में हिस्सा लेने की वजह से और कुछ अस्पताल की फिजा ने, निगार के इस्लामी मिजाज को, उस तीखी चीज को जो मुसलमान औरत के स्वभाव में नुमायां होती है, कुछ थोड़ा-सा मद्दा कर दिया था, जिससे वह थोड़ी मुलायम हो गई थी।

वह खूबसूरत न थी, पर अपनी जगह औरत होने का एक निहायत ही अनोखा और बेमिसाल नमूना थी। विनम्रता, आदर और श्रद्धा का वह मेल, जो आदर्श हिन्दू औरत की खासियत है, निगार में भी अपनी हल्की-सी झलक के साथ दिखाई देता था, जिसने उसकी शख्सियत में रूह को गरमा देने वाले रंग भर दिए थे। उस समय तो शायद यह कभी मेरे मन में न आता, लेकिन अब वह लिखते समय मैं निगार का तसव्वुर करता हूं तो वह मुझे नमाज और आरती का दिलफरेब मेल दिखाई देती है।

वह शाहजादा गुलाम अली की पूजा करती थी और वह भी उस पर जान देता था। जब निगार के बारे में उससे बातचीत हुई तो पता चला कि कांग्रेस आन्दोलन के दौरान उन दोनों की मुलाकात हुई और थोड़े ही दिनों के मेलजोल के बाद वे एक-दूसरे के हो गए।

गुलाम अली का इरादा था कि कैद होने से पहले वह निगार को अपनी बीवी बना ले। मुझे याद नहीं, वह क्यों ऐसा करना चाहता था, क्योंकि कैद से वापस आने पर भी वह उससे शादी कर सकता था। उन दिनों कोई इतनी लम्बी कैद तो होती न थी। कम-से-कम तीन महीने और ज्यादा-से-ज्यादा एक बरस। कुछेक को तो पन्द्रह-बीस दिनों के बाद ही रिहा कर दिया जाता था ताकि दूसरे कैदियों के लिए जगह बन जाए। बहरहाल, वह अपने इरादे को निगार पर भी जाहिर कर चुका था और वह बिलकुल तैयार थी। अब सिर्फ दोनों को बाबा जी के पास जाकर उनका आशीर्वाद लेना था।

बाबा जी, जैसा कि आप जानते होंगे, बड़ी भारी हस्ती के मालिक थे। शहर से बाहर, लखपति सर्राफ हरिराम की शानदार कोठी में वे ठहरे हुए थे। यूं तो वे अक्सर अपने आश्रम में रहते थे, जो उन्होंने पास के एक गांव में बना रखा था, पर जब कभी वे अमृतसर आते तो हरिराम सर्राफ की ही कोठी में उतरते और उनके आते ही यह कोठी बाबा जी के भक्तों के लिए पाक स्थान बन जाती। दिनभर, उनके दर्शन करने वालों का तांता बंधा रहता। दिन ढले कोठी से बाहर, कुछ फासले पर, आम के पेड़ों के झुरमुट में एक तख्त पर बैठकर वे लोगों को आम दर्शन देते, अपने आश्रम के लिए चन्दा इकट्ठा करते और आखिर में भजन आदि सुनकर हर रोज शाम को एक सभा, उनकी इजाजत से बरखास्त हो जाती।

बाबा जी बहुत परहेजगार, आस्तिक, विद्वान और प्रतिभाशाली शख्स थे। यही वजह है कि हिन्दू, मुसलमान, सिख और अछूत—सब उनको बहुत मानते थे और उन्हें अपना नेता कबूल करते थे।

सियासत से, हालांकि जाहिरा तौर पर बाबा जी को कोई दिलचस्पी न थी, लेकिन यह एक खुला हुआ भेद है कि पंजाब का हर सियासी आन्दोलन उन्हीं के इशारे पर शुरू और उन्हीं के इशारे पर खत्म हुआ।

सरकार की निगाह में वह एक न समझ में आने वाला भेद थे। एक ऐसी सियासी पहेली जिसे ब्रिटिश सरकार के बड़े-बड़े सियासतदां भी हल न कर सके थे। बाबा जी के पतले-पतले होंठों की एक हल्की-सी मुस्कान के हजार मतलब निकाले जाते थे। लेकिन जब वे खुद इस मुस्कान के एकदम नए अर्थ सुझाते थे तो उनकी भक्त जनता और भी अधिक प्रभावित होती थी। अमृतसर में यह जो असहयोग आन्दोलन चल रहा था और लोग धड़ाधड़ कैद हो रहे थे, उसके पीछे, जैसा कि जाहिर है, बाबा जी का ही असर काम कर रहा था। हर शाम, लोगों को आम दर्शन देते समय वे सारे पंजाब के आन्दोलन और सरकार की नित नई सख्तियों के बारे में अपने पोपले मुंह से एक छोटा-सा, एक मासूम-सा जुमला निकाल दिया करते थे, जिसे बड़े-बड़े नेता फौरन ही अपने गले में तावीज बनाकर डाल लेते थे।

लोगों का कहना है कि उनकी आंखों में एक चाबुक-सी शक्ति थी। उनकी आवाज में एक जादू था और उनका ठण्डा दिमाग, उनका वह

मुस्कराता हुआ दिमाग, जिसको गन्दी से गन्दी गाली और जहरीले से जहरीला व्यंग्य भी, एक मिनट के हजारवें हिस्से के लिए उत्तेजित नहीं कर सकता था, विरोधियों के लिए बड़ी ही उलझन का सबब था।

अमृतसर में बाबा जी के सैकड़ों जुलूस निकल चुके थे। लेकिन जाने क्या बात है कि मैंने और सभी नेताओं को देखा, एक सिर्फ उन्हीं को, न दूर से देखा, न पास से। इसलिए जब गुलाम अली ने उनके दर्शन करने और उनसे शादी के लिए इजाजत लेने की बात मुझसे की तो मैंने उससे कहा कि जब वे दोनों जाएं तो मुझे भी साथ लेते चलें। दूसरे ही दिन, गुलाम अली ने तांगे का इन्तजाम किया और हम सुबह-सवेरे लाला हरिराम सर्राफ की आलीशान कोठी में पहुंच गए।

बाबा जी नहा-धोकर सुबह की प्रार्थना से सुर्खरू हो, एक खूबसूरत पण्डितानी से राष्ट्रीय गीत सुन रहे थे। चीनी की बेदाग, सफेद टाइलों वाले फर्श पर बाबा जी, खजूर के पत्तों की चटाई पर बैठे थे। गाव-तकिया उनके पास ही पड़ा था, लेकिन उन्होंने उसका सहरा नहीं लिया था।

कमरे में सिवाय एक चटाई के, जिसके ऊपर बाबा जी बैठे थे और कोई फर्नीचर नहीं था। एक सिरे से दूसरे सिरे तक, सफेद टाइलें चमक रही थीं। उनकी चमक ने राष्ट्रीय गीत गाने वाली पण्डितानी के हल्के गुलाबी रंग के चेहरे को और भी खूबसूरत बना दिया था।

बाबा जी हालांकि सत्तर-बहत्तर वर्ष के थे, लेकिन उनके जिस्म पर (वे सिर्फ गेरुए रंग का छोटा-सा तहमद बांधे थे) उम्र की झुर्रियों का कोई असर न था। उनकी त्वचा में एक अजीब किस्म की चमक और लावण्य था। मुझे बाद में मालूम हुआ कि वे रोज नहाने से पहले जैतून का तेल अपने शरीर पर मलवाते हैं।

शाहजादा गुलाम अली की तरफ देखकर वे मुस्कराए। मुझे भी एक नजर देखा और हम तीनों की बंदगी का जवाब, उसी मुस्कराहट को तनिक फैलाकर दिया और इशारा किया कि हम बैठ जाएं।

मैं जब यह तस्वीर अपने सामने लाता हूं तो चेतना की ऐनक से यह मुझे दिलचस्प होने के अलावा बड़ी ही विचारोत्तेजक दिखाई देती है। खजूर की चटाई पर एक अधनंगा बुजुर्ग, योगियों का आसन लगाए बैठा है। उसके

बैठने के ढंग से, उसके गंजे सिर से, उसकी अधखुली आंखों से, उसके सांवले-मुलायम शरीर से, उसके चेहरे की हर रेखा से, एक शान्ति भरा सन्तोष, एक बेफिक्र विश्वास जाहिर हो रहा था कि जिस जगह पर दुनिया ने उसे बैठा दिया है, अब बड़े से बड़ा भूचाल भी वहां से उसे नहीं गिरा सकता।

उससे कुछ दूर कश्मीर की घाटी की एक नई खिली कली, कुछ उस बुजुर्ग के समीप होने के सम्मान से झुकी हुई, कुछ राष्ट्रीय गीत के असर से और कुछ अपनी भरपूर जवानी से, जो उसकी खुरदरी सफेद साड़ी से निकलकर, राष्ट्रीय गीत के अलावा अपनी जवानी का भी गीत गाना चाहती थी, जो उस बुजुर्ग की समीपता की कद्र करने के साथ-साथ, किसी ऐसी तन्दुरुस्त और जवान हस्ती के स्वागत में भी सिर झुकाना चाहती थी जो उसकी नरम कलाई पकड़कर जिन्दगी के दहकते हुए अलाव में कूद पड़े। उसके हल्के प्याजी चेहरे से, उसकी बड़ी-बड़ी काली आंखों से, उसकी खादी के खुरदरे ब्लाउज में ढके हुए हलचल-भरे सीने से, उस बूढ़े योगी के ठोस विश्वास और गम्भीर सन्तोष के मुकाबले में, एक खामोश पुकार फूट पड़ती थी कि आओ, जिस जगह पर मैं इस समय हूं, वहां से खींचकर मुझे नीचे गिरा दो या इससे भी ऊपर ले चलो।

इस तरह हटकर हम तीनों बठे थे—मैं, निगार और शाहजादा गुलाम अली। मैं बिलकुल चुगद बना बैठा था। बाबा जी की शख्सियत से भी प्रभावित था और उस पण्डितानी के बेदाग हुस्न से भी। फर्श की चमकीली टाइलों ने भी मुझे बांध रखा था और उन पर बिछी उस खुरदरी चटाई ने भी। कभी सोचता था कि ऐसी टाइलों वाली एक कोठी मुझे मिल जाए तो कितना अच्छा हो।

फिर सोचता था कि यह पण्डितानी मुझे और कुछ न करने दे, सिर्फ एक बार मुझे अपनी आंखें चूम लेने दे। इस खयाल से मेरे शरीर में थरथरी पैदा होती तो झट अपनी नौकारानी का खयाल आता, जिससे ताजा-ताजा मुझे कुछ 'वह' हुआ था। जी में आता कि इन सबको यहां छोड़कर, सीधा घर जाऊं, शायद नजर बचाकर उसे ऊपर गुसलखाने तक ले जाने में कामयाब हो सकूं, पर जब बाबा जी पर नजर पड़ती और कानों में राष्ट्रीय

गीत के जोशीले बोल गूंजते तो एक दूसरी थरथरी बदन में पैदा होती और मैं सोचता कि कहीं से पिस्तौल हाथ लग जाए तो सिविल लाइंस में जाकर अंग्रेजों को भूनना शुरू कर दूं।

इस चुगद के पास निगार और गुलाम अली बैठे थे। इश्क वाले दो दिल, जो मुहब्बत में अकेले धड़कते-धड़कते, अब शायद कुछ उकता गए थे और जल्द ही एक दूसरे में मुहब्बत के दूसरे रंग देखने के लिए घुल-मिल जाना चाहते थे। दूसरे लफ्जों में, ये बाबा जी से, अपने एकमात्र सियासी रहनुमा से, ब्याह की इजाजत लेने आए थे और जैसा कि जाहिर है, उन दोनों के दिमाग में उस समय राष्ट्रीय गीत के बजाय उनकी अपनी जिन्दगी का सबसे खूबसूरत लेकिन अनसुना संगीत गूंज रहा था।

गीत खत्म हुआ। बाबा जी ने बड़े स्नेह भरे ढंग से पण्डितानी को हाथ के इशारे से आशीर्वाद दिया और मुस्कराते हुए, निगार और गुलाम अली की ओर मुड़े। मुझे भी उन्होंने एक नजर देख लिया।

गुलाम अली शायद परिचय के लिए अपना और निगार का नाम बताने वाला था, लेकिन बाबा जी की याददाश्त गजब की थी। उन्होंने फौरन ही अपनी मीठी आवाज से कहा, "शाहजादे, अभी तक गिरफ्तार नहीं हुए?"

गुलाम अली ने हाथ जोड़कर कहा, "जी नहीं!"

बाबा जी ने कलमदान से एक पेंसिल निकाली और उससे खेलते हुए कहने लगे, "पर मैं तो समझता हूं, तुम गिरफ्तार हो चुके हो।"

गुलाम अली इसका मतलब न समझ सका। लेकिन बाबा जी ने फौरन ही पण्डितानी की तरफ देखा और निगार की ओर इशारा करके कहा, "निगार ने हमारे शाहजादे को गिरफ्तार कर लिया है।"

निगार शरमा-सी गई। गुलाम अली का मुंह हैरत से खुला का खुला रह गया। पण्डितानी के प्याजी चेहरे पर एक आशीर्वाद भरी चमक-सी आई। उसने निगार और गुलाम अली को कुछ इस तरह देखा, जैसे कह रही हो, "बहुत अच्छा हुआ।"

बाबा जी एक बार फिर पण्डितानी की ओर मुड़े, "ये बच्चे मुझसे शादी की इजाजत लेने आए हैं। तुम कब शादी कर रही हो कमल?"

तो उस पण्डितानी का नाम कमल था। बाबा जी के अचानक सवाल

करने पर वह बौखला गई। उसका प्याजी चेहरा सुर्ख हो गया। कांपती हुई आवाज में उसने जवाब दिया, "मैं तो आपके आश्रम में जा रही हूं।"

एक हल्की-सी आह भी इन शब्दों में लिपटकर बाहर आ गई, जिसे बाबा जी के होशियार दिमाग ने फौरन नोट किया। वे उसकी तरफ देखकर, जोगियों जैसे अन्दाज में मुस्कराए और गुलाम अली और निगार से बोले, "तो तुम दोनों अपना फैसला कर चुके हो?"

दोनों ने दबी जुबान में जवाब दिया, "जी हां!"

बाबा जी ने सियासत-भरी आंखों से उनको देखा, "इन्सान जब फैसले करता है तो कभी-कभी उसको बदल भी दिया करता है।"

पहली बार बाबा जी की रोब भरी मौजदूगी में गुलाम अली ने नहीं, उसकी अल्हड़-बेताब जवानी ने कहा, "यह फैसला अगर किसी वजह से बदल भी जाए तो भी अपनी जगह पर अटल रहेगा।"

बाबा जी ने अपनी आंखें बन्द कर लीं और जिरह के अन्दाज में पूछा, "क्यों?"

हैरत है कि गुलाम अली बिलकुल न घबराया। शायद इस बार, निगार से उसे जो सच्ची मुहब्बत थी, वह बोल उठी, "बाबा जी, हमने हिन्दुस्तान को आजादी दिलाने का जो फैसला किया है, मुमकिन है, वक्त की मजबूरियां उसे मुल्तवी करती रहें, मगर जो फैसला है, वह तो अटल है।"

बाबा जी ने, जैसा कि मेरा अब खयाल है, इस विषय पर बहस करना मुनासिब न समझा, इसलिए वे मुस्करा दिए। इस मुस्कराहट का मतलब भी उनकी तमाम मुस्कराहटों की तरह, हर आदमी ने बिलकुल अलग अलग समझा। अगर बाबा जी से पूछा जाता तो मुझे यकीन है कि वे उसका मतलब हम सबसे एकदम मुख्तलिफ बताते।

खैर, उस हजार-पहलू मुस्कराहट को अपने पतले होंठों पर जरा और फैलाते हुए, बाबा जी ने निगार से कहा, "निगार, तुम हमारे आश्रम में आ जाओ। शाहजादा तो थोड़े ही दिनों में कैद हो जाएगा।"

निगार ने बड़ी धीमी आवाज में जवाब दिया, "जी अच्छा।"

इसके बाद, बाबा जी ने शादी की बात बदलकर जलियांवाला बाग कैम्प की सरगरमियों का हाल पूछना शुरू कर दिया। बहुत देर तक गुलाम

अली, निगार और कमल गिरफ्तारियों, रिहाइयों, दूध-लस्सी और तरकारियों के बारे में बातें करते रहे और मैं, जो बिलकुल चुगद बना बैठा था, यह सोचता रहा कि बाबा जी ने शादी की इजाजत देने में इतनी मीन-मेख क्यों की है? क्या वे गुलाम अली और निगार की मुहब्बत को शक की नजरों से देखते हैं? क्या उन्हें गुलाम अली की सच्चाई पर शुबहा है? निगार को उन्होंने आश्रम में आने की दावत क्या इसलिए दी है कि वहां रहकर वह अपने कैद होने वाले पति का गम भूल जाएगी? लेकिन बाबा जी के इस सवाल पर "कमल, तुम कब शादी कर रही हो?" कमल ने क्यों कह दिया था कि मैं तो आपके आश्रम में जा रही हूं?

क्या आश्रम में मर्द-औरत शादी नहीं करते? मेरा दिमाग अजीब उलझन में फंसा था। लेकिन उधर ये बातें हो रही थीं कि स्त्री वालंटियर पांच सौ वालंटियरों के लिए क्या चपातियां वक्त पर तैयार कर लेती हैं? चूल्हे कितने हैं? और तवे कितने बड़े हैं? क्या ऐसा नहीं हो सकता कि एक बहुत बड़ा चूल्हा लिया जाए और उस पर इतना बड़ा तवा रखा जाए कि छह औरतें एक ही वक्त में रोटियां पका सकें?

मैं सोच रहा था कि पण्डितानी कमल क्या आश्रम में जाकर बाबा जी को बस कौमी गीत और भजन ही सुनाया करेगी? मैंने आश्रम के मर्द वालंटियर देखे थे। हालांकि वे सबके सब वहां के कायदे के मुताबिक रोज स्नान करते थे, सुबह उठकर दातुन करते थे, बाहर खुली हवा में रहते थे, भजन गाते थे, लेकिन उनके कपड़ों से पसीने की बू फिर भी आती थी। उनमें अक्सर के दांत बदबूदार थे और खुली हवा में रहने से आदमी पर जो एक खुशनुमा निखार आता है, वह उनमें बिलकुल नदारद था। झुके-झुके से, दबे-दबे से, पीले चेहरे, धंसी हुई आंखें, डरे हुए जिस्म, गाय के निचुड़े हुए थनों की तरह बेजान, मैं इन आश्रम वालों को जलियांवाला बाग में कई बार देख चुका था। अब मैं सोच रहा था कि क्या यही मर्द, जिनसे घास की बू आती है, इस पण्डितानी को, जो दूध, शहद और केसर की बनी है, अपनी कीचड़ भरी आंखों से घूरेंगे! क्या यही मर्द, जिनका मुंह इस कदर बास मारता है, लोबान लिपटी हुई इस औरत से बातचीत करेंगे? लेकिन फिर मैंने सोचा कि नहीं, हिन्दुस्तान की आजादी शायद इन चीजों से ऊपर है।

मैं इस 'शायद' को देशभक्ति और आजादी के अपने सारे जज्बे के बावजूद न समझ सका, क्योंकि मुझे निगार का खयाल आया, जो बिलकुल मेरे पास बैठी थी और बाबा जी को बता रही थी कि शलजम बहुत देर में गलते हैं। कहां यह शलजम और कहां वह शादी, जिसके लिए वह और गुलाम अली इजाजत लेने आए थे।

मैं निगार और आश्रम के बारे में सोचने लगा। आश्रम मैंने देखा न था, पर मुझे ऐसी जगहों से, जिनको आश्रम, विद्यालय, जमाअतखाना, तकिया या दर्सगाह कहते हैं, हमेशा से नफरत है। जाने क्यों?

मैंने अन्धों के कई स्कूलों और अनाथालयों के लड़कों और उनके प्रबन्धकों को देखा है, सड़क पर कतार बांधकर चलते और भीख मांगते हुए। मैंने जमाअतखाने और दर्सगाहें देखी हैं। टखनों से ऊंचा, शरई पायजामा, बचपन में ही माथे पर मेहराब, जो बड़े ही भद्दे, मोटे और महीन बाल। नमाज पढ़ते जा रहे हैं, लेकिन हर एक के चेहरे पर हैवानियत, एक अधूरी हैवानियत मुसल्ले पर बैठी नजर आती है।

निगार औरत थी। मुसलमान, हिन्दू, सिख या ईसाई औरत नहीं, वह सिर्फ औरत नहीं, औरत की वह दुआ थी जो वह अपने से मुहब्बत करने वाले के लिए या उसके लिए जिसे वह खुद चाहती है, सच्चे दिल से मांगती है।

मेरी समझ में न आता था कि बाबा जी के आश्रम में, जहां हर रोज कायदे के मुताबिक दुआ मांगी जाती है, यह औरत, जो खुद एक दुआ है, कैसे अपने हाथ उठा सकेगी?

मैं सोचता हूं कि बाबा जी निगार, गुलाम अली, वह खूबसूरत पण्डितानी और अमृतसर की सारी फिजा, जो आजाद की लड़ाई के रोमान-भरे नशे में लिपटी हुई थी, एक सपना-सी लगती है। ऐसा सपना जिसे एक बार देखने के बाद जी चाहता है कि फिर देखें। बाबा जी का आश्रम मैंने अब भी नहीं देखा, पर जो नफरत मुझे उससे पहले थी, वह अब भी है।

वह जगह जहां कुदरत के खिलाफ उसूल बनाकर इन्सानों को एक लीक पर चलाया जाए, मेरी निगाह में कोई अहमियत नहीं रखती। आजादी हासिल करना बिलकुल ठीक है। उसे हासिल करने के लिए आदमी मर

जाए, मैं इसको भी समझ सकता हूं, लेकिन उसके लिए अगर उस बेचारे को तरकारी की जगह ठण्डा और निरीह बना दिया जाए तो यह मेरी समझ के बिलकुल बाहर की बात है।

झोंपड़ी में रहना, आराम के बदले सख्त काम करना, खुदा की तरीफ गाना, कौमी नारे लगाना, यह सब ठीक है। पर यह क्या कि इन्सान के उस कुदरती जज्बे को, जिसे सौन्दर्य प्रेम कहते हैं, आहिस्ता-आहिस्ता मुरदा कर दिया जाए। वह इन्सान क्या, जिसमें खूबसूरती और हंगामों की तड़प न रहे। ऐसे आश्रमों, मदरसों, विद्यालयों और मूलियों के खेत में क्या फर्क है? देर तक बाबा जी, गुलाम अली निगार से जलियांवाला बाग की तमाम सरगरमियों के बारे में बात करते रहे। अन्त में उन्होंने उस जोड़े को, जो जाहिर है कि अपने आने का मकसद भूल नहीं गया था, कहा कि वे दूसरे दिन शाम को जलियांवाला बाग आएंगे और उन दोनों को मियां-बीवी बना देंगे।

गुलाम अली और निगार बड़े खुश हुए। इससे बढ़कर उनकी खुशकिस्मती और क्या हो सकती थी कि बाबा जी खुद उनके ब्याह की रस्म अदा करेंगे। गुलाम अली, जैसा कि उसने मुझे बहुत बाद में बताया, इतना खुश था कि फौरन ही उसे इस बात का एहसास होने लगा था कि शायद जो कुछ उसने सुना है, गलत है। क्योंकि बाबा जी के पतले, टेढ़े-मेढ़े हाथों की हल्की-सी हरकत भी एक ऐतिहासिक घटना बन जाती थी। इतनी बड़ी हस्ती, एक मामूली आदमी के लिए, जो महज इत्तफाक से कांग्रेस का डिक्टेटर बन गया है, चलकर जलियांवाला बाग जाए और उसकी शादी में दिलचस्पी ले, यह हिन्दुस्तान के सभी अखबारों के पहले पन्ने की मोटी सुर्खी थी।

गुलाम अली का खयाल था कि बाबा जी नहीं आएंगे क्योंकि वे बहुत ज्यादा मसरूफ रहते हैं। लेकिन उसका यह खयाल, जो उसने असल में मनोवैज्ञानिक नजरिए से सिर्फ इसलिए जाहिर किया था कि वे जरूर आएं, उसकी इच्छा के मुताबिक एकदम गलत साबित हुआ।

शाम के छह बजे जलियांवाला बाग में, जब रात की रानी की झाड़ियां, अपनी खुशबू के झोंके फैलाने की तैयारियां कर रही थीं और अनेक वालंटियर दूल्हा-दुल्हन के लिए एक छोटा-सा तम्बू गाड़कर उसे चमेली, गेंदे

और गुलाब के फूलों से सजा रहे थे, बाबा जी, राष्ट्रीय गीत गाने वाली उस पण्डितानी, अपने सेक्रेटरी और लाला हरिराम सर्राफ के साथ लाठी टेकते हुए आए। उनके आने की खबर जलियांवाला बाग में सिर्फ उसी वक्त पहुंची जब सदर फाटक पर लाला हरिराम की मोटर रुकी। मैं भी वहीं था। स्त्री वालंटियर दूसरे तम्बू में निगार को दुल्हन बना रही थीं। गुलाम अली ने कोई खास तैयारी नहीं की थी। सारा दिन वह शहर के कांग्रेसी बनियों से वालंटियरों के खाने-पीने की जरूरतों के बारे में बातें करता रहा था। इससे छुट्टी पाकर उसने कुछ लमहों के लिए निगार से अकेले में कुछ बातचीत की थी। इसके बाद, जैसा कि मैं जानता हूं, उसने अपने मातहत अफसरों से सिर्फ इतना कहा था कि शादी की रस्म अदा होने के बाद ही वह और निगार दोनों झण्डा ऊंचा करेंगे। जब गुलाम अली को बाबा जी के आने की खबर मिली तो वह कुएं के पास खड़ा था। मैं शायद उससे यह कह रहा था, "गुलाम अली, तुम जानते हो यह कुंआं, जब गोली चली थी, लाशों से लबालब भर गया था। आज सब इसका पानी पीते हैं। इस बाग के जितने फूल हैं, इसी के पानी से सींचे जाते हैं। मगर लोग आते हैं और उन्हें तोड़कर ले जाते हैं। पानी के किसी घूंट में लहू का नमक नहीं होता, फूल की किसी पत्ती में खून की लाली नहीं होती, यह क्या बात है?"

मुझे अच्छी तरह याद है कि मैंने यह कहकर अपने सामने उस मकान की खिड़की की तरफ देखा था, जिसमें कहा जाता है कि एक नन्ही लड़की बैठी तमाशा देख रही थी और जनरल डायर की गोली का निशाना बन गई थी। उसकी छाती से निकले हुए खून की लकीर चूने की पुरानी दीवार पर और भी धुंधली हो रही थी।

अब खून कुछ सस्ता हो गया है कि उसके बहने-बहाने का कुछ असर ही नहीं होता। मुझे याद है कि जलियांवाला बाग के खूनी कत्लेआम के छह-सात महीने बाद, जब मैं तीसरे या चौथे दर्जे में पढ़ता था, हमारा मास्टर पूरे दर्जे को एक बार उस बाग में ले गया था। उस समय यह बाग, बाग नहीं था; उजाड़, सुनसान और ऊंची-नीची जमीन का एक टुकड़ा था, जिसमें हर कदम पर मिट्टी के छोटे-बड़े ढेले ठोकरें खाते थे। मुझे याद है, मिट्टी का एक छोटा-सा ढेला, जिस पर जाने पान की पीक के धब्बे या क्या था, हमारे

मास्टर से उठा लिया था और हमसे कहा था, "देखो, इस पर अभी तक हमारे शहीदों का खून लगा है।"

यह कहानी लिख रहा हूं और याद के बड़े परदे पर सैकड़ों छोटी-छोटी बातें उभर रही हैं। मगर मुझे तो गुलाम अली और निगार की शादी का किस्सा बयान करना है। गुलाम अली को जब बाबा जी के आने की खबर मिली तो उसने दौड़कर सभी वालंटियर इकट्ठे किए जिन्होंने फौजी ढंग से सलामी दी। इसके बाद काफी देर तक वे और गुलाम अली कैम्पों का चक्कर लगाते रहे। इस बीच बाबा जी ने, जिनकी विनोदप्रियता को सभी जानते थे, वालंटियर औरतों और अन्य कार्यकर्ताओं से बातें करते समय, कई फिकरे चुस्त किए।

इधर-उधर मकानों में, जब बत्तियां जलने लगीं और जलियांवाला बाग पर धुंधला अन्धेरा-सा छा गया, तो स्त्री वालंटियरों ने एक स्वर में भजन गाना शुरू किया। चन्द आवाजें सुरीली, बाकी सब बेसुरी थीं, पर उसका इकट्ठा असर बड़ा सुखद था। बाबा जी, आंखें बन्द किए सुन रहे थे। करीब-करीब एक हजार आदमी जमा थे जो चबूतरे के इर्द-गिर्द जमीन पर बैठे थे। भजन गाने वाली लड़कियों के अलावा हर कोई चुप था।

भजन पूरा होने पर कुछ देर ऐसी खामोशी छाई रही, जो एकदम टूटने के लिए बेचैन हो। चुनांचे जब बाबा जी ने आंखें खोलीं और अपनी मीठी आवाज में कहा, "बच्चो, जैसा कि तुम्हें मालूम है, मैं आज यहां आजादी के दो दीवानों को एक करने आया हूं," तो सारा बाग खुशी के नारों से गूंज उठा।

निगार दुल्हन बनी चबूतरे के एक कोने में सिर झुकाए बैठी थी। खादी की तिरंगी साड़ी में बहुत भली दिख रही थी। बाबा जी ने इशारे से उसे पास बुलाया और गुलाम अली के नजदीक बैठा दिया। इस पर खुशी के और नारे बुलन्द हुए।

गुलाम अली का चेहरा गैर-मामूली तौर पर तमतमा रहा था। मैंने ध्यान से देखा था, जब उसने निकाह का कागज अपने दोस्त से लेकर बाबा जी को दिया तो उसका हाथ कांप रहा था। चबूतरे पर एक मौलवी साहब भी मौजूद थे। उन्होंने कुरान की वह आयत पढ़ी, जो ऐसे मौकों पर पढ़ा

करते हैं। बाबा जी ने आंखें बन्द कर लीं। निकाह की कार्रवाई खत्म हुई तो उन्होंने अपने खास अन्दाज में दूल्हा-दुल्हन को आशीर्वाद दिया और जब छुहारों की बारिश शुरू हुई तो उन्होंने बच्चों की तरह झपट-झपटकर दस-पन्द्रह छुहारे इकट्ठे करके अपने पास रख लिए। निगार की एक हिन्दू सहेली ने शरमीली मुस्कराहट के साथ एक छोटी-सी डिबिया गुलाम अली को दी और उससे कुछ कहा। गुलाम अली ने डिबिया खोली और निगार की सीधी मांग में सिन्दूर भर दिया। जालियांवाला बाग की खुनक फिजा एक बार फिर तालियों की तेज आवाज से गूंज उठी। बाबा जी उस शोर में उठे। हुजूम एकदम खामोश हो गया।

रात की रानी और चमेली की मिली-जुली सोंधी-सोंधी गन्ध शाम की हल्की-फुल्की हवा में तैर रही थी। बड़ा सुहाना समां था। बाबा जी की आवाज आज और भी मीठी थी। गुलाम अली और निगार की शादी पर अपनी दिली खुशी जाहिर करने के बाद उन्होंने कहा, "ये दोनों बच्चे अब ज्यादा मुस्तैद और सच्ची लगन के साथ अपने मुल्क और कौम की सेवा करेंगे, क्योंकि ब्याह का सही मकसद मर्द और औरत की सच्ची दोस्ती है। एक दूसरे के दोस्त बनकर गुलाम अली और निगार एकजान होकर स्वराज्य के लिए कोशिश कर सकते हैं। यूरोप में ऐसी कई शादियां हुई हैं, जिनका मतलब दोस्ती और सिर्फ दोस्ती होती है। ऐसे लोग इज्जत के काबिल हैं जो अपनी जिन्दगी से काम-वासना निकाल फेंकते हैं।"

बाबा जी देर तक ब्याह के बारे में अपने विचार प्रकट करते रहे। उनका विश्वास था कि शादी का सही मजा सिर्फ उरा समय हासिल होता है, जब मर्द-औरत का रिश्ता सिर्फ जिस्मानी न हो। औरत और मर्द का जिस्मानी रिश्ता उनके करीब उतना महत्वपूर्ण नहीं था, जितना कि आमतौर पर समझा जाता है। हजारों आदमी खाते हैं, अपनी जीभ के स्वाद के लिए। लेकिन इसका यह मतलब नहीं कि ऐसा करना आदमी का फर्ज है। बहुत कम लोग ऐसे हैं जो सिर्फ खाते हैं, सिर्फ जिन्दा रहने के लिए। असल में सिर्फ यही लोग हैं जो खाने-पीने का सही कायदा जानते हैं। इसी तरह के लोग जो सिर्फ इसलिए शादी करते हैं कि उन्हें ब्याह की पाक भावना की हकीकत और इस रिश्ते की पवित्रता का पता चले, सही तौर पर शादीशुदा

जिन्दगी का मजा लेते हैं।

बाबा जी ने अपने इस यकीन को कुछ ऐसे समझाकर मन को छूने वाली कोमल भावनाओं के सहारे बयान किया कि सुनने वालों के लिए एक बिलकुल नई दुनिया के दरवाजे खुल गए। मैं खुद बड़ा प्रभावित हुआ। गुलाम अली, जो मेरे सामने बैठा था, बाबा जी की तकरीर के एक-एक लफ्ज को, जैसे पी रहा था। बाबा जी ने जब बोलना बन्द किया तो उसने निगार से कुछ कहा। इसके बाद उठकर उसने कांपती हुई आवाज में ऐलान किया, "मेरी और निगार की शादी इसी किस्म की आदर्श शादी होगी, जब तक हिन्दुस्तान को स्वराज नहीं मिलता, मेरा और निगार का रिश्ता बिलकुल दोस्तों जैसा होगा।"

जलियांवाला बाग की खुनक फिजा देर तक तालियों के बेपनाह शोर से गूंजती रही। शाहजादा गुलाम अली भावुक हो गया। उसके कश्मीरी चेहरे पर लाली दौड़ने लगी। भावनाओं के तूफान में उसने निगार को ऊंचे स्वर में पुकारा, "निगार! तुम एक गुलाम बच्चे की मां बनो, क्या यह तुम्हें गवारा होगा?"

निगार, जो कुछ शादी होने की वजह से और कुछ बाबा जी की तकरीर सुनकर बौखलाई हुई सी थी, यह कड़क सुनकर और भी बौखला गई। सिर्फ इतना कह सकी, "जी....जी नहीं।"

हुजूम ने फिर तालियां पीटीं और गुलाम अली और ज्यादा भावुक हो गया। निगार को गुलाम बच्चे की शरमिन्दगी से बचाकर वह इतना खुश हुआ कि बहक गया और असली बात से हटकर आजादी हासिल करने की पेंचदार गलियों में जा निकला। एक घण्टे तक वह भावुकता भरे स्वर में बोलता रहा। अचानक उसकी नजर निगार पर पड़ी। जाने क्या हुआ, एकदम उसकी बोलने की कुव्वत जवाब दे गई। जैसे आदमी शराब के नशे में बिना किसी हिसाब के नोट निकालता जाए और एकदम बटुवा खाली पाए, वैसे ही अपनी तकरीर का बटुवा खाली पाकर गुलाम अली को बड़ी उलझन हुई, लेकिन उसने फौरन ही बाबा जी की तरफ देखा और झुककर कहा, "बाबा जी! हम दोनों को आपका आशीर्वाद चाहिए कि जिस बात का फैसला हमने किया है, उस पर पूरे रहें।"

दूसरे दिन सुबह छह बजे शाहजादा गुलाम अली को गिरफ्तार कर लिया गया, क्योंकि उस तकरीर में, जो उसने स्वराज्य मिलने तक बच्चा पैदा न करने की कसम खाने की बात कही थी, अंग्रेजों का तख्ता उलटने की धमकी भी थी। गिरफ्तार होने के चन्द रोज बाद गुलाम अली को आठ महीने की कैद हुई और उसे मुलतान भेज दिया गया। वह अमृतसर का इकतालीसवां डिक्टेटर था और शायद चालीस हजारवां सियासी कैदी, क्योंकि जहां तक मुझे याद है, उस आन्दोलन में कैद होने वाले लोगों की संख्या अखबारों ने चालीस हजार ही बताई थी।

आम खयाल था कि आजादी की मंजिल अब सिर्फ दो हाथ ही दूर है। लेकिन फिरंगी कूटनीतिज्ञों ने उस आन्दोलन का दूध उबलने दिया और अब हिन्दुस्तान के बड़े नेताओं के साथ कोई समझौता हुआ तो यह आन्दोलन ठण्डी लस्सी में बदल जाएगा।

आजादी के दीवाने जेलों से बाहर निकले तो कैद की तकलीफें भूलने और अपने बिगड़े हुए कारोबार सम्भालने में लग गए। शाहजादा गुलाम अली सात महीने के बाद ही बाहर आ गया। हालांकि उस समय पहले-सा जोश नहीं था, फिर भी अमृतसर के स्टेशन पर लोगों ने उसका स्वागत किया। उसके सम्मान में तीन-चार दावतें और जलसे भी हुए। मैं उन सबमें शामिल था, पर ये महफिलें बिलकुल फीकी थीं। लोगों पर अब एक अजीब किस्म की थकान छाई हुई थी, जैसे एक लम्बी दौड़ में दौड़ने वालों से अचानक कह दिया गया हो कि ठहरो, यह दौड़ फिर से शुरू होगी और अब जैसे दौड़ने वाले कुछ देर हांफने के बाद दौड़ शुरू होने वाली जगह की तरफ बड़ी बेदिली से लौट रहे थे।

कई बरस बीत गए। यह बेरस थकान हिन्दुस्तान से दूर न हुई। मेरी दुनिया में कई छोटे-मोटे इन्कलाब आए। दाढ़ी-मूंछ उगी। कॉलेज में भरती हुआ। एफ॰ए॰ में दोबारा फेल हुआ। पिता का इन्तकाल हो गया। रोजी की तलाश में इधर-उधर परेशान हुआ। एक थर्ड क्लास अखबार में अनुवादक की हैसियत से नौकरी की। यहां से जी घबराया तो एक बार फिर तालीम हासिल करने का खयाल आया। अलीगढ़ यूनिवर्सिटी में दाखिल हुआ और तीन महीने बाद ही टी॰बी॰ का मरीज होकर कश्मीर के देहातों में आवारागर्दी

करता रहा। वहां से लौटकर बम्बई का रुख किया। यहां दो बरस में तीन हिन्दू-मुस्लिम दंगे देखे। जी घबराया तो दिल्ली चला गया। वहां बम्बई के मुकाबले में हर चीज सुस्त रफ्तार देखी। कहीं हरकत नजर आई भी तो उसमें एक जनानापन महसूस हुआ। आखिर यही सोचा कि बम्बई अच्छा है। क्या हुआ, जो साथ वाले पड़ोसी को हमारा नाम तक पूछने की फुरसत नहीं। जहां लोगों को फुरसत होती है, वहां धोखाधड़ी और चालबाजी ज्यादा होती है। चुनांचे दिल्ली में दो बरस ठण्डी जिन्दगी बिताने के बाद सदा रफ्तार वाली बम्बई चला गया।

घर से निकले अब आठ बरस हो चले थे। दोस्त-अहबाब और अमृतसर की सड़कें-गलियां किस हालत में हैं, इसका मुझे कुछ पता नहीं था। किसी से खतो-किताबत ही नहीं थी, जो पता चलता। दरअसल, मुझे उन आठ बरसों में अपने अतीत की तरफ से कुछ बेपरवाही-सी हो गई थी। कौन बीते हुए दिनों के बारे में सोचे? जो आठ बरस पहले खर्च हो चुका है, उसका अब हिसाब करने से क्या फायदा? जिन्दगी के रुपये में वही पाई ज्यादा अहम है जिसे तुम आज खर्च करना चाहते हो या जिस पर कल किसी की आंख है। आज से छह बरस पहले की बात कर रहा हूं, जब जिन्दगी के रुपये और चांदी के रुपये से, जिस पर बादशाह सलामत की छाप होती थी, पाई खर्च नहीं हुई थी। मैं इतना ज्यादा गरीब नहीं था, क्योंकि फोर्ट में अपने लिए एक कीमती शू खरीदने जा रहा था।

आर्मी एण्ड नेवी स्टोर के इस तरफ हॉर्नबी रोड पर जूतों की एक दुकान है, जिसकी नुमायशी अलमारियां मुझे बहुत देर से अपनी तरफ खींच रही थीं। मेरी यादादश्त बहुत कमजोर है, चुनांचे यह दुकान ढूंढ़ने में काफी समय लगा। यूं तो मैं अपने लिए एक कीमती शू खरीदने आया था, पर जैसी कि मेरी आदत है, दूसरी दुकानों में सजी हुई चीजें देखने लगा। एक स्टोर में सिगरेट-केस देखे, दूसरे में पाइप। इसी तरह फुटपाथ पर टहलता-टहलता जूतों की एक छोटी-सी दुकान के पास आया और उसके अन्दर चला गया कि चलो, यहीं से खरीद लेते हैं।

दुकानदार ने गरमजोशी से मेरा स्वागत किया और पूछा, "क्या मांगता है साब?"

मैंने थोड़ी देर याद किया कि मुझे क्या चाहिए, "हां क्रेप सोल शू!"

"इदर नहीं रखता हम।"

बारिशें करीब थीं। मैंने सोचा, गम-बूट ही खरीद लूं। कहा, "गम बूट निकालो।"

"बाजू वाले की दुकान से मिलेगा, साब। रबड़ का कोई चीज हम इदर नहीं रखता।"

मैंने ऐसे ही पूछा, "क्यों?"

"सेठ का मरजी।"

यह मुख्तसर लेकिन एकदम पूरा जवाब सुनकर मैं दुकान से बाहर निकलने ही वाला था कि एक खुशपोश आदमी पर मेरी नजर पड़ी, जो बाहर फुटपाथ पर एक बच्चा गोद में उठाए फल वाले से सन्तरा खरीद रहा था। मैं बाहर निकला और वह दुकान की तरफ मुड़ा, "अरे....गुलाम अली!"

"सआदत!" यह कहकर उसने बच्चे सहित मुझे अपनी छाती के साथ भींच लिया। बच्चे को यह हरकत बुरी लगी और उसने रोना शुरू कर दिया। गुलाम अली ने उस आदमी को बुलाया, जिसने मुझसे कहा था कि रबड़ का कोई चीज इदर नहीं रखता, और उसे बच्चा देकर कहा, "जाओ, इसे घर ले जाओ!" फिर वह मेरी तरफ मुड़ा, "कितने दिनों बाद हम एक दूसरे से मिले हैं!"

मैंने गुलाम अली के चेहरे की तरफ गौर से देखा। वह अकड़, वह हल्का-सा गुण्डापन, जो उसकी खास अपनी शान थी, अब कहीं न था। मेरे सामने आग-भरी तकरीर देने वाले खद्दरधारी नौजवान की जगह, एक घरेलू किस्म का आम इन्सान खड़ा था। मुझे उसकी वह आखिरी तकरीर याद आई, जब उसने जलियांवाला बाग की खुनक फिजा को इन गरम लफ्जों से कंपकंपा दिया था, "निगार, तुम एक गुलाम बच्चे की मां बनो, क्या तुम्हें यह गवारा होगा?" फौरन ही मुझे उस बच्चे का खयाल आया जो गुलाम अली की गोद में था।

मैंने पूछा, "यह बच्चा किसका है?"

गुलाम अली ने बिना किसी झिझक के जवाब दिया, "मेरा। इससे बड़ा एक और भी है। कहो तुमने कितने पैदा किए?"

एक लमहे के लिए मुझे लगा, जैसे गुलाम अली के बजाय कोई और बोल रहा है। मेरे दिमाग में सैकड़ों खयाल उभरे। क्या गुलाम अली अपनी कसम बिलकुल भूल चुका है? क्या इसकी सियासी जिन्दगी इससे बिलकुल अलग हो चुकी है? हिन्दुस्तान को आजादी दिलाने का वह जोश, वह बलबला कहां गया? उस दाढ़ी-मूंछ रहित ललकार का क्या हुआ....निगार कहां थी....क्या उसने दो गुलाम बच्चों की मां बनना मंजूर कर लिया? हो सकता है कि गुलाम अली ने दूसरी शादी कर ली हो।

"क्या सोच रहे हो....कुछ बातें करो। इतने दिनों के बाद मिले हैं।" गुलाम अली ने मेरे कंधों पर हाथ मारा।

मैं सोचने लगा कि बात कैसे शुरू करूं। तभी गुलाम अली ने खुद ही बोलना शुरू किया, "यह दुकान मेरी है। दो बरस से मैं यहां बम्बई में हूं। कारोबार अच्छा चल रहा है। महीने में तीन-चार सौ बच जाते हैं। तुम क्या कर रहे हो? सुना है बहुत बड़े अफसानानिगार बन गए हो। याद है, हम एक दफा यहां भागकर आए थे। लेकिन यार, अजीब बात है। उस बम्बई में और इस बम्बई में बड़ा फर्क महसूस होता है। ऐसा लगता है, वह छोटी थी और यह बड़ी है।"

इतने में एक ग्राहक आया, जिसे टेनिस-शू चाहिए था। गुलाम अली ने उससे कहा, "रबड़ का माल इधर नहीं मिलता, बाजू की दुकान में चले जाइए।"

ग्राहक चला गया तो मैंने गुलाम अली से पूछा, "रबड़ का माल तुम क्यों नहीं रखते? मैं भी यहां क्रेप सोल शू लेने आया था।"

यह सवाल मैंने यूं ही किया था, लेकिन गुलाम अली का चेहरा एकदम बेरौनक हो गया। धीमी आवाज में उसने सिर्फ इतना ही कहा, "मुझे पसन्द नहीं।"

"क्या पसन्द नहीं?"

"यह रबड़....रबड़ की बनी चीजें।" यह कहकर उसने मुस्कराने की कोशिश की। जब नाकाम रहा तो उसने जोर से एक सूखा-सा ठहाका लगाया, "मैं तुम्हें बताऊंगा। है तो बिलकुल वाहियात-सी चीज, लेकिन.... लेकिन मेरी जिन्दगी से इसका बहुत गहरा ताल्लुक है।"

फिक्र की गहराई गुलाम अली के चेहरे पर पैदा हुई। आंखें, जिनमें अभी तक खिलंदड़ापन मौजूद था, पलभर को धुंधली हुईं, लेकिन फिर चमक उठीं, "बकवास थी यार वह जिन्दगी....सच कहता हूं सआदत, मैं वे दिन बिलकुल भूल चुका हूं, जब मेरे दिमाग पर लीडरी सवार थी। चार-पांच बरस से अब बड़े सुकून में हूं। बीवी है, बच्चे हैं, अल्लाह का बड़ा फजलो-करम है।"

अल्लाह के फजलो-करम के असर में गुलाम अली ने बिजनेस का जिक्र शुरू कर दिया कि कितने सरमाए से उसने काम शुरू किया, एक बरस में कितना फायदा हुआ, अब बैंक में उसका कितना रुपया है। मैंने उसे बीच में टोका और कहा, "लेकिन तुमने किसी वाहियात चीज का जिक्र किया था, जिसका तुम्हारी जिन्दगी से गहरा ताल्लुक है।"

एक बार फिर गुलाम अली का चेहरा बेरौनक हो गया। उसने एक लम्बी 'हां' की और जवाब दिया, "गहरा ताल्लुक था, शुक्र है कि अब नहीं है....लेकिन मुझे सारी दास्तान सुननी पड़ेगी।"

इतने में उसका नौकर आ गया। दुकान उसके सुपुर्द करके वह मुझे अन्दर अपने कमरे में ले गया, जहां बैठकर उसने मुझे इत्मीनान से बताया कि उसे रबड़ की चीजों से क्यों नफरत हुई।

"मेरी सियासी जिन्दगी कैसे शुरू हुई, इसके बारे में तुम अच्छी तरह जानते हो। मेरा कैरेक्टर कैसा था, यह भी तुम्हें मालूम है। हम दोनों करीब-करीब एक जैसे थे। मेरा मतलब है किसी से हमारे मां-बाप फख्र से नहीं कह सकते थे कि हमारे लड़के बेऐब हैं। मालूम नहीं, मैं तुमसे यह क्यों कह रहा हूं, लेकिन शायद तुम समझ गए हो कि मैं कोई मजबूत कैरेक्टर का मालिक नहीं था। मुझे शौक था कि मैं कुछ करूं। सियासत से मुझे इसीलिए दिलचस्पी पैदा हुई थी। लेकिन मैं खुदा की कसम खाकर कहता हूं कि मैं झूठा नहीं था। वतन के लिए मैं जान भी दे देता। अब भी हाजिर हूं। लेकिन मैं समझता हूं....बहुत सोच-विचार के बाद, इस नतीजे पर पहुंचा हूं कि हिन्दुस्तान की सियासत, उसके लीडर, सब बच्चे हैं, बिलकुल उसी तरह, जिस तरह मैं था। एक लहर उठती है; उसमें जोश, जोर, शोर, सभी कुछ होता है, लेकिन फौरन बैठ जाती है। इसकी वजह, जहां तक मेरा खयाल है,

यह है कि लहर पैदा की जाती है, खुद-ब-खुद नहीं उठती, लेकिन मैं शायद तुम्हें अच्छी तरह समझा नहीं सकता।"

गुलाम अली के खयालों में बड़ा उलझाव था। मैंने उसे एक सिगरेट दी। उसे सुलगाकर उसने जोर से तीन कश लिए और कहा, "तुम्हारा क्या खयाल है, क्या हिन्दुस्तान की हर कोशिश, जो उसने आजादी हासिल करने के लिए की है, गैर-कुदरती नहीं? कोशिश नहीं, मेरा मतलब है, उसका अन्जाम क्या हर बार गैर-कुदरती नहीं होता रहा? हमें क्यों आजादी नहीं मिलती? क्या हम सब नामर्द हैं? नहीं। हम सब मर्द हैं, लेकिन हम ऐसे माहौल में हैं कि हमारी कुव्वत का हाथ आजादी तक पहुंच ही नहीं पाता।"

मैंने उससे पूछा, "तुम्हारा मतलब है कि आजादी और हमारे बीच कोई चीज रुकावट बन गई है?"

गुलाम अली की आंखें चमक उठीं, "बिलकुल। लेकिन यह कोई पक्की दीवार नहीं है, कोई ठोस चट्टान नहीं है, एक पतली-सी झिल्ली है, हमारी अपनी सियासत की। हमारी बनावटी जिन्दगी, जहां लोग, दूसरों को धोखा देने के अलावा अपने आप से भी फरेब करते हैं।"

उसे खयालात बदस्तूर उलझे हुए थे। मेरा खयाल है, वह अपने पिछले तजुर्बों को अपने दिमाग में ताजा कर रहा था। सिगरेट बुझाकर उसने मेरी तरफ देखा और ऊंची आवाज में कहा, "इन्सान जैसा है, उसे वैसा ही रहना चाहिए। नेक काम करने के लिए क्या यह जरूरी है कि इन्सान अपना सिर मुंडाए, गेरुए कपड़े पहने या बदन पर राख मले। ये लोग ऊंचे होकर इन्सान के स्वभाव की कुदरती कमजोरियों से गाफिल हो जाते हैं। बिलकुल भूल जाते हैं कि उनके कैरेक्टर, उनके खयालात और अकीदे तो हवा में घुल-मिल जाएंगे। लेकिन उनके मुण्डे हुए सिर, उनके बदन की राख और उनके गेरुए कपड़े भोले-भाले इन्सानों के दिमाग में रह जाएंगे।"

गुलाम अली और भी जोश में आ गया, "दुनिया में इतने सुधारक पैदा हुए हैं, उनकी तालीम तो लोग भूल चुके हैं, लेकिन सलीबें, धागे, दाढ़ियां, कड़े और बगलों के बाल रह गए हैं। जी में कई बार आता है, बुलन्द आवाज में चिल्लाना शुरू कर दूं, खुदा के लिए इन्सान को इन्सान रहने दो। सआदत! मैं खुदा की कसम खाकर कहता हूं, यह मेरे दिल की आवाज है। मैंने जो

महसूस किया है, वही कह रहा हूं। अगर यह गलत है तो फिर कोई भी चीज दुरुस्त और सही नहीं है। मैंने दो बरस, पूरे दो बरस, दिमाग के साथ कई कुश्तियां लड़ी हैं। मैंने अपने दिल, अपने जमीर, अपने जिस्म, अपने रोएं-रोएं से बहस की है, मगर इसी नतीजे पर पहुंचा हूं कि इन्सान को इन्सान ही रहना चाहिए।"

गुलाम अली ने एक और सिगरेट सुलगाकर गरदन को एक हल्का-सा झटका दिया, "कुछ नहीं सआदत? तुम नहीं जानते, मैंने कितनी रूहानी और जिस्मानी तकलीफ उठाई है। लेकिन फितरत के खिलाफ जो भी कदम उठाएगा, उसे तकलीफ बरदाश्त करनी ही होगी। मैंने उस दिन, तुम्हें याद होगा वह दिन, जलियांवाला बाग में इस बात का ऐलान करके कि निगार और मैं गुलाम बच्चे पैदा नहीं करेंगे, एक अजीब तरह की बिजली की सी खुशी महसूस की थी।"

"मुझे ऐसा लगा था कि इस ऐलान के बाद मेरा सिर ऊंचा होकर आसमान के साथ जा लगा है। लेकिन जेल से वापस आने के बाद, मुझे आहिस्ता-आहिस्ता इस बात का बेहद तकलीफदेह एहसास होने लगा कि मैंने अपने जिस्म का, अपनी रूह का, एक बहुत ही जरूरी हिस्सा बेकार कर लिया है। अपने हाथों से अपनी जिन्दगी के बाग का सबसे हसीन फूल मसल डाला है।"

"जेल से वापस आने पर मैं निगार से मिला....अस्पताल छोड़कर, वह बाबा जी के आश्रम में चली गई थी....सात महीने की कैद के बाद जब मैं उससे मिला तो उसकी बदली हुई रंगत, उसकी बदली हुई जिन्दगी और जिस्मानी हालत देखकर मैंने खयाल किया कि शायद मेरी नजरों ने धोखा खाया है।"

"लेकिन एक बरस गुजरने के बाद, एक बरस उसके साथ...." गुलाम अली के होंठों पर एक जख्मी मुस्कराहट पैदा हुई, "हां, एक बरस उसके साथ रहने के बाद, मुझे मालूम हुआ कि उसका गम भी वही है जो मेरा था। लेकिन न वह मुझ पर जाहिर करना चाहती थी और न मैं उस पर जाहिर करना चाहता था। हम दोनों अपने फैसले की जंजीरों में जकड़े हुए थे। एक बरस में सियासी जोश आहिस्ता-आहिस्ता ठण्डा हो चुका था। खादी के

लिबास और तिरंगे झण्डे में तब वह पहले की-सी कशिश बाकी न रही थी। इन्कलाब जिन्दाबाद का नारा अगर कभी बुलन्द होता भी था तो उसमें वह शान नजर नहीं आती थी....जलियांवाला बाग में एक तम्बू भी नहीं था। पुराने कैम्पों के खूंटे कहीं-कहीं गड़े नजर आते थे। खून से सियासत की गरमी करीब-करीब निकल चुकी थी। मैं अब ज्यादा वक्त घर ही में रहता था, अपनी बीवी के पास....।"

एक बार फिर गुलाम अली के होंठों पर वही जख्मी मुस्कराहट पैदा हुई और वह कुछ कहते-कहते खामोश हो गया। मैं भी चुप रहा, क्योंकि मैं उसके खयालों की तरतीब तोड़ना न चाहता था।

चन्द लमहे बाद उसने अपने माथे का पसीना पोंछा और सिगरेट बुझाकर कहने लगा, "हम दोनों एक अजीब किस्म की लानत में गिरफ्तार थे। निगार से मुझे जितनी मुहब्बत है, तुम उसे जानते हो। मैं सोचने लगा, यह मुहब्बत क्या है? मैं उसको हाथ लगाता हूं तो उसके जिस्म में जो कंपकंपाहट पैदा होती है, क्यों उसे उसकी आखिरी हद तक नहीं पहुंचने देता? मैं क्यों डरता हूं कि मुझसे कोई गुनाह हो जाएगा? मुझे निगार की आंखें बहुत पसन्द हैं। एक रोज, जबकि शायद मैं बिलकुल सही हालत में था, मेरा मतलब है, जैसा कि हर इन्सान को होना चाहिए था, मैंने उसे चूम लिया, वह मेरी बांहों में थी। यूं कहो कि एक कंपकंपी थी, जो मेरी बांहों में थी। करीब था कि मेरी रूह अपने पंख फड़फड़ाती हुई, ऊंचे आसमान की तरफ उड़ जाए कि मैंने....उसे पकड़ लिया और कैद कर लिया। उसके बाद, बहुत देर तक....कई दिनों तक अपने आपको यकीन दिलाने की कोशिश की कि मेरे इस काम से, मेरे इस बहादुराना कारनामे से, मेरी रूह को ऐसी लज्जत मिली है, जिससे बहुत कम इन्सान वाकिफ हैं। लेकिन सच्चाई यह है कि मैं इसमें नाकाम रहा और इसी नाकामी ने, जिसे मैं एक बहुत बड़ी कामयाबी समझना चाहता था, खुदा की कसम, यह मेरी दिली ख्वाहिश थी कि मैं ऐसा समझूं, मुझे दुनिया का सबसे ज्यादा दुखी इन्सान बना दिया। लेकिन जैसा कि तुम जानते हो, इन्सान बहाने तलाश कर लेता है। मैंने भी एक रास्ता निकाल लिया। हम दोनों सूख रहे थे। अन्दर ही अन्दर हमारी तमाम लज्जतों पर पपड़ी जम रही थी। कितनी बड़ी ट्रेजडी है कि हम दोनों

एक-दूसरे के लिए पराए बन रहे थे। बहुत दिनों के सोच-विचार के बाद हम अपने अहद पर कायम रहकर भी....मेरा मतलब है, निगार गुलाम बच्चे पैदा नहीं करेगी.... ।"

यह कहते हुए, उसके होंठों पर तीसरी बार वही जख्मी मुस्कराहट पैदा हुई। लेकिन फौरन ही वह एक ऊंचे ठहाके में बदल गई, जिसमें तकलीफदेह एहसास की चुभन नुमायां थी। फिर फौरन ही संजीदा होकर वह कहने लगा, "हमारी शादीशुदा जिन्दगी का यह अजीब दौर शुरू हुआ। अन्धे को जैसे एक आंख मिल गई। मैं एकदम देखने लगा। लेकिन यह जोत थोड़ी देर के बाद धुंधली होने लगी। पहले पहल तो यही खयाल था.... ।"

गुलाम अली ठीक लफ्ज तलाश करने लगा, "पहले-पहल तो हम ठीक-ठाक थे। मेरा मतलब है, शुरू-शुरू में हमें इसका बिलकुल खयाल नहीं था कि थोड़ी देर के बाद हम बेचैन हो जाएंगे....यानी एक आंख मांग करने लगी कि दूसरी आंख भी हो। शुरू में हम दोनों ने महसूस किया था, जैसे हम तन्दुरुस्त हो रहे हैं, हमारी तन्दुरुस्ती बढ़ रही है। निगार का चेहरा निखर गया था। उसकी आंखों में चमक पैदा हो गई थी। मेरे अंगों से भी वह सूखा-सा तनाव दूर हो गया, जो पहले मुझे तकलीफ दिया करता था। लेकिन आहिस्ता-आहिस्ता फिर हम दोनों पर अजीब-सी मुर्दनी छाने लगी। एक ही बरस में हम दोनों रबड़ के पुतले से बन गए। मेरा अहसास ज्यादा तीखा था। तुम यकीन नहीं करोगे, लेकिन खुदा की कसम, उस वक्त जब मैं बाजू का गोश्त चुटकी में लेता तो बिलकुल रबड़ मालूम होता। ऐसा लगता था कि अन्दर खून की नसें नहीं हैं।"

निगार की हालत, जहां तक मेरा खयाल है, मुझसे अलग थी। उसके सोचने का ढंग और था। वह मां बनना चाहती थी। गली में जब भी किसी के यहां कोई बच्चा पैदा होता तो उसे बहुत-सी आहें छिप-छिपकर, अपने सीने के अन्दर दबानी पड़ती थीं। लेकिन मुझे बच्चों का कोई खयाल नहीं था। बच्चे न हुए तो क्या है? दुनिया में लाखों इन्सान मौजूद हैं, जिनके यहां औलाद नहीं होती। यह कितनी बड़ी बात है कि मैं अपने अहद पर कायम हूं? इससे तस्कीन तो काफी हो जाती थी, मगर मेरे दिमाग पर जब रबड़ का महीन-महीन जाला तनने लगा तो मेरी घबराहट बढ़ गई। मैं हर वक्त सोचने

लगा और इसका नतीजा यह हुआ कि मेरे दिमाग के साथ रबड़ की छूत चिमट गई। रोटी खाता तो लुकमे दांतों के नीचे कचकचाने लगते।

यह कहते हुए गुलाम अली को फुरहरी आ गई, "बहुत ही वाहियात और गलत चीज थी....उंगलियों में हर वक्त जैसे साबुन-सा लगा है....मुझे अपने आपसे नफरत हो गई। ऐसा लगता था कि मेरी रूह का सारा रस निचुड़ गया है और एक छिलका-सा बाकी रह गया है, इस्तेमाल किया हुआ। मैं चाहता था, मुझे कोई सहारा मिल जाए। गहरी तकलीफ के इस समन्दर में मुझे एक छोटा-सा तिनका मिल जाए, जिसकी मदद से मैं किनारे लग जाऊं। बहुत देर तक मैं हाथ-पांव मारता रहा। लेकिन एक दिन, जब मैं कोठे पर धूप में एक मजहबी किताब पढ़ रहा था, पढ़ क्या रहा था, ऐसे ही सरसरी नजर से देख रहा था कि अचानक मेरी नजर एक हदीस पर पड़ी। मैं खुशी से उछल पड़ा। सहारा मेरी आंखों के सामने मौजूद था। मैंने बार-बार वे सतरें पढ़ीं, मेरी सूखी जिन्दगी जैसे सैलाब होने लगी....लिखा था कि शादी के बाद मियां-बीवी के लिए बच्चे पैदा करने लाजिमी हैं....सिर्फ उसी हालत में उनकी पैदायश रोकने की इजाजत है, जब मां-बाप की जिन्दगी खतरे में हो। मैंने दो उंगलियों से उस लानत को उठाया और एक तरफ फेंक दिया।"

यह कहकर वह बच्चों की तरह मुस्कराने लगा। मैं भी मुस्करा दिया, क्योंकि उसने दो उंगलियों से सिगरेट का टुकड़ा उठाकर एक तरफ यूं फेंका था, जैसे वह कोई बेहद घिनौनी चीज हो।

मुस्कराते-मुस्कराते गुलाम अली सहसा गम्भीर हो गया, "मुझे मालूम है सआदत, मैंने जो कुछ तुमसे कहा है, तुम उसकी कहानी बना दोगे। लेकिन देखो, मेरा मजाक न उड़ाना, खुदा की कसम, मैंने जो कुछ किया था, वही तुमसे कहा है। मैं इस मामले में तुमसे बहस नहीं करूंगा।"

"लेकिन जो कुछ मैंने हासिल किया है, वह यह है कि कुदरत के खिलाफ जाना, हरगिज-हरगिज बहादुरी नहीं। यह कोई कारनामा नहीं कि तुम फाके करते-करते मर जाओ या जिन्दा रहो....कब्र खोदकर उसमें गड़ जाना और कई-कई दिन उसके अन्दर दम साधे रखना, नुकीली कीलों के बिस्तर पर महीनों लेटे रहना, एक हाथ बरसों ऊपर उठाए रखना, यहां तक

कि वह सूख-सूखकर लकड़ी हो जाए, ऐसे मदारीपन से, न खुदा मिल सकता है, न स्वराज....और मैं तो समझता हूं, हिन्दुस्तान को स्वराज सिर्फ इसलिए नहीं मिल रहा है कि यहां मदारी ज्यादा हैं और लीडर कम। जो हैं, वे कुदरत के उसूलों के खिलाफ चल रहे हैं। ईमान और साफदिली का बर्थ-कन्ट्रोल करने के लिए इन लोगों ने सियासत ईजाद कर ली है और यही सियासत है, जिसने आजादी की कोख का मुंह बन्द कर दिया है....।"

गुलाम अली इसके आगे भी कुछ कहने वाला था कि उसका नौकर अन्दर आया। उसकी गोद में शायद गुलाम अली का दूसरा बच्चा था, जिसके हाथ में एक सुन्दर, रंगीन गुब्बारा था। गुलाम अली पागलों की तरह उस पर झपटा। पटाखे-सी आवाज आई, गुब्बारा फट गया और बच्चे के हाथ में धागे के साथ रबड़ का एक छोटा-सा टुकड़ा लटकता रह गया। गुलाम अली ने दो उंगलियों से उस टुकड़े को छीनकर यूं फेंका, मानो वह बड़ी ही घिनौनी चीज थी।

एक जाहिदा एक फाहिशा

जावेद मसूद से मेरा इतना गहरा दोस्ताना था कि मैं कदम भी उसकी मरजी के खिलाफ नहीं उठा सकता था। वह मुझ पर कुर्बान था, मैं उस पर। हम हर रोज करीब-करीब दस-बारह घण्टे साथ-साथ रहते।

वह अपने रिश्तेदारों से खुश नहीं था। इसलिए जब भी बात करता तो कभी अपने बड़े भाई की बुराई करता और कहता, 'गधा, मुर्दाखोर' और कभी-कभी घण्टों खामोश रहता, जैसे शून्य में देख रहा हो। मैं उसके इन लमहों में तंग आकर जब जोर से पुकारता, "जावेद, यह क्या बेहूदगी है?"

वह एकदम चौंकता और माफी मांगता, "ओह, सआदत भाई! माफ करना। अच्छा तो फिर क्या हुआ?"

वह उस वक्त बिलकुल खाली दिमाग होता। मैं कहता, "भई जावेद, देखो—मुझे तुम्हारा समय-समय पर मालूम नहीं किन गहराइयों में खो जाना बिलकुल पसन्द नहीं। मुझे तो डर लगता है, एक दिन तुम पागल हो जाओगे।"

यह सुनकर जावेद बहुत हंसा, "पागल होना बहुत मुश्किल है, सआदत....।"

लेकिन आहिस्ता-आहिस्ता उसका शून्य में ताकना बढ़ता गया और उसकी खामोशी लम्बी खामोशी में बदल गई और वह प्यारी-सी मुस्कराहट जो उसके होंठों पर हर वक्त खेलती रहती थी, बिलकुल फीकी पड़ गई।

मैंने एक दिन उससे पूछा, "आखिर बात क्या है? तुम स्थिर पानी बन गए हो? हुआ क्या है तुम्हें? मैं तुम्हारा दोस्त हूं। खुदा के लिए मुझसे तो अपना भेद न छुपाओ।"

जावेद खामोश रहा। जब मैंने उसकी बात लान-तान की तो उसने

अपनी जबान खोली, "मैं कॉलेज से फारिग होकर डेढ़ बजे के करीब आऊंगा। उस वक्त तुम्हें जो पूछना होगा, बता दूंगा।"

वायदे के मुताबिक वह ठीक डेढ़ बजे मेरे पास आया। वह मुझसे चार साल छोटा था। बेहद खूबसूरत। उसमें लड़कियों की नजाकत की झलक थी। पढ़ाई से मुझे कोई दिलचस्पी नहीं थी, इसलिए मैं आवारागर्द था। लेकिन वह बाकायदगी के साथ तालीम हासिल कर रहा था।

मैं उसको अपने कमरे में ले गया। जब मैंने उसको सिगरेट पेश किया तो उसने मुझसे कहा, "तुम मेरे रोग के बारे में पूछना चाहते थे?"

मैंने कहा, "मुझे मालूम नहीं—रोग है या सोग। जो भी हो, तुम नॉर्मल हालत में नहीं हो। तुम्हें कोई न कोई दिमागी तकलीफ जरूर है?"

वह मुस्कराया, "इसलिए कि मुझे एक लड़की से मुहब्बत हो गई है।"

"मुहब्बत!" मैं बौखला गया। जावेद की उम्र मुश्किल से अठारह वर्ष की होगी। खुद एक सुन्दर-सी लड़की की तरह। उसको किसी लड़की से मुहब्बत हो सकती है या हो गई है। वह तो कुंवारी लड़कियों से कहीं ज्यादा शरमीला और लचकीला था। वह मुझसे बातें करता, तो मुझे यूं महसूस होता कि वह एक देहाती युवती है, जिसने पहली दफा कोई इश्किया फिल्म देखी है। आज वही मुझसे कह रहा था कि उसे एक लड़की से मुहब्बत हो गई है।

मैंने पहले समझा, शायद मजाक कर रहा है। मगर उसका चेहरा बहुत संजीदा था। ऐसा लगता था कि फिकर की अथाह गहराइयों में डूबा हुआ है। आखिर मैंने उससे पूछा, "किस लड़की से मुहब्बत हुई है, तुम्हें?"

उसने कोई झेंप महसूस नहीं की, "एक लड़की है जाहिदा! हमारे पड़ोस में रहती है। बस उससे मुझे मुहब्बत हो गई है। उम्र सोलह वर्ष के करीब है। बहुत खूबसूरत है और भोली-भाली। चोरी-छुपे उससे कई मुलाकातें हो चुकी हैं। उसने मेरी मुहब्बत कबूल कर ली है।"

मैंने उससे पूछा, "तो फिर, इस उदासी का मतलब क्या है जो तुम पर हर वक्त छायी रहती है।"

उसने मुस्कराकर कहा, "सआदत, तुमने कभी मुहब्बत की हो तो जानो। मुहब्बत उदासी का दूसरा नाम है। हर वक्त आदमी खोया-खोया सा रहता है। इसलिए कि उसके दिलो-दिमाग में सिर्फ खयाल-ए-यार होता है।

मैंने जाहिदा से तुम्हारा जिक्र किया और उससे कहा कि तुम्हारे बाद अगर कोई हस्ती मुझे अजीज है तो वह मेरा दोस्त सआदत है।"

"यह कहने की क्या जरूरत थी?"

"बस, मैंने कह दिया और जाहिदा ने बड़ी उत्सुकता दिखाई कि मैं तुम्हें उससे मिलाऊं। उसे मेरी वह चीज पसन्द है जिसे मैं पसन्द करता हूं। बोलो, चलोगे अपनी भाभी को देखने?"

मेरी समझ में न आया कि उससे क्या कहूं। उसके पतले-पतले नाजुक होंठों पर सिर्फ भाभी सजता नहीं था।

"मेरी बात का जवाब दो।"

मैंने सरसरी तौर पर कह दिया, "चलेंगे, जरूर चलेंगे, पर कहां?"

"उसने मुझसे कहा था कि वह कल शाम को पांच बजे किसी बहाने से लॉरेन्स गार्डन आएगी। आप अपने प्यारे दोस्त को जरूर साथ लाइएगा। अब तुम कल तैयार रहना, बल्कि खुद ही पांच बजे से पहले-पहले वहां पहुंच जाना। हम जिमखाना क्लब के इस तरफ लाइन में तुम्हारा इन्तजार करते होंगे।"

मैं इनकार कैसे करता, इसलिए कि मुझे जावेद से बेहद प्यार था। मैंने वायदा कर लिया। लेकिन मुझे उस पर तरस आ रहा था। मैंने उससे अचानक पूछा, "लड़की शरीफ और पाकबाज है न?"

जावेद का चेहरा गुस्से से तमतमाने लगा, "मैं जाहिदा के बारे में ऐसी बातें न तो सोच सकता हूं, न ही सुन सकता हूं। तुम्हें अगर उससे मिलना है तो कल शाम को ठीक पांच बजे लॉरेन्स गार्डन पहुंच जाना, खुदा हाफिज।"

जब वह एकदम उठकर चला गया, तो मैंने सोचना शुरू किया। मुझे बड़ी शरम महसूस हुई कि मैंने क्यों उससे ऐसा सवाल किया जिससे उसके जज्बात को चोट लगी। आखिर वह उससे मुहब्बत करता था। अगर कोई लड़की किसी से मुहब्बत करे तो जरूरी नहीं कि वह बदचलन हो।

जावेद उसे अपना सबसे गहरा दोस्त यकीन करता था। यही वजह है कि वह नाराजगी के बावजूद उससे नाराज न हुआ और उससे जाते हुए कह गया कि वह शाम को लॉरेन्स गार्डन आए।

मैं सोचता था कि जाहिदा से मिलकर मैं उससे किस किस्म की बातें करूंगा। बेशुमार बातें मेरे जेहन में आईं, लेकिन वे इस काबिल नहीं थीं कि किसी दोस्त की महबूबा से की जाएं। मेरे बारे में खुदा मालूम वह उससे क्या कुछ कह चुका था—यकीनन उसने मुझसे अपनी मुहब्बत का इजहार प्रेमपूर्वक किया होगा। यह भी हो सकता है कि जाहिदा के दिल में मेरे लिए ईर्ष्या पैदा हो गई हो, क्योंकि औरतें अपने आशिकों की मुहब्बत बंटते नहीं देख सकतीं। शायद मेरा मजाक उड़ाने के लिए उसने जावेद से कहा हो कि तुम मुझे अपने दोस्त से जरूर मिलाओ।

जो भी हो, मुझे अपने सबसे अजीज दोस्त की महबूबा से मिलना था। इस मौके पर मैंने सोचा, कोई तोहफा तो ले जाना चाहिए। रातभर गौर करता रहा। आखिर एक तोहफा समझ में आया कि सोने के टॉप्स ठीक रहेंगे। अनारकली में गया तो सब दुकानें बन्द। मालूम हुआ कि इतवार की छुट्टी है लेकिन एक जौहरी की दुकान खुली थी। उससे टॉप्स खरीदे और वापस घर आया। चार बजे तक जाऊं या न जाऊं की स्थिति में रहा। मुझे कुछ परेशानी-सी महसूस होती है—लड़कियों से खुलकर बातें करने का आदी नहीं था। इसलिए मुझ पर घबराहट छाई हुई थी।

दोपहर का खाना खाने के बाद मैंने कुछ देर सोना चाहा, मगर करवटें बदलता रहा। टॉप्स मेरे तकिए के नीचे पड़े थे। ऐसा लगता था कि दो दहकते हुए अंगारे हैं। उठा, गुसल किया। इसके बाद शेव, फिर नहाया और कपड़े बदलकर बड़े कमरे में क्लॉक की टिक-टिक सुनने लगा।

तीन बज चुके थे। अखबार उठाया, मगर उसकी एक खबर भी न पढ़ सका। अजीब मुसीबत थी। इश्क मेरा दोस्त जावेद कर रहा था और मैं एक किस्म का मजनूं बन गया था।

मेरी बेहतरीन सूट रेंकन का सिला हुआ मेरे बदन पर था। रूमाल नया, शू भी नए। मैंने यह सिंगार इसलिए किया था कि जावेद ने जो तारीफ के पुल जाहिदा के सामने बांधे थे, कहीं टूट न जाएं।

साढ़े चार बजे मैं उठा। अपनी रेले की सब्ज साइकिल ली और आहिस्ता-आहिस्ता लॉरेन्स गार्डन रवाना हो गया। जिमखाना क्लब के इस तरफ लॉन में मुझे जावेद दिखाई दिया। वह अकेला था। उसने जोर का नारा

बुलन्द किया। मैं जब साइकिल पर से उतरा तो वह मेरे साथ चिमट गया। कहने लगा, "तुम पहले ही पहुंच गए, बहुत अच्छा किया। जाहिदा अब आती ही होगी। मैंने उससे कहा था कि मैं अपनी कार भेज दूंगा। मगर वह रजामन्द न हुई। तांगे में आएगी।"

जावेद के बाप की एक कार थी। बेबी आस्टिन, खुदा मालूम किस सदी का मॉडल था। ज्यादातर यह जावेद ही के इस्तेमाल में आती थी। लॉरेन्स गार्डन में दाखिल होते वक्त यह मोटर देख ली थी। मैंने उससे कहा, "आओ बैठ जाएं।"

लेकिन वह रजामन्द न हुआ। मुझसे कहने लगा, "तुम ऐसा करो, बाहर गेट पर जाओ। एक तांगा आएगा, जिसमें एक दुबली-पतली लड़की स्याह बुरका पहने होगी। तुम तांगे वाले को ठहरा लेना और उससे कहना, मैं जावेद का दोस्त सआदत हूं। उसने मुझे तुम्हारे स्वागत के लिए भेजा है।"

"नहीं जावेद, मुझमें इतनी जुर्रत नहीं।"

"लाहौल विला–जब तुम नाम बता दोगे तो उसे चूं करने की भी जुर्रत नहीं होगी। तुम्हारी जुर्रत का सवाल ही कहां पैदा होता है। यार, जिन्दगी में कोई न कोई ऐसी चीज होनी चाहिए, जिसे बाद में याद करके आदमी खुश हो सके। जब जाहिदा से मेरी शादी हो जाएगी तो हम आज की इस घटना को याद करके खूब हंसा करेंगे। जाओ मेरे भाई, वह बस अब आती ही होगी।"

मैं जावेद का कहना कैसे तोड़ सकता था। न चाहते हुए बेदिल से चला गया और गेट से कुछ दूर खड़ा रहकर उस तांगे का इन्तजार करने लगा, जिसमें जाहिदा अकेली काले बुरके में हो।

आधे घण्टे के बाद एक तांगा अन्दर दाखिल हुआ, जिसमें एक लड़की काला रेशमी बुरका पहने पिछली सीट पर टांगें फैलाए बैठी थी।

मैं झेंपता, सिमटता, डरता आगे बढ़ा और तांगे वाले को रोका। उसने फौरन अपना तांगा रोक लिया। मैंने उससे कहा, "यह सवारी कहां से आई है?"

तांगे वाले ने जरा सख्ती से जवाब दिया, "तुम्हें इससे क्या मतलब? जाओ अपना काम करो?"

बुरकापोश लड़की ने महीन आवाज में तांगे वाले को डांटा, "तुम शरीफ आदमियों से बात करना भी नहीं जानते।"

फिर वह मुझसे बोली, "आपने तांगा क्यों रोका, जनाब!"

मैंने हकलाकर जवाब दिया, "जावेद-जावेद! मैं जावेद का दोस्त सआदत हूं। आपका नाम जाहिदा है न?"

उसने बड़ी नरमी से जवाब दिया, "जी हां। मैं आपके बारे में उनसे बहुत-सी बातें सुन चुकी हूं।"

"उसने मुझसे कहा था कि मैं आपसे इसी तरह मिलूं और देखूं कि आप मुझसे किस तरह पेश आती हैं। वह उधर जिमखाना क्लब के पास घास के तख्ते पर बैठा आपका इन्तजार कर रहा है।"

उसने अपनी नकाब उठाई। अच्छी-खासी शक्ल-व-सूरत थी। मुस्कराकर मुझसे कहा, "आप अगली सीट पर बैठ जाइए, मुझे एक जरूरी काम है। अभी चन्द मिनटों में लौट आएंगे। आपके दोस्त को ज्यादा देर तक घास पर नहीं बैठना पड़ेगा।"

मैं इनकार नहीं कर सकता था। अगली सीट पर कोचवान के साथ बैठ गया। तांगा एसेंबली हॉल के पास से गुजरा तो मैंने तांगे वाले से कहा, "भाई साहब, यहां कोई सिगरेट वाले की दुकान हो तो जरा देर के लिए ठहर जाना। मेरे सिगरेट खत्म हो गए हैं।"

जरा आगे बढ़े तो सड़क पर एक सिगरेट-पान वाला बैठा था। तांगे वाले ने अपना तांगा रोका। मैं उतरा तो जाहिदा ने कहा, "आप क्यों तकलीफ करते हैं। यह तांगे वाला ले आएगा।"

मैंने कहा, "इसमें तकलीफ की क्या बात है?" और उस पान-सिगरेट वाले के पास पहुंच गया। एक डिबिया गोल्ड फ्लैक की ली, एक माचिस और दो पान। जब पांच के नोट से बाकी पैसे लेकर मुड़ा तो कोचवान मेरे पीछे खड़ा था। उसने दबी जबान में मुझसे कहा, "हुजूर, इस औरत से बचकर रहिएगा।"

मैं बड़ा हैरान हुआ, "क्यों?"

कोचवान ने बड़ी दृढ़ता से कहा, "फाहशा है। इसका काम ही यह है कि शरीफ और नौजवान लड़कों को फांसती रहे। मेरे तांगे में अक्सर बैठती है।"

यह सुनकर मेरे होश गुम हो गए। मैंने तांगे वाले से कहा, "खुदा के लिए तुम इसे छोड़ आओ, जहां से लाए हो। कह देना कि मैं उसके साथ जाना नहीं चाहता। इसलिए कि मेरा दोस्त वहां लॉरेन्स गार्डन में मेरा इन्तजार कर रहा है।"

तांगे वाला चला गया। मालूम नहीं उससे जाहिदा ने क्या कहा। मैंने एक दूसरा तांगा लिया और सीधा लॉरेन्स गार्डन जा पहुंचा। देखा कि जावेद एक खूबसूरत लड़की से गुफ्तगू करने में लगा है। बड़ी शरमीली और लजीली थी। जब मैं पास आया तो उसने फौरन अपने दुपट्टे में मुंह छुपा लिया।

जावेद ने बड़ी नाराजगी भरे लहजे में मुझसे कहा, "तुम कहां गारत हो गए थे? तुम्हारी भाभी कब की आई बैठी हैं?"

समझ में न आया क्या कहूं। सख्त बौखला गया। इस बौखलाहट में यह कह गया, "तो वह कौन थी जो मुझे तांगे में मिली?"

जावेद हंसा, "मजाक न करो मुझसे, बैठ जाओ और अपनी भाभी से बातें करो। यह तुमसे मिलने को बहुत उत्सुक थीं।"

मैं बैठ गया और कोई सलीके की बात न कर सका। इसलिए कि मेरे दिलो-दिमाग पर वह लड़की या औरत छा गई थी, जिसके बारे में तांगे वाले ने मुझे बड़े दोस्ताना ढंग से बता दिया था कि वह 'फाहशा' है।

❑❑❑